사라예보의 장미

사라예보의 장미

초판 1쇄발행 2022년 1월 28일
    2쇄발행 2022년 4월 28일

저 자 김호운
발행인 박지연
발행처 도서출판 도화
등 록 2013년 11월 19일 제2013 - 000124호
주 소 서울시 송파구 중대로34길 9-3
전 화 02) 3012 - 1030
팩 스 02) 3012 - 1031
전자우편 dohwa1030@daum.net
인 쇄 (주)현문

ISBN | 979-11-90526-64-7 *03810
정가 15,000원

도화道化, fool는
고정적인 질서에 대한 익살맞은 비판자,
고정화된 사고의 틀을 해체한다는 뜻입니다.

사라예보의 장미

김호운 소설집

도화

차례

작가의 말

엽편소설

김호운 작가연보

문학은 우리에게 무엇을 주는가

어릴 때 동화책을 사달라는 내게 어머니는 "책에서 밥이 나오냐 떡이 나오냐" 하면서 책을 사주지 않았다. 어머니의 이 말이 몹시 서운해서 나는 돌아서서 한참 울었다. 책 한 권보다 쌀 한 됫박이 더 소중했던 현실을 나는 이해하지 못했다.

어머니의 이 말에 대한 해답은 내가 소설가가 된 뒤 평론집 『한국 문학의 위상』(김현, 문학과지성사, 1977)을 읽으면서 찾았다. 김현 선생은 이 저서에서 '문학은 무엇을 할 수 있는가?'라는 질문을 던지고 "역설적이게도 문학은 그 써먹지 못한다는 것을 써먹고 있다"라고 대답했다. 문학은 곧장 쓸모 있게 써먹을 수 있는 게 아니라는 의미다.

당장 무엇을 만들어 써먹을 수 있는 게 아니기에 문학은 인간을 구속하지도 억압하지도 않는다. 여기에서 '쓸모없다'는 의미는 '순수하다' 또는 '자유롭다'와 통한다. 인간을 억압하는 건 인간에게 쓸모 있어 보이는 것들이다. 유용하기에 사람들은 아귀다툼해서라도 그걸 손에 쥐려 하고, 이 욕망으로 인간은 쓸모있는 것에 붙들려 자유로운 삶을 포기했다.

문학은 그 쓸모없는 눈으로 쓸모있는 걸 바라보며 '쓸모있음' 뒤에 감추어진 허상을 투시한다. 그리하여 쓸모있는 것으로부터 억압당하거나 노예가 된 사람들에게 그 사슬을 풀고 자유로운 세상으로 나오도록 부추긴다. 문학으로 곧장 무엇을 만들 수는 없으나 문학은 그렇게 사슬을 풀고 나온 사람들에게 향기로운 삶을 만들도록 해준다. 이것이 문학이 가진 힘이다. 문학의 이러한 속내를 알지 못하는 사람에게는 문학이 쓸모없는 게 될 것이고, 이 향기를 맡은 사람에게는 문학이 그 어느 것보다 강한 삶의 지혜가 된다. 이것이 문학의 총체總體며 문학의 기능이다.

하늘 한가운데를 두 팔로 헤치며 / 우렁차게 가지를 뻗는 나무들과 다른 게 있다면 / 내가 본래 부족한 나무라는 걸 안다는 것뿐이다 / 그러나 누군가 내 몸의 가지 하나라도 / 필요로 하는 이 있으면 기꺼이 팔 한 짝을 / 잘라 줄 마음 자세는 언제나 가지고 산다

　　　　　　　　　　　 —도종환 시 「가죽나무」 중에서

『장자』의 '소요유逍遙遊' 마지막 편에 가죽나무 이야기가 나온다. 벌판에 비뚤비뚤하게 자란 커다란 가죽나무 한 그루가 있다. 사람들이 쓸모없다며 내버려 둔 나무다. 쓸모없다고 여겼기에 이 나무는 오히려 제 결대로 잘 살아서 사람들에게 쉴 수 있는 그늘을 제공하며 천수를 누렸다. 죽죽 잘 자라 쓸모 있다며 사랑받던 나무들은 모두 제명대로 살지 못하고 잘려나가 목재로 사라졌다. 유용한 걸 많이 쥐어서 돋보이는 게 아니라 온전하게 결대로 사는 게 올바로 가는 길[道]이다. 이런 나무들이 함께 모이면 아름다운 숲이 된다.

*

『경기일보』 논단 '아침을 열면서'에 필진으로 참여하면서 쓴 칼럼 가운데 「문학은 우리에게 무엇을 주는가」를 '작가의 말'로 올린다. 장편소설을 포함하여 작품집 30여 권을 펴내면서 나를 붙든 의단疑端이 '소설은 우리에게 무엇을 주는가'였다. 당장 쓸모 있는 도구가 될 수는 없지만, 문학은 우리에게 우리를 억압하며 사슬로 묶는 그 모든 것으로부터 자유롭도록 부추기는 힘을 준다. 이것이 내가 얻은 답이자 내가 작품을 써야 하는 이유이기도 하다.

소설집『사라예보의 장미』가 누구나 편하게 자유로이 쉴 수 있는 그런 숲이 되었으면 좋겠다.

2022년 일월

우공愚公 김호운

단편소설

사라예보의 장미

그해, 사라예보의 가을은 참 스산하고 음울했다. 유럽 배낭여행 막바지에 사라예보를 방문했다. 보스니아헤르체고비나의 수도 사라예보는 5개 산으로 둘러싸인 분지에 있다. 세르비아 쪽에서 버스로 가면 이 산자락을 타고 시내로 내려가는데, 위에서 내려다보면 서유럽 도시들과는 다른 독특하고 환상적인 분위기를 풍긴다. 어둠이 막 걷히기 시작하는 사라예보는 마치 우리나라의 어느 농촌 마을 같기도 하다.

순간 놀란 듯 나는 얼른 시선을 거두었다. 버스 헤드라이트에 언뜻언뜻 비치는 붉게 물든 단풍이 갑자기 가슴을 찡하게 했다. 사라예보가 내전으로 깊은 상처를 안고 있다는 사실을 잠시 잊고 있었다. 팸플릿에서 사진으로 보았던 총탄 자국이 선명한 건물과 폭격으로 무너진 건물들이 떠오른다. 상처 입은 건물 앞에 검은 히잡을 쓴 여인이 반쯤 얼이 빠진 채 홀로 앉아 있거나 거리를 배회하는 사진도 있었다. 화려하게 불타는 단풍이 가슴 시린 슬픔이 될 수도 있는, 이 낯선 감정을 나는 그해 사라예보에서 처음 보았다.

세르비아 수도 베오그라드에서 야간버스를 타고 7시간 걸려 어둠이 채 걷히지 않은 이른 아침에 사라예보의 루카비차(Lukavica) 버스터미널에 도착했다. 희뿌연 어둠이 깔린 버스터미널은 을씨년스럽다 못해 섬뜩한 기운이 감돈다. 부랑자로 보이는 건장한 청년 몇 사람이 불 꺼진 터미널 상가 주변을 어슬렁거리고 있었다. 시 외곽에 있는 이곳은 세르비아계 지역이다. 유고슬로비아 내전 당시 사라예보에는 가톨릭계, 이슬람계, 세르비아 정교회계 등 복잡한 종교 이념으로 갈라서서 서로 격렬하게 싸웠다. 정답게 살던 이웃들이 하루아침에 적이 되어 싸운 것이다. 특히 세르비아 정규군의 지원을 받은 세르비아계 반군 민병대가 이슬람계 주민을 '인종청소'라는 이름으로 대규모 학살했다. 이슬람계가 사는 시가지에는 누구든 눈에 띄기만 하면 잠복하고 있던 세르비아계 저격수들이 조준 사살했다. 동계올림픽을 개최하고, 제32회 세계탁구선수권대회를 열었던 평화로운 이 나라가 이렇게 내부분열로 무너졌다. 내가 방문했을 때는 싸움을 멈추고 서로 구역을 나누어 살고 있었으나, 앙금이 다 사라진 건 아니었다.

나는 세르비아계 지역에 있는 이 버스터미널에서 이슬람계가 사는 구시가 바쉬챠르샤(Bascarsija) 광장으로 이동해야 한다. 여행자라곤 나 혼자밖에 없어 몹시 불안하다. 빨리 이 지역에서 벗어나고 싶은데, 첫 트램이 아침 7시에 출발한다. 아직 한 시간 조금 더 남았다. 버스에서 내린 승객들은 대부분 이곳 주민으로 뿔뿔이 흩어져 터미널을 떠났다.

트램을 기다릴 수 없어 나는 흩어지는 주민들과 일행인 듯 어울려 무작정 걸었다. 방향이 시내 쪽인 사람들이 있어서 그나마 다행이었다. 가는 도중에 하나둘 흩어지다가 중간쯤에서 마지막 주민이 떨어져 나가고, 안개가 깔린 텅 빈 거리에 이제 나 혼자 남았다. 사라예보 시가를 남북으로 흐르는 밀랴츠카(Miljacka) 강을 따라 나는 바쉬챠르샤 광장을 향해 빠른 걸음으로 걸었다. 모골이 송연하다는 말을 실감한다. 이 섬뜩함을 떨쳐버리기 위해 나는 숨이 턱에 찰 때까지 뛰었다. 아직은 발칸반도를 여행하는 사람들이 많지 않았다. 사라예보에 머무는 3박 4일 동안 서양인 여행자는 간간이 눈에 띄었으나 동양인 여행자는 한 사람도 만나지 못했다. 이런 지역에 나는 겁 없이 홀로 들어왔다.

바쉬챠르샤 광장에 있는 여행자 안내소에는 50대로 보이는 여성 직원 한 사람이 사무실을 지키고 있었다. 한가롭게 손톱 정리를 하던 그녀는 나를 소 닭 쳐다보듯 바라본다. 여행자를 반기기는커녕 경계하는 눈빛이다.

"유스호스텔에는 자리가 없어요. 민박하시겠어요?"

잠시 나를 아래위로 훑어보고 난 여행자 안내소 직원이 내게 한 말이다. 국적도 여행 목적도 묻지 않았다. 목을 긁어내는 듯한 짙은 허스키 목소리에 피곤이 켜켜이 쌓였다. 유스호스텔에 자리가 없다는 그녀의 말이 쉬 이해되지 않았다. 문을 닫았다든가 잠시 영업을 하지 않는다고 말하면 모를까 여행자도 별로 없는데 만원이라고 했다. 그 내막이 궁금했으나 우선 방을 구해야 했기에 나는 얼른 "좋습니다." 하고 대답했다. 내전으로 집이나 가족을 잃은 사람들이 유스호스텔에 기거하고 있다는 사실을 나중에야 알았다. 민박을 권하는 것도 생계수단을 잃은 주민들을 도와주려는 배려였다. 그러고 보니, 낯선 여행자를 대하는 여행자 안내소 직원의 무뚝뚝한 태도도 조금은 이해된다. 죽음의 터널을 지나온 사람들이다. 여행자가 많이 오기를 기다리지만, 한편으로는 여행자에게서 느끼는 여유로움이 이들에게는 불편할 수도 있다. 사라예보를 여행하는 내내 나는 몸을 낮추었다.

여행자 안내소 직원이 창문을 열고 광장 쪽을 향해 알아들을 수 없는 세르보크로아티아어로 뭐라 큰 소리로 말했다. 그러자 광장 한쪽에 히잡을 쓰고 정물처럼 앉아 있던 중년 여인이 이쪽을 돌아본다. 아까 여행자 안내소를 찾을 때 내가 길을 물어봤던 그 여인이다. 그녀는 내 물음에 아무런 대답도 없이 멍하니 허공을 쳐다보기만 했다. 영어를 알아듣지 못해서 그런가 하고, 나는 휴대전화에 저장해 둔 사라예보 여행자 안내소 사진을 보여주었다. 그래도 그녀는 반응을 보이지 않았다. 그제야 나는 팸플릿에서 본 사진을 떠올렸다. 사진에서도 그렇게 느껴졌지만, 그녀의 동공에는 영혼이 없었다. 그러고 나서도 나는 바로 그 자리를 뜨지 못했다. 잠시 혼란에 빠졌다. 내가 그녀에게 길을 물은 게 아니라, 그녀가 내게 길을 물은 것 같은 착각에 빠졌다. 초점 없는 그녀의 시선이 그랬듯이, 나도 그녀에게 들려줄 답이 없어 멍한 시선으로 바라보며 서 있었다. 그녀는 이제 나를 외면한 채 고개를 돌려 건물 뒤로 보이는 산을 바라보고 있었다.

여행자 안내소 직원이 소리치는데도 그녀는 아까 내게 그랬던 것처럼 아무런 반응을 보이지 않았다. 여행자 안내소 직원이 내게 "저 사람 집에 묵을 겁니다" 했다. 무슨 사연이 있는 걸까. 그녀가 쓰고 있는 검은 히잡에 뭔가 많은 이야기를 감추고 있는 듯 보였다.

"숙박비는 하루 20마르카(1마르카는 620원 정도)입니다."

"네? 죄송합니다. 뭐라고 하셨죠?"

그때까지 나는 광장에 있는 그 여인을 바라보느라 여행자 안내소 직원의 말을 제대로 듣지 못했다. 뒤늦게 "…… 20마르카입니다" 하는 그녀의 말 끝자락을 겨우 붙들며 미안한 표정을 지었다. 여전히 무표정인 채 그녀는 같은 말을 반복했다.

"혹시 달러로 결제할 수 있나요?"

"네, 가능해요. 식사는 불포함입니다. 대신 주방을 사용할 수 있어요."

며칠 묵을까 잠시 고민하다가 우선 사흘 치 숙박비를 결제했다. 여행자 안내소 직원이 영수증을 건네주며 투덜거리는 투로 말했다.

"늘 이래요. 아무래도 내 시간을 뺏으려고 태어난 사람 같아요."

"누가요?"하려다가 참았다. 나는 다시 광장의 그 여인을 돌아다보았다.

"가시지요."

여행자 안내소 직원을 따라 민박집으로 갔다. 광장에 있는 그 여인은 함께 가지 않았다. 나는 광장을 향해 몇 번이나 뒤돌아보았다. 자기 집에 민박할 여행자를 데리고 가는데 집주인인 그녀가 반가워하기는커녕 함께 가지도 않는 게 쉬 이해되지 않았다. 늘 그랬던 모양이다. 여행자 안내소 직원이 투덜거렸던 게 이제야 이해된다. '집에 다른 가족이 있는가 보다' 하며 나는 여행자 안내소 직원을 따라갔다. 가는 길에 보이는 건물들 대부분 외벽 여기저기에 총탄 자국이 나 있었다. 아름다운 대학도서관은 반쯤 무너진 채 흉물스럽게 팽개쳐 있었다. 총탄 자국을 빨간색 페인트로 메꿔 놓은 건물들도 많이 눈에 띈다. 총탄 자국을 지우려고 그랬다고 생각했는데, 여행자 안내소 직원이 오래도록 기억하기 위해서라고 한다. 빨간색 고무 페인트란다. 고무 페인트가 있다는 사실도 처음 알았다. 빨간 고무 페인트로 메꾼 총탄 흔적을 이곳 사람들은 '사라예보의 장미'라 부른다는 말도 덧붙였다. 사라예보의 장미, 언젠가 탱크 포구砲口에 장미 한 송이를 꽂아놓은 그림을 본 적 있다. 내전으로 고립되었을 때 사라예보의 한 어린이가 그린 이 그림이 전 세계인의 가슴을 울렸다. 그 그림이 떠올라 나는 '사라예보의 장미'에서 눈을 뗄 수가 없었다.

민박집은 도심 안쪽 이슬람계 구역의 산자락에 있었다. 단층으로 된 평범한 가정집이었는데 현관문에 큼지막한 자물쇠가 달려있었다. 여행자 안내소 직원이 마치 자기 집에 들어가듯 열쇠를 꺼내 자물쇠를 연다. 잠긴 문을 보자 광장에 앉아 있는 주인 여자가 왜 우리와 함께 오지 않았을까, 나는 그게 또다시 궁금해졌다.

"어? 또 열려 있네."

여행자 안내소 직원이 문고리에서 자물쇠를 빼 들고

이리저리 들여다보며 혼잣말을 했다. 나를 의식해서인지 무심코 그런 건지 모르지만, 그녀가 이번에는 세르보크로아티아어가 아닌 영어로 말했다. 그러면서 나를 쳐다본다. 열쇠로 연 게 아니라, 이미 자물쇠가 열려 있었던 모양이다. 혹시 도둑이 든 건가 하며 나는 그녀의 표정을 살폈다. 마치 내 속내를 알아차린 듯 그녀가 어깨를 으쓱하며 자물쇠를 높이 들고 나를 향해 흔들어 보인다. 이 집에 묵어야 하는 나로서는 그다지 유쾌한 상황이 아니다. 그런데도 그녀는 태연하다. 도둑이 들었다고 의심했다면 뭔가 다음 행동이 있어야 하는데, 그녀는 아무렇지도 않게 집 안으로 들어간다.

집 안으로 들어가자마자 나는 분위기부터 살폈다. 거실에 식탁과 의자들이 놓여있고, 깨끗한 흰색 벽에는 자수와 복제 그림 몇 점이 걸려 있었다. 투박한 가구들에서 오래된 흔적이 묻어 있었으나 비교적 깔끔하게 잘 정돈되어 있었다. 도둑이 든 흔적은 전혀 보이지 않았다. 오히려 오랫동안 사람의 손길이 묻지 않은 듯 찬 기운이 돌았다. 여행자 안내소 직원은 이런 일이 예사로운 듯 집 안을 살펴볼 생각은 하지도 않고 묵을 방으로 나를 안내한 뒤 "저녁에 가족들이 돌아올 겁니다. 혹 그 전에 나갈

일 있으면 현관문을 꼭 잠그고 나가세요" 하고는 열쇠를 내게 건네주고 돌아가 버렸다.

그날 저녁, 직장에서 돌아온 이 집 막내딸 샤샤에게서 궁금해하던 샤샤의 어머니에 관한 일들이 밝혀졌다. 두 아들과 남편을 내전으로 잃었고, 큰딸은 세르비아계의 이슬람계 인종청소 작전 때 수용소로 끌려간 뒤 성폭행에 시달리다가 스스로 목숨을 끊었다. 큰딸이 세르비아계 민병대에 끌려가던 날, 샤샤의 어머니는 딸을 구하려고 민병대의 팔을 깨물며 저항하다가 머리에 총상을 입었다. 그 후유증으로 그녀는 실어증과 정신장애로 고통받고 있다. 그녀는 매일 바쉬챠르샤 광장에 나가 돌아오지 않은 남편과 자녀들을 기다린다. 그날 샤샤는 화장실에 들어가 있는 바람에 화를 면했다. 18살인 샤샤는 현재이 집안의 가장이다. 이슬람인이 운영하는 빵 공장에서 일하며 어머니와 둘이 이 집에 살고 있다.

샤샤는 주방을 사용할 때 주의해야 할 내용을 내게 알려주면서 당부했다.

"나가실 때 귀중품은 꼭 몸에 지니세요. 복제한 열쇠를 여행자 안내소 직원이 몇 번 분실한 적 있어 집이 안전하지 않아요."

그 말을 하고 나서 샤샤는 나를 쳐다보았다. 잠시 머뭇거리더니 그녀는 조심스럽게 다시 입을 연다.

"사실은…… 잃어버린 열쇠보다 어머니가 문을 잠그지 않고 나가는 일이 많아요."

"……?"

"그리고 간혹 밖에서 불미스러운 일이 생기기도 하니, 주의하셔야 합니다."

"고마워요."

낮에 여행자 안내소 직원과 민박집으로 올 때 광장에 앉아 있던 샤샤의 어머니가 따라오지 않았던 이유를 이제 확실히 알았다. 현관문에 자물쇠가 걸려 있기는 했지만, 이 가족에게 '집'은 별 의미가 없다. 이들에게는 집 안과 집 밖의 경계가 허물어졌다. 내전으로 희생된 가족들이 아직 바깥에 머물고 있기에 이들에게는 집 안도 집 바깥도 모두 집이다. 현관문을 잠그지 않는 것도 잠그는 걸 잊어버렸다기보다 아직 돌아오지 않은 가족이 언제든지 들어올 수 있도록 한 게 아닐까 싶다. 나는 집 현관문에 달려있던, 샤샤의 어머니가 가끔 열어놓기도 한다는 그 자물쇠를 다시 떠올렸다. 그 자물쇠는 현관문이 아니라, 이 집 가족의 마음을 열고 잠그기 위해 달아놓은 것으로 보인다.

샤샤는 묻지도 않은데 여행 중 주의할 일까지 차근차근 설명해주었다. 참혹한 내전을 겪어서 그런지 18살 소녀 같지 않게 무척 어른스럽다.

"어머니는 집에 잘 안 계시나 보죠?"

"내가 출근할 때 함께 나가 혼자 바쉬챠르샤 광장에서 종일 있다가 내가 퇴근할 무렵에 함께 들어옵니다. 곧 들어오실 거예요."

앞서 전후 사정을 들은 뒤라 나는 마음이 몹시 무거웠다. 샤샤는 잠시 머뭇거리다가 말했다.

"제가 일하는 빵 공장이 그 광장에 있어요. 어머니가 종일 바라보고 있는 건물 2층에서 제가 일해요. 광장은 어머니의 거실인 셈이에요. 다른 곳에 있으면 불안해합니다. 집에서도 마찬가지예요."

"그럼?"

"맞아요. 어머니는 나를 감시하고 있어요. 거기에 앉아 나를 지켜보면서 아버지와 오빠와 언니가 돌아오길 기다리고 있지요."

샤샤는 "이건 아무에게도 말하지 않은 이야기예요." 하면서 조심스럽게 말을 꺼냈다. 왜 그런 비밀스러운 이야기를 내게 말해주는지는 알 수 없다. 어쩌면 속에 묻어 둘 수 없는, 18살 소녀의 가슴으로는 감당할 수 없는 아픔이어서가 아닐까 싶다.

그날, 샤샤의 언니가 세르비아계 민병대에 끌려갈 때 함께 온 민병대원 중에 샤샤의 남자친구가 있었다. 샤샤보다 두 살 위인 그 남자친구는 샤샤가 화장실에 있는 걸 알고 있었다. 집 안을 뒤질 때 화장실 문을 열고 확인한 사람이 그였기 때문이다. 그는 놀라는 샤샤를 향해 재빨리 검지를 세워 자기 입술에 대고는 얼른 화장실 문을 닫았다. 샤샤는 그 일로 오랫동안 죄책감과 불안으로 떨어야 했다. 샤샤의 남자친구는 그들과 이웃에서 함께 살았으며, 학교를 함께 다녀 그녀 어머니도 그를 알고 있었다. 만약 그날 총상을 입지 않았다면, 그녀 어머니는 샤샤의 남자친구에게 달려들었을지도 모른다. 그랬다면 남자친구도 자신도 무사하지 못했을 거라면서 샤샤는 눈물을 흘렸다. 정신이 온전치 못하지만, 아마도 그날 일을 기억하고 남자친구가 찾아올까 두려워하고 있는지도 모른다며, 샤샤는 볼을 타고 흐르는 눈물을 닦았다.

"참 이상해요. 처음 보는 선생님께 이런 이야기를 하다니, 놀라셨지요? 혹시라도 어머니가 이상한 행동을 하더라도 오해하지 않으시길 바라기 때문일 거예요. 민박 온 분들이 어머니 때문에 하루를 겨우 넘기고 떠나 버렸 거든요."

대체 어떤 행동을 했기에 여행자가 떠날 정도란 말인 가. 나는 긴장했다. 오죽했으면, 샤샤의 말대로 처음 보 는 나에게 이런 속 깊은 이야기를 했을까 싶어 더 걱정되 었다. 4개월 동안 배낭여행을 하면서 여러 나라 여러 도 시에서 온갖 예상치 못한 상황들을 체험한 터라 웬만한 일이면 다 받아들이고 내 안에 녹인다. 나는 분위기를 바 꾸기 위해 샤샤에게 물었다.

"남자친구는 그 뒤 만나지 못했나요?"

"소식을 알지 못해요. 그날 이후 본 적이 없어요. 어쩌 면 언니나 오빠들처럼 희생되었을지도……, 그래서 알려 고 하지 않아요. 아니에요. 알게 되면 더 불행한 일이 생 길 거예요."

그날 저녁이었다. 샤샤가 말하던 그 걱정거리가 내게 도 찾아왔다. 주방에서 라면을 끓이고 있는데 샤샤의 어 머니가 내 팔을 잡아당기며 안방으로 데리고 갔다. 그녀 는 깨끗하게 세탁하여 접어놓은 잠옷 한 벌을 내게 내밀었다. 어리둥절한 표정을 짓는 나에게 알아듣지 못하는 말로 뭐라고 계속 채근했다. 그건 말이 아니라, 웅얼거리는 소리였다. 나는 급히 샤샤에게 도움을 요청했다. 샤샤가 방으로 들어와 자기 어머니와 긴 이야기를 나누었다. 무슨 말인지 나는 알아들을 수 없었다. 샤샤의 어머니는 말을 하지 못했지만, 상대방 말을 알아듣기는 하는 것 같았다. 두 사람의 목소리가 점점 높아졌고, 끝내 샤샤가 눈물을 보였다. 그러거나 말거나 샤샤의 어머니는 계속 내게 잠옷을 내밀며 뭐라고 웅얼거렸다. 샤샤가 애절한 표정으로 나를 바라보며 말했다.

"죄송해요. 일단 받으시면 좋겠어요. 그걸 입으시라는 거예요."

"왜요?"

"아버지가 입던 잠옷입니다. 어머니는 이 집에 들어오는 남자를 가끔 아버지로 착각하셔요."

"네?"

"일단 받으셔서 방에 놓아두세요. 어떤 분에게는 입었는지 확인하러 방에 들어가기도 하고, 어떤 분에게는 아예 손님 방문을 잠가버리고 안방에서 주무시게 하기도 해요. 물론 그럴 땐 어머니는 제가 모시고 제 방에서 잠니다. 웃으면서 이틀을 견딘 분도 계시지만, 대부분 다음 날 앞당겨 체크아웃하셨어요."

이건 보통 일이 아니다. 편안하게 여행 온 여행자에게 는 불편한 일이 아닐 수가 없다. 간단하게 잠옷을 받아 내 방에 두면 그만이나, 샤샤의 말처럼 엉뚱한 일이 일어 나면 어떻게 할 것인가. 전혀 예상하지 못했던 일이다. 이 정도면 여행자 안내소에서 미리 알려주고 체크인 여 부를 결정하게 해야 한다. 이건 중대한 결함이다. 그러 나 이미 여기까지 진행된 일이다. 이를 어떻게 할 것인가 는 이제 내가 결정해야 할 몫이다. 생각 같아서는 이대로 나가고 싶은데, 앞서 샤샤와 나눈 대화가 자꾸 마음에 걸 렸다. 나는 잠옷을 받아들고 샤샤의 어머니를 향해 가볍 게 웃어 보였다. 그녀의 이런 행동을 이해해서가 아니라, 옆에 서 있는 샤샤가 애처로워 보여서다. 생각해보면, 그 녀를 이해하고 말 것도 없다. 정신이 온전치 않은 사람 의 행동이다. 어쩌면 거부감을 느꼈던 나보다 오히려 그 녀가 더 순수한 행동을 하고 있는지도 모른다. 내가 웃는 걸 보고 그녀도 따라 웃었다. 짧은 시간 함께 있었지만, 그녀가 웃는 걸 나는 처음 보았다. 어제 광장에서 처음 마주쳤을 때와는 전혀 다른 모습이다.

그런 어머니를 바라보는 샤샤가 놀란다.

잠옷을 받아들고 방으로 돌아왔다. 방문 앞에 와서야 나는 가슴이 덜컹 내려앉았다. 방문이 자물쇠로 잠겨 있었다. 그녀가 방문을 미리 잠근 뒤 부엌으로 온 모양이다. 샤샤의 말대로라면, 나는 이 잠옷을 입고 안방에 있는 침대에서 자야 한다. 이게 상황극이라면 한 번쯤 이해해줄 수도 있으나 죽은 그녀의 남편 옷이라니까 기분이 묘하다. 이 집에서 나가든지, 그녀를 속이며 함께 지내든지 결정해야 한다. 그러면서도 끌려 들어가는 이 묘한 기분이 썩 유쾌하지가 않다. 아까 본 그녀의 웃음이 마음에 걸린다.

"선생님, 죄송해요. 어머니를 설득해 보겠습니다."

"아뇨, 그냥 두세요. 내가 안방에서 잘게요."

"정말이세요?"

샤샤의 표정이 갑자기 밝아진다. 나는 처음부터 샤샤를 기쁘게 해주고 싶었는지도 모른다. 샤샤를 옥죄고 있는 그 음울한 굴레를 벗겨주고 싶었다. 나는 망설이지 않고 "예스!"했다.

"어머니는 제가 모시고 자겠습니다. 정말 고맙습니다. 사실 어머니는 이 잠옷을 입고 있는 모습을 보면 가장 행복해합니다."

　이튿날, 잠에서 깬 나는 소스라치게 놀랐다. 샤샤의 어머니가 안방에 들어와 자고 있었다. 나는 침대에서 잤고, 그녀는 바닥에 모로 누워 새우등을 한 채 자고 있다. 혹시 무슨 일이 있었던 건 아닐까, 엉뚱한 상상을 하며 나는 황망히 내 몸과 내가 잔 잠자리를 살펴보았다. 얌전하게 잠옷을 잘 입고 있었으며, 침대 위도 어젯밤 잘 때 그 모습으로 잘 보존되어 있었다. 어떻게 할까, 잠시 망설이다가 그녀가 깨지 않도록 조심스럽게 내가 덮고 잔 이불을 그녀에게 덮어주었다. 그러고 나서 침대 모서리에 앉아 잠들어 있는 그녀를 바라보았다. 참 묘한 생각들이 영화처럼 머릿속을 지나간다. 그렇다. 이건 영화가 아니면 볼 수 없는 장면이다. 지금 내가 입고 있는 이 잠옷을 입은 그녀의 남편과 그녀는 내가 어젯밤 단잠을 잤던 이 침대에서 서로 사랑하며 행복하게 살았을 것이다. 언제 들어왔는지 모르지만, 어젯밤 그녀는 자기 남편의 잠옷을 입고 침대에서 곤히 자는 내 모습을 이렇게 지금 나처럼 혼자 바라보았을지 모른다. 그녀는 무슨 생각을 했을까.

그러고 있다가, 나는 조심스럽게 방문을 열고 밖으로 나왔다. 커피를 끓이려고 막 주방으로 가려는데 샤샤가 놀라 뛰쳐 나왔다.

"어머니가 없어졌어요!"

샤샤의 남자친구가 그랬던 것처럼, 나는 그녀를 향해 손가락을 내 입술에 가져가며 "쉿!"했다. 영문을 알지 못하는 샤샤에게 나는 손으로 안방을 가리켰다. 지금 저기서 어머니가 자고 있다고 말해주었다. 샤샤가 자지러질 듯이 놀란다. 말문이 막혔는지, 벌어진 입을 손으로 가린다. 샤샤의 눈동자가 터질 듯 점점 커졌다.

샤샤는 무슨 생각을 했을까. 어머니의 무례에 대해 내게 미안해할까, 여느 여행자들처럼 체크아웃할까 봐 걱정하는 걸까. 아니면, 혹시라도 나와 자기 어머니가 하룻밤 풋사랑이라도 나눈 줄 오해하는 건 아닐까. 샤샤의 표정을 살피다가 오히려 내가 엉뚱한 상상을 하며 당황했다. 뭐라고 말해야 하나. 아무 일 없었다고? 그건 이상하다. 어머니의 그런 행동을 나는 잘 이해했으니 걱정하지 말라고 해야 할까.

혼자 그러고 있는 사이에 샤샤는 언제 갔는지 주방에서 커피를 끓이고 있었다. 일부러 내 시선을 피하려고 그런 것 같다. 커피 물이 끓을 동안 샤샤는 고개를 숙인 채 포트만 뚫어질 듯이 내려다보고 있었다. 나는 샤샤에게 말을 걸 수 없었다. 그렇다고 이대로 방으로 들어갈 수도 없었다. 나는 그 자리에 얼어붙은 듯 서 있었다. 뭐라고 설명할 수 없는 묘한 분위기다. 닫을 수도 열 수도 없는, 전혀 손쓸 수 없는 틀에 갇혀 버렸다.

샤샤는 커피 한 잔을 타들고 와서 내게 주고는 말없이 자기 방으로 들어가 버렸다. 커피잔을 내게 건네주기 전에 샤샤가 망설이듯 잠시 머뭇거린 건 무슨 의미일까. 샤샤가 내게 처음으로 커피를 타 주었다. 이미 방으로 들어가 버린 샤샤의 뒷모습을 정지화면으로 바라보다가 나는 안방으로 들어왔다.

침대 모서리에 걸터앉아 커피를 다 마실 때까지 샤샤의 어머니는 잠에서 깨지 않았다. 자기 방으로 돌아가던 샤샤의 뒷모습이 자꾸만 내 눈에 밟혔다. 아무래도 샤샤가 오해한 것 같았다.

다시 밖으로 나와 샤샤의 방으로 갔다. 문 앞에서 노크하려다 말고 나는 멈칫했다. 이 행동 또한 어색하다. 이럴 필요가 없는데도 이렇게 행동이 앞서는 이유가 뭘까. 그때 방 안에서 마치 보고 있었던 듯 샤샤가 "들어오세요." 한다.

방안은 매우 간결했다. 방 안쪽에 싱글 침대가 있고, 창문 아래 작은 책상이 놓여있다. 책상 위에 몇 권의 책과 화장품 등이 있는 것으로 보아 책상 겸 화장대로 사용하는 듯하다. 책상 위 한쪽에 세워둔 작은 사진액자 2개가 눈에 들어왔다. 하나는 가족사진이고, 하나는 남자 혼자 찍은 사진이다. 샤샤가 나를 의식했는지 남자 혼자 찍은 사진 액자를 슬그머니 돌려놓는다.

샤샤가 침대 한쪽을 가리키며 앉으라고 했지만, 나는 그대로 서 있었다. 잠시 어색한 시간이 지난 뒤 나는 샤샤에게 물었다.

"혹시…… 오해한 건 아니죠?"

샤샤가 나를 빤히 올려다본다. 그러고 있다가 조심스럽게 말했다.

"그랬으면…… 좋겠어요."

"?"

의외의 대답에 당황했으나 나는 샤샤의 말을 정확하게 이해하지는 못했다. "그랬으면…… 좋겠어요." 무슨 뜻일까. 재빨리 많은 생각을 했다. 그러다 나는 소스라치게 놀랐다. 설마 아니겠지. 나는 샤샤에게 다시 물었다.

"내가…… 불편해요?"

샤샤는 말없이 고개를 저었다. 그러고는 고개를 숙인 채 말했다. 이런 일은 처음이라고 했다. 어머니가 손님 방에 들어가 잔 적은 지금까지 한 번도 없었다는 것이다. 아무래도 내가 어머니에게 정말로 아버지로 보인 것 같다고 했다. 내전 종식 이후 어제저녁에 처음으로 어머니의 웃음을 보았다며 샤샤는 살짝 미소를 지었다. 어머니가 겨우 붙들었을 그 행복을 잃을까 봐 두렵다며, 샤샤는 나를 빤히 올려다본다.

아무래도 난 오늘 이 집을 떠나야 할 것 같다. 이 가족을 돕기 위해 계속 머물고 싶었으나, 나는 내 가슴에 장미를 키울 용기가 없었다. 샤샤를 바라보았다. 시선이 마주치자 마치 기타 줄이 튕기듯 "팅!"하고 머릿속을 울린다. 젖어 있는 샤샤의 눈동자에 '사라예보의 장미' 한 송이가 피어 있었다. 어제 본 '사라예보의 장미'보다 더 붉고 진하다.

나는 조용히 돌아서서 샤샤의 방을 나왔다.

더닝 크루거 효과

존재하지 않으면서 존재하는 색. 흰색이 그렇다. 비어 있으면서 꽉 차고, 비어 있기에 어떤 색이든 모두 담을 수 있으며, 모두 담을 수 있기에 다 없애 버릴 수 있는 게 흰색이다. 과학으로 설명하면, 이 흰색은 없는 색(無彩色)이다. 그러함에도 불구하고 당당히 그렇게 '색色'으로 존재한다.

색은 빛의 파장으로 나타나는 현상으로, 분별해 낼 수 있다면 약 900가지 색을 볼 수 있다고 한다. 사람은 학습하며 형성된 이성과 감성으로 가치관을 생성하고, 이를 행동 파장으로 내보낸다. 여기에 빗대어 사람의 특성을 색깔로 표현하기도 한다. 이 지구에는 약 78억 명의 사람이 살고 있으니 78억 가지 '인간의 색깔'이 있는 셈이다. 다른 동물들과 달리 인간은 스스로 이성과 감성 파장을 조절하며 진화할 줄 안다. 뉴턴이 프리즘을 만들어 무지개색을 만들어내었듯이, 사람들은 감성 파장을 조작해내는 능력을 갖추었다. 이 때문에 인간의 색깔을 인간이 불신하기 시작했다. 같은 걸 보고 다르게 느끼고 다르게 생각하고 다르게 행동하는데도 여전히 '인간'이라는 이름으로 함께 묶여야 하는 숙명 때문에 이로 인하여 치명적 분란을 일으키기도 한다.

인간의 색깔이 형성되기 전 단계, 원형질 상태의 인간은 존재할 수 없는가. 진화하지 않으면 가능하다. 세상에 갓 태어난 어린아이는 흰색이다. 조금씩 세상을 알면서, 사회인으로 길들어가는 과정에서 자기만의 색깔을 만들게 된다. 뒤죽박죽 생각 없이 색(有彩色)들을 함부로 섞으면 검은색(無彩色)이 되며, 그래서 속내를 알 수 없는 사람을 보고는 '속이 검다'라고 한다. 생각을 모두 비우거나 생각이 사라졌을 때는 "머릿속이 하얗다"라고 말하지만, '속이 흰 사람'이라는 말은 아직 들어보지 못했다. 아마도 원형질 인간으로는 존재할 수 없거나 되돌아갈 수 없다고 단언하기 때문인지도 모른다.

횡단보도 신호등에 빨간 불이 들어온 걸 발견했다. 나는 얼른 생각을 멈추며 급히 섰다. 간발 차이로 택시 한 대가 총알같이 눈앞을 지나간다. 놀라 황급히 뒤로 한 발 물러섰다. 하마터면 그대로 길을 건너갈 뻔했다. 가슴이 계속 쿵쾅거린다. 나는 옆구리에 끼고 있는 낡은 가죽 서류 가방을 위로 추켜올리며 팔꿈치로 힘주어 꽉 잡았다. 가방 속에는 정성 들여 쓴 이력서와 함께 『색채와 인간의 진화』 번역 원고가 들어있다. 놀란 가슴이 진정되자 끊겼던 생각이 다시 이어진다. 생각조차도 내겐 생명처럼 참 질기다. 속이 흰 사람, 반드시 있을 것이다. 나는 그걸 굳게 믿는다. 설마 사람이 사는 세상에 어찌 속 검은 사람들만 살겠는가. 흰색도 흰색에 가까운 사람도 있을 것이다. 인간이 사는 세상인데 희망이 없기야 하겠는가. 또다시 인류를 '노아의 방주'에 태울 수는 없다. 독일 동물학자가 쓴 이 책을 번역하면서 나는 순간순간 의역意譯하고 싶은 충동으로 많은 고민을 했다. 이번에는 이 원고가 내게 희망을 가져다줄 것 같은 예감이 강하게 다가왔다. 어찌 나라고 하는 일 족족 안 되기만 하겠는가. 전 세계가 코비드19 바이러스로 혼란의 소용돌이에 몰려

있고, 해결하지 못하는 계층 간의 쟁점으로 나라 안이 하루도 조용할 날이 없다. 나는 언제부터 아예 TV를 끄고 산다. 유일한 소통 창구이던 페이스북 계정도 닫아버렸다. 어쩌면 이 불행이 내게 무지개를 안겨 줄지도 모른다는 믿음이 생겼다. 분명히 이 원고가 흰색이 되어 혼란스러운 세상을 덮어버릴 거라는 예감이 강하게 나를 자극했다.

이력서와 원고를 들고 친구가 소개해 준 출판사로 가면서 나는 계속 생각을 끊지 못했다. 어제 문을 닫은 출판사가 자꾸 눈에 밟힌다. 내가 다니던 이 출판사 사장에게서 나는 흰색을 찾으려고 노력했다. 순백은 아니지만, 흰색에 가까운 사람이었다. 늘 좋은 책만 내려고 고집하는 바람에 출판사 형편이 자꾸 쪼그라들었다. 그래도 그는 늘 환하게 웃었다. 출판사 월급이 너무 빈약하여 나는 짬짬이 아르바이트로 번역을 했는데, 독일 동물학자가 쓴 『색채와 인간의 진화』 번역을 마친 뒤 무척 고민했다. 처음에는 내가 다니던 이 출판사에 원고를 주려고 했다. 분명히 성공할 수 있을 것 같았다. 도태되거나 은둔하기 전에 이 사장을 구해내고 싶었다. 흰색으로도 세상을 살아갈 수 있다는 걸 확인하고 싶었는지도 모른다. 며칠 고민하다가 기어이 원고를 주지 않았다. 영업력이 약한 게 내 발목을 잡았다. 크게 기대하는 원고라 나도 욕심을 버리지 못했다. 검은색에 가깝도록 점점 다양한 색깔을 담고 있다는 걸 알았으나, 나는 잠시 눈을 감기로 했다. 그런데 이번에도 역시나 내 희망이 먹혀들지 않았다. 서너 군데 출판사에 원고를 보냈다가 모두 퇴짜를 맞고 나니 힘이 빠졌다. 외면했던 우리 출판사에 줄까 하고 마음을 고쳐먹었다가, 이번에도 생각을 접었다. 알량한 내 양심이 열리지 않았다. 내 속이 점점 더 검게 바뀌는 게 보인다.

오랫동안 책상 서랍에 처박아 두었던 이 원고를 나는 결국 우리 사장에게 전했다. 출판사가 문 닫기 일보 직전에 놓였기 때문에 자존심 따위를 생각할 겨를이 없었다. 한 번도 내 생각대로 된 적은 없지만, 이번에는 이 원고가 기울고 있는 출판사를 바로 세워줄 거라는 강한 믿음이 꿈틀거렸다. 손상된 내 양심을 조금이라도 치유하고 싶어 번역료를 받지 않겠다고 했다. 원고를 받아간 지 일주일이 지나도록 사장은 아무 말이 없었다. 원고는 결국 다시 내 손으로 돌아왔다. 이번에는 퇴짜가 아니라 출판사가 문을 닫았다.

속이 흰 사람이 있다. 아직 만나지는 못했지만, 나는 있다고 굳게 믿는다.

"사람들이 책을 한 권만 읽어서 다루기 참 편하다."

그 친구가 한 이 말을 듣고 나는 '속이 흰 사람'이 세상에 존재할 수 있다고 단언했다. 내가 다니던 출판사 사장에게서 흰색을 보려고 무리하게 고집부린 것도 이 친구 때문이다. 흰색이 되지 말아야 할 사람이 흰색으로 위장하면 더 무서운 세상이 된다는 걸 보았다. 이성과 감성이 다른 인간을 괄호로 묶어서 잘 길들일 수 있게 된 이유도 '사람들이 책을 한 권만 읽어서 다루기 참 편하게' 진화했기 때문이라는 걸 알았다. 더닝 크루거 효과(Dunning kruger effect), 학습으로 길든 위장된 인간의 색깔이다. 흰색을 바탕으로 하지 않으면 이 색깔을 발견하기가 쉽지 않다. 그래서 빨리 흰색을 찾고 싶다.

재작년이다. 가을이 깊어가던 어느 날, 종로에서 40년 만에 중학교 동기인 그 친구, 추현국을 만났다. 한동네에서 자라지 않은 그와 내가 같은 중학교 같은 반 옆자리에서 1년 남짓 함께 공부하지 않았다면 수많은 사람이 오가는 서울 거리에서 우연히 만날 이유도 없었을 것이다.

50대 후반 나이가 되었는데도 옛날 모습이 그대로 남아 있었다. 그를 발견했을 때, 솔직히 나는 그 우연에 놀라 기쁨을 챙길 여유가 없었다. 그런 나와 반대로 그는 엊그제 만난 사람을 보듯 매우 여유 있는 표정으로 반가워하며 웃었다.

"야, 책벌레. 너 정화수 맞지. 오랜만이다."

책벌레, 정화수, 참 오랜만에 들어본다. 그는 학교 다닐 때 나를 그렇게 불렀다. 나는 번역 일을 하면서 '단디'라는 필명을 사용했다. 야무지게 세상을 살자고 그렇게 이름 지었지만, 아직 이름값을 제대로 못 하고 있다. 성인이 된 이후로 이름을 들을 기회가 별로 없었는데, 이 친구 덕분에 내 이름을 오랜만에 들어본다. 나는 그가 내미는 손을 잡고 나서야 씩 웃었다.

"이렇게도 만나네. 반갑다."

"야, 너도 여전하네. 금방 알아보겠다."

오가는 사람들이 그러고 있는 우리를 피해 가느라 힐끔힐끔 쳐다본다. 나는 통행을 방해하는 게 눈치가 보여 얼른 손을 놓고 싶은데, 그는 아랑곳하지 않고 내 손을 점점 더 세게 움켜쥐고는 투박한 사투리로 떠들었다. 나는 그를 이끌고 가까이에 있는 커피숍으로 가려고 했다.

그때 그가 내 손을 잡아당기며 커피숍이 있는 바로 옆 빌딩으로 데리고 갔다. 그곳에 그가 자주 다니는 커피숍이 있는가 했는데, 그의 사무실이 그 건물 12층에 있었다. 사장실에 들어가서야 나는 그가 사업가로 큰 성공을 했다는 사실을 알았다. 12층 전체를 그가 경영하는 회사가 사용하고 있었다.

중학교 1학년이 끝나갈 무렵이었다. 어느 날 저녁에 그 친구가 우리 집에 놀러 왔다. 우리는 집 앞 철길 둑에 앉아 북두칠성을 찾으며 놀았다. 막 북극성을 발견했을 때 그 친구가 광고지 한 장을 내밀며 말했다.

"너 나하고 서울 가지 않을래?"

북극성을 놓칠까 봐 눈을 떼지 않은 채 건성으로 "응" 하고 말했는데, 그가 내 손을 당겨 그 광고지를 건넸다. 그제야 나는 군용 플래시를 켜서 그가 준 광고지를 보았다. 잡지에 실린 광고를 뜯어온 것이었다. 'OOO양재학원'의 수강생모집 광고였다.

"여기 가면 기숙사에서 재워주고 밥도 준대. 난 공부가 지겨워. 공부 때려치우고, 기술 배워서 돈을 벌 거야. 너도 갈래?"

"학교는?"

"때려치운다니까. 촌구석에서 중학교 나와 봐야 농사밖에 더 짓겠어. 같이 가자."

난 그 친구의 유혹으로 며칠 동안 무지개를 만나는 환상에 빠졌다. 영화에서나 보던 그 서울 거리를 활보하는 나를 그려보기도 했다. 우린 날마다 철길 둑에 앉아 밤하늘에 반짝이는 별을 쳐다보며 서울 가는 꿈에 부풀었다.

그 무지개를 나는 만나지 못했다. 가족 몰래 도망칠 용기가 처음부터 내겐 없었다. 친구와 그런 구름 잡는 이야기를 나누는 걸 즐겼지, 행동으로 옮길 용기는 애당초 내겐 없었다. 그 친구는 어느 날 정말 고향에서 사라졌다. 얘기하던 대로 서울로 갔는지, 다른 어디로 갔는지는 그 친구의 가족들조차도 몰랐다. 나는 막연히 서울로 갔을 거라고 믿었다.

40년 만에 만난 그 친구는 양복점이 아닌 제법 잘 나가는 중소기업 사장이 되어 있었다. 부품을 생산하여 몇 손가락 안에 드는 국내 대기업에 납품하는 회사인데, 경기도 어딘가에 큰 공장이 있었다. 본사 임직원 말고, 공장 생산직 직원만 100여 명이라고 했다.

나는 가끔 1톤짜리 압축기로 뭐든 납작하게 짓누르는

유튜브 동영상을 즐겨 본다. 웬만한 스트레스는 한 방에 날아가 버린다. 명품 시계(짝퉁인지 아닌지는 모른다)를 순식간에 가루로 만들어 버리는가 하면, 볼링공도 납작하게 눌러 버린다. 저런 물건 하나 있으면 나도 미운 놈 몇을 저렇게 눌러 버리고 싶다고 생각하며 스트레스를 푼 적도 있다. 그를 따라 사장실에 들어갔을 때, 나는 생뚱맞게 유튜브에서 보던 그 압축기를 떠올렸다. 마치 내가 그 압축기 아래에 들어간 기분이었다. 자개로 박은 화려한 명패가 놓인 묵직한 목제 책상, 그 책상 앞에 사람 하나쯤은 통째로 묻어버릴 수 있을 듯 떡 버티고 있는 큰 회전의자가 사람을 주눅 들게 했다. 그것보다 나를 더욱 압도하는 건 사장실 벽 2개를 가득 채운 책장이었다. 빈틈없이 책이 빼곡하게 꽂혀 있었다. 사업한다는 말을 하지 않았으면 무슨 도서관장실에 들어온 기분이 들 정도였다. "야, 책벌레. 너 정화수 맞지. 오랜만이다"라고 하던 그의 말이 떠올라 나를 더욱 당혹스럽게 만들었다. 중학교에 다닐 때부터 나는 늘 그렇게 책을 손에 들고 다녔다. 주로 대본소에서 빌린 『셜록홈즈』 『괴도 루팡』 『007 시리즈』 같은 추리소설을 읽었다. 세계명작으로 불리는 문학작품은 읽어본 적도 없으면서, 누가 장래 희망을 물으면 꼭 '소설가'라고 대답했다. 그랬던 난 아직도 문청文青을 벗어나지 못하고 매년 신춘문예와 문학 잡지 신인상 응모를 기웃거린다. 책하고는 담을 쌓다가 중학교 1학년 때 가출한 그가 이처럼 책을 좋아하는 사업가로 성공했다는 사실 앞에서 나는 입이 굳어 말이 나오지 않았다. 유튜브에서 보던 그 거대한 힘을 가진 압축기가 점점 아래로 내려온다. 압축기에서 빠져나오기 위해 나는 어깨를 힘주어 폈다. 그러나 이내 또 구운 오징어 모양 가슴이 앞으로 말려든다. 차라리 외면하지 말고 눈에 모두 담자. 그러고 나니, 조금은 편안해졌다. 다른 한쪽 벽에는 사진을 넣은 커다란 액자들이 걸려 있었다. 무슨 행사에서 상을 받는 장면과 첫눈에 보기에도 예사롭지 않은 사람들이 모여 함께 찍은 기념사진들이었다. 물론 상을 받는 사람은 그 친구였고, 상을 주는 사람은 금방 얼굴을 알아볼 수 있는 현직 장관이다. 기념사진에도 알 만한 유명한 정치인들이 끼어 있다.

40여 년 만에 만난 친구, 그것도 서울 한복판에서 우연히 만난 친구가 갑자기 외계인으로 보였다. 지구인이라면 이렇게 다른 인물이 될 수가 없다. 같은 지구인이라면 이건 잘못되어도 한참 잘못된 모양새다. 한방에 이런 변신이 가능하다면 누가 힘들게 세상을 돌고 돌며 오르내리겠는가. 내가 보고 겪은 세상은 분명히 이런 게 아니다. 이건 옳고 그른 것을 가르는 문제도 아니다. 질서, 그렇다. 질서에 관한 문제다. 지구인은 지구인으로 사는 질서가 있다. 개천에서 용 났다는 소리를 들으며 서울로 유학 와서 힘들게 대학과 대학원을 마쳤다. '책벌레' 소리를 들을 정도로 중학교 때부터 추리소설로 시작하여 국내외 명작소설은 죄다 찾아 읽으며 소설가가 되는 꿈을 키우고 있다. 어렵게 대학을 다니느라 아르바이트란 아르바이트는 다 경험하면서 호되게 노동을 경험했다. 그렇게 사는 서민을, 국민을, 하늘같이 위하는 평화롭고 아름다운 나라(내 말이 아니라, 내가 표를 찍어 준 어느 훌륭한 정치가께서 한 말이다)에서 나는 아직 변변한 직장을 얻지 못했고, 60을 바라보는 이 나이에 여전히 '문청文靑' 소리를 듣는다. 내가 소설을 습작한다는 걸 아는 사람이 없으니, 사실 그 문청 소리는 누구에게 듣는 게 아니라, 내가 나를 한심하게 볼 때 생각하는 속내다. 도대체 이 친구는 무얼 어떻게 했기에 내게 외계인으로 보이는 걸까. 갑자기 그의 신상을 캐보고 싶은 생각이 울컥 치밀어온다. 어쩌면 그 이야기만 써도 신춘문예 정도는 거뜬히 통과할 작품이 될 듯하다.

여직원이 차를 내왔다. 그때까지 나는 입을 굳게 다문 채 사장실을 두리번거리며 살피고 있었다. 내가 정신을 차렸을 때, 그 친구는 소파 맞은편에 다리를 꼬고 앉아서 나를 물끄러미 바라보고 있었다. 눈이 마주치자 입꼬리를 살짝 올리며 웃는다. 그 모습도 낯설다. 내 앞에 앉은 친구는 철길 둑에 앉아서 잡지 광고를 들고 서울로 가던 그때 그 친구가 아니었다.

"어떻게 지냈어?"

그가 먼저 입을 열었다. "요즘 뭐해?" 하고 묻지 않아서 좀 편했다.

"음, 그냥저냥. 사는 게 다 그렇지 뭐."

그냥저냥까지만 할 걸 하고 후회했으나, 이미 '사는 게 그렇지 뭐'라는 말이 붙어 나와버렸다. 생각과 행동이 따로 놀며 자꾸 꼬인다. 이럴 땐 차라리 선제공격이 낫다.

"너 많이 출세했네."

역시나, 섣부른 공격은 안 하느니 못하다. "어떻게 여기까지 왔는지, 참 궁금하다." 이렇게 물어보려고 했다. 소설을 쓰기 위해 노골적으로 묻는 티가 날 듯해서 급히 바꾼다는 게 그렇게 꼬여버렸다.

그가 갑자기 웃음을 터뜨린다. 영화에서 자주 보던 그 장면이다. 「조폭 마누라」인가 「친구」인가에서 보스가 다리를 꼬고 앉아 앞에 늘어서 있는 부하들에게 그렇게 웃었다. 그 바람에 나는 다음 말을 잊어버렸다.

"맞다. 사는 게 다 그렇지, 안 그래?"

"음? 응, 그렇지."

"운명이란 게 정말 있는가 봐."

"운명?"

"너 기억나지. 그때 내가 너한테 서울로 가자고 그랬잖아. 생각해 보니, 넌 참 착한 친구였어. 에덴동산인가? 그렇지, 천지창조. 그 광고 쪼가리가 천지창조를 하는 티켓인 줄 누가 알았겠어. 사실 네가 그때 함께 서울 간다고 했으면, 나는 그렇게 도망치지 못했을 거야."

"무슨 말이야?"

"솔직히 나도 자신이 없었거든. 네가 눌러앉으려고 하는 걸 보고 오기가 생기는 거야."

"오기?"

"응, 내가 맞고 네가 틀렸다는 걸 보여주고 싶은 오기. 솔직히 말해서, 난 처음으로 널 이겨보고 싶었다. 난 맨날 꼴찌였고, 넌 일등을 했잖아. 공부로 널 이길 수는 없으니, 배짱 하나로 널 이기고 싶었어. 그래서 공부 때려 치우고 서울로 튄 거지. 따지고 보면 네가 날 이렇게 만들어 준 거야."

처음 듣는 말이다. 그가 날 이기기 위해 공부를 작파하고 서울로 도망쳤다니. 난 전혀 알지도 못했던 사실이다. 어쨌든 그와 나는 다시 이렇게 한자리에 앉아 있다. 그가 이긴 거고 내가 진 건가? 유튜브에서 본 그 압축기가 점점 더 아래로 내려왔다.

"나쁜 새끼들!"

갑자기 그가 상스러운 말을 내뱉는다. 진짜 영화 속 장면 같다. 설마 내게 한 말은 아니겠지, "……들!" 했으니까. 나는 조심스럽게 그의 표정을 살폈다. 정말 웃기게도, 말은 그렇게 하면서 그는 평화롭게 웃고 있다. 악다구니하면서 그렇게 웃을 수 있다는 게 참 신기했다.

"그 광고 말이야. 순 엉터리였어. 기숙사에서 먹고 자게 해준다는 거 다 뻥이었어. 돈 내라는 거야. 난 그냥 수강료 내면 재워주고 먹여 주는 줄 알았지. 할 수 없이 포기하고 여기저기 돌아다니다가 자리 잡은 게 카바레였어. 청소도 하고 심부름도 하다가 영업부장이 되었는데……, 여기까지 하자. 암튼 사장이 국회의원이 되는 바람에 수행비서로 따라다니다가 사업을 시작했지. 뭐, 운명이 별거 있어. 그렇게 만들면 그런 운명이 되는 거야. 그때 양재학원에서 날 재워줬으면 난 양복점 주인이 되었거나, 남의 가게에서 옷을 기워주는 사람이 됐을 거야. 새옹지마, 그렇지. 인생은 새옹지마야. 이제 네 얘기 좀 해봐. 넌 지금 뭐하니?"

피하려던 그 질문을 받았다. 지금 뭐 한다고 할까. 운명이란 참 묘하다. 그를 만나던 그 당시에도 다니던 출판사가 문을 닫아 이력서를 들고 낯선 출판사를 찾아가던 길이었다. 그 출판사에 채용이 될지 안 될지 모른다. 백수라고 말하기는 좀 그렇다. 뭐가 좋을까. 소설가로 등단했으면 밥을 굶더라도 당당하게 '소설가'라고 할 수 있는데, 그도 아니다. 거짓말하지 않고, 지금의 내 처지를 설명할 수 있는 게 뭐가 있을까. 아무리 궁리해도 마땅한 말이 떠오르지 않는다. 문득 그동안 내가 읽은 책의 무게와 20년 가까이 학교에 다니면서 공부한 결과가 너무 초라해 보였다. 이 방 책장에 꽂힌 것보다 더 많은 책을 읽었다. "……내가 맞고 네가 틀렸다는 걸 보여주고 싶은 오기. 솔직히 말해서, 난 처음으로 널 이겨보고 싶었다." 그가 한 말이 나를 더 초라하게 만들었다. 압축기가 내

머리까지 내려왔다.

"번역 일을 하고 있어."

순간 이 말이 구세주처럼 튀어나왔다. '단디'라는 필명으로 내가 번역한 책이 일고여덟 권 있으니, 번역가라고 해도 거짓말은 아니다. 자존심 구기지 않고, 적당히 얼버무릴 수 있는 직업으로는 최고가 아닌가 싶다. 왜 이 생각이 진작 떠오르지 않았을까.

"번역가네? 와, 멋지다. 넌 책하고 살 사람인 줄 진작 알았지."

"너도 책 많이 읽네?"

"책? 어, 저거. 사업상 준비한 거야. 우리 공장에 있는 기계 같은 거……. 아니다, 제품에 들어가는 부품 같은 거라는 게 더 맞겠네."

"어쨌든 저 책 다 읽었을 거 아냐."

"에이, 저걸 무슨 수로 다 읽나. 난 한 권만 읽어."

"그게 무슨 말이야, 한 권만 읽다니."

"책을 딱 한 권만 읽어야 제일 세거든."

나는 차를 마시려다가 말고 찻잔을 내려놓고 그를 바라보았다. 무슨 말인지 전혀 알아듣지 못했다. 저 많은 책을 두고 딱 한 권만 읽는다고 한다. 어떤 책을 골라 읽는다는 것 같은데, 그 대단한 책이 어떤 것인지 궁금했다. 그것보다 한 권만 읽어야 제일 세다는 건 또 무슨 말인가. 난 조각조각 잘라서 말하는 그의 어투를 이해하지 못했다.

"그렇게 좋은 책이 있어? 무슨 책인데?"

"무슨 책인 게 아니라, 필요할 때만 그 분야 책을 한 권만 읽는 거지. 많이 읽으면 골치 아프고, 비생산적이야."

"특별히 그래야 할 이유가 있어?"

"말했잖아. 그래야 센 놈이 된다고."

여전히 난 그의 말이 무슨 의미인지, 오리무중이다.

"이해가 안 돼?"

"글쎄……, 도통 뭔 말인지."

"책 많이 읽은 너는 번역가잖아. 딱 한 권만 읽은 나는 사업가가 되었고."

"무슨 궤변을. 책 많이 읽어서 훌륭한 사업가가 된 분들이 얼마나 많은데. 그런데, 한 권이 무슨 힘을 부리는데?"

"아, 네가 방금 옳은 말 했어. 여러 권 읽으면 훌륭한 사업가가 되고, 한 권만 읽으면 나 같은 사업가가 된다는 의미가 되겠네?"

"아냐, 아냐. 그런 뜻으로 말한 게 아니고."

나는 황급히 손을 내저었다. 그가 엉뚱한 오해를 했을까 봐 당황했다.

"괜찮아. 괜찮아. 네가 그렇게 말했다는 게 아니라, 내가 말하고자 한 뜻이 그런 거라고."

"?"

아, 나는 눈앞에 불이 번쩍할 정도로 한 대 세게 맞은 기분이었다. '더닝 크루거 효과', 『색채와 인간의 진화』를 번역하면서 알게 된 이 말이 그제야 떠오른다. '무식하면 용감하다'라고 이해하는 사람들도 있으나, '설 알면 용감하다'라고 하는 게 더 정확하다. 아무것도 모르거나 모두 다 알아서 잘 숙성된 사람은 용감하지 않다. 흰색이거나 흰색에 가깝다. 다 그런 건 아니지만, 세상을 지배하려는 사람은 대개 설 알아서 용감한 사람이다. 완벽하지 않을 때, 사람들은 모자라는 부분을 덧칠하여 내보이고 싶어 한다. 위장한 그 색깔이 오히려 더 큰 힘을 발휘하는 것이다. 아무것도 모르거나 모두 다 잘 아는 사람은 행동력이 약하다. 완벽해야 움직이기 때문이다. 설 아는 사람들은 물불을 안 가리고 빈칸을 행동으로 채운다. 그 힘이 세상을 지배하고 있다. 책을 딱 한 권만 읽어야 색칠할 공간이 넓다. '더닝 크루거 효과'를 높일 수 있다.

내가 놀란 표정을 짓자 그 친구는 자리에서 벌떡 일어났다.

"야, 안 되겠다. 내 좋은 거 보여줄게."

그는 나를 데리고 책이 빼곡하게 꽂혀 있는 책장 앞으로 갔다. 자기 키보다 더 높은 곳에 꽂힌 두툼한 책 한 권을 빼낸다. 마키아벨리의 『군주론』이다. 그 책을 들고 잠시 주춤하던 그는 씩 웃으며 내게 말했다.

"내가 이 책을 읽었다는 게 아니야. 이거, 머리 아픈 책이더군. 몇 장 읽다가 말았어."

그러고는 책이 꽂혀 있던 책장 바닥을 손으로 누른다. 그러자 책장이 한쪽으로 스르르 밀리면서 문이 하나 나타났다.

"?"

이것도 어디서 많이 보던 장면이다. 영화, 그렇다. 영화에서 비밀금고나 비밀 탈출구 같은 것을 그렇게 만들어놓은 걸 본 적 있다. '이 친구도 이런 비밀방을 만든 모양이다'라고 생각하는데, 그가 내 팔을 잡고 그 방으로 나를 데리고 들어갔다.

놀라운 광경이 눈앞에 펼쳐졌다. 마치 무슨 실험실 같

은 분위기다. 유리로 덮은 커다란 모형 도시가 방 가득 차지하고 있었다. 정방형으로 된 모형 도시는 4개의 마을로 구성되어 있고, 마을과 마을 사이로 물이 흐르는 강을 만들었다. 실제로 물이 흐르고 있었다. 다리를 통해 다른 마을로 이동할 수 있게 했다. 마을마다 건물 색깔이 다르다. 파란색, 심홍색, 노란색, 검은색이다. 각 마을에는 건물 색깔과 같은 깃발이 하나씩 세워져 있었다. 깃발에는 영문자로 C, M, Y, K가 씌어 있다. 마을 건물들의 색깔로 봐서 파랑(Cyan), 심홍색(Magenta), 노랑(Yellow), 검정(Key=Black)의 이니셜이 아닐까 싶었다. 자세히 보니 조그마한 흰쥐들이 마을 건물 사이를 왔다 갔다 한다.

"이거, 사람이 사는 세상이야."

"무슨 연구를 하니?"

"연구라…… 연구 맞지."

"이쪽과 관련한 사업을 하나?"

"사업이라기보다 취미생활, 내 오락이야. 여기 들어오면 시간 가는 줄 몰라. 재미있어. 인간을 연구하는 건데……, 쥐가 사람과 닮았다는 게 정말 신기해. 그래서 실험용으로 쥐를 이용하는가 봐. 어 참. 나 이번 선거에 출마할 생각이야."

"국회의원 선거?"

"응. 참, 넌 어디 사니?"

"송파."

"그래? 잘됐다. 어쩌면 그쪽에 공천받을 거 같다. 야, 이거 너 만난 게 우연이 아니네."

정신없이 진행된 대화가 실감이 없다. 쥐를 데리고 노는 사람이 국회의원 출마를? 혹시, 쥐들이 사는 이 모형 도시에서 출마하는 후보인가? 나도 모르게 쿡 하고 튀어나오는 웃음을 겨우 참으며 그를 바라보았다.

"왜? 안 좋아하는 표정이네?"

"아니. 이 방안 풍경이 신기해서 그래. 국회의원 출마라, 혹시 이 모형 도시와 관계있는 거 아냐?"

"여긴 내 쉼터야. 사업하다 스트레스를 받으면 이 방에 와서 쥐들을 보며 해소하지. 미운 놈 있으면 쥐어박기도 하고, 그래도 분이 안 풀리면 몇 놈 처리해 버리기도 하고. 너, 쥐의 유전자가 인간과 일치한다는 거 아니? 인간의 유전자와 99%가 닮았어. 85%는 똑같고, 14%는 유사하댄다. 놀랍지 않아? 실제로 이 도시에서 실험해 보니, 거의 맞는 말이야. 나도 깜짝 놀랐어. 그래서 내가 연구해 봤지. 책을 전혀 안 읽는 인간, 한 권만 읽은 인간, 많이 읽은 인간, 원래 그대로 놔둔 인간을 그룹으로 나누어서 어떤 특성을 가지는지 연구해 봤지. 인간을 그렇게 연구할 수는 없잖아? 이 흰쥐를 인간을 대신해서 투입해 보았지. "

C마을은 책이 뭔지 알면서 한 권도 안 읽는 그룹, M마을은 책을 한 권만 읽은 그룹, Y마을은 책이 뭔지도 모르는 원래 그대로 둔 그룹, K마을은 책을 많이 읽은 그룹으로 나누었다. 여기에서 '책'은 최고급 영양식으로 만든 동물 사료를 말한다. 먼저 각 마을과 통하는 다리를 모두 차단하고, C, M, Y, K마을 쥐들에게 한 달 동안 귀리만 먹인다. 그러고 나서 Y마을을 제외한 C, M, K마을 쥐들에게 귀리 대신 매일 육계용肉鷄用 닭 사료를 한 달 동안 먹인다. Y마을 쥐들에겐 평생 귀리만 준다. 이렇게 C, M, K 마을 쥐들에게 한 달간 닭 사료를 먹이다가, C마을을 제외한 M, K마을 쥐들에게는 일주일에 한 번만 최고급 영양식 사료를 먹인다. C마을 쥐들에게는 계속 닭 사료만 먹인다. 그렇게 또 한 달이 지난 뒤, 이번에는 K마을 쥐들에게는 일주일에 3번씩 최고급 사료를 먹인다. 이때

부터 M마을 쥐들에게는 평생 닭 사료를 먹이면서 일주일에 한 번만 최고급 영양식 사료를 먹인다. 또 한 달이 지난 뒤 K마을 쥐들에게 매일 최고급 영양식 사료를 먹인다. 그렇게 한 달이 지난 뒤에 차단했던 통로를 제거한다.

"어떤 현상이 일어났을 것 같아?"

그가 이 질문을 할 때까지 나는 열심히 메모지에 그의 설명을 받아 적었다. 그냥 들으면 뭐라고 말하는지 도무지 알 수 없었다. 받아 적었는데도 서로 엉켰다. 어느 마을에 닭 사료를 일주일에 몇 번 주는지, 최고급 영양식 사료를 어느 마을에 몇 번 주는지 전혀 해독할 수 없어 총체적인 느낌만 파악했다. C, M, Y, K마을 쥐들에게 귀리, 닭 사료, 최고급 영양가가 있는 사료를 구분해서 먹였더니 어떤 변화가 생겼다는 거다. 답은 나온다. 그렇게 사료를 바꾸어 먹이를 주면 동물인 쥐들에게 뭔지는 모르지만, 분명히 변화가 생겼을 것이다. 평생 귀리만 먹인 쥐들은 변화가 없을 거라는 예단을 했다. 어떤 변화가 일어났을까. 갑자기 호기심이 생긴다. 나는 슬그머니 메모하던 종이를 접었다. 모형 마을의 쥐들처럼, 나도 그의 실험에 이용되고 있다는 생각이 들어 얼굴이 화끈거렸다.

다행히 그는 내 대답을 끝까지 기다리지 않았다. 곧바로 실험 결과를 설명했다.

Y마을 쥐; 평생 귀리만 먹인 쥐들은 통로를 터 주었는데도 자기 마을에서 나오지 않았다. 자기 마을 안에서만 맴돌며 산다. 먹이를 두고 자기네들끼리 다투는 일도 발생하지 않았다.

C마을 쥐; 한 달만 귀리를 먹이고, 평생 닭 사료만 먹인 쥐들은 대부분 영양 불균형으로 비실비실 맥을 추지 못했다. 당뇨에 걸리거나 심장 질환이 생겨 거동이 불편했으며, 최고급 영양식 사료를 훔쳐 먹기 위해 K마을에 몰래 들락거렸다. 그런데 주인인 K마을 쥐들이 아닌, K마을을 몰래 들락거리던 M마을 쥐들에게 공격받았다. 남의 마을에서 주인이 아닌 다른 마을 쥐들에게 견제받은 것이다.

M마을 쥐; 닭 사료를 먹이다가 일주일에 한 번만 최고급 사료를 먹인 M마을 쥐들은 C마을 쥐들처럼 날마다 K마을에 가서 최고급 영양식 사료를 훔쳐 먹는다. 이때 C마을 쥐들과 마주치면 물고 뜯고 싸운다. 이 싸움은 언제나 M마을 쥐들이 이긴다. C마을 쥐는 M마을 쥐들에

게 상대가 되지 않았다. 말하자면 영양가 있는 최고급 사료를 맛보기 위해 C마을 쥐들은 목숨을 걸고 K마을에 간다. 그렇게 다치고 죽으면서까지 C마을 쥐들은 K마을에 가는 일을 포기하지 않는다.

K마을 쥐; 한 달간 닭 사료를 먹이다가 일주일에 세 번 최고급 사료를 한 달간 먹인 뒤, 평생 최고급 영양식 사료를 먹인다. K마을 쥐들은 다른 마을 쥐들보다 덩치가 월등히 크고 건강하다. 놀라운 건, Y마을 쥐들처럼 자기 마을에서 잘 나가지 않았으며, 가끔 순회하듯 C, M, Y 마을을 다녀온다. 자기네들끼리 싸우지도 않았지만, 다른 쥐들과도 다투지 않았다. 바쁘게 움직이지도 않았다. 천하태평이다. 자기 마을에 몰래 들어와 먹이를 훔쳐먹는 C, M마을 쥐들을 보고도 응징하지 않았다. 처음에는 침입자들을 격퇴했다. 물고 뜯고 싸우기도 했다. 그러다 K마을 쥐들이 다치거나 죽는 일도 있었다. 시간이 지나자 K마을 쥐들은 그럴 필요가 없다는 걸 알았다. 자기들이 견제하지 않아도 M마을 쥐들이 경비병처럼 대신 C마을 쥐들을 격퇴해 주었기 때문이다. K마을 쥐들은 M마을 쥐들에게 적당히 최고급 사료를 몇 알만 주면 알아서 적들을 처치해 준다는 걸 안 것이다. 그리고 난 뒤에는 M

마을 쥐들은 절대로 K마을 쥐들에게 대들지 않았다. 심지어는 최고급 영양식 사료를 훔쳐먹다가 K마을 쥐가 나타나면 꼬리를 내리고 굽신거리며 옆으로 비켜 주기도 했다. 잘 길들인 경비병이 되어 있었다.

전체 마을의 서열이 자동으로 정해졌다. 자기네들끼리 먹이를 두고 서열을 만든 것이었다. 가장 강한 순서를 보면, K마을 쥐들이 최상위 그룹이고, 다음이 M마을, 다음이 C마을, 최하위가 Y마을 쥐들이다. 재미있는 현상은, 최하위 서열이지만 Y마을 쥐들은 이 서열을 전혀 인지하지 않았다. 다른 마을을 기웃거리지도 않았으며, 자기 마을 안에서도 먹이를 두고 다투지도 않았다. 4개 마을 중 가장 평화로운 곳이다. 가끔 C, M마을 쥐들이 들어와서 시비를 걸기도 하나 Y마을 쥐들은 대항하지 않고 조용히 그들이 지나가기만을 기다렸다. Y마을에 침입한 C, M마을 쥐들도 처음과 달리 Y마을에 가는 횟수가 점점 줄어들었다. 가 봐야 먹을 것이라곤 맛없는 귀리밖에 없고, 싸움을 걸어도 응하지 않으니 김이 빠진 것이다. 쥐들 가운데 가장 사납고 포악한 그룹은 M마을 쥐들이다. 그런 일은 자주 일어나지 않지만, C마을 쥐가 K마을 쥐에게 대들면 언제 나타났는지 M마을 쥐들이 K마을 쥐를 경호하며 C마을 쥐를 공격했다. M마을 쥐들은 겁이 없다. 아무 마을에나 무시로 들락거렸고, 대드는 쥐가 있으면 응징한다. 그러다 힘이 달리면 동료들을 데리고 와서 반드시 대든 쥐를 응징했다. 가끔은 자기네들끼리 목숨을 걸고 싸우기도 한다. 이 점에서는 C마을 쥐들도 마찬가지다. 이들은 동료들끼리도 잘 싸운다. 그러다 자기 마을 안에서 큰 싸움이 벌어지기도 한다. 내란이 일어나는 것이다. C마을 쥐가 M, K마을 쥐에게 아부하거나, M마을 쥐가 K마을 쥐에게 아부하는 일이 잦아지면 이런 내란이 일어났다. 심지어 M마을 쥐들은 한편으로 끌어들인 C마을 쥐들을 이용하여 K마을 쥐들에게 연줄을 댄 같은 M마을 쥐들을 공격하기도 했다. 끼리끼리 한패를 만들어 집단 싸움을 벌이는 것이다. 전체를 종합하면 최상위 그룹은 K마을 쥐들이지만, 실제로 이 전체 마을에서 실권을 쥔 건 M마을 쥐다. 간혹 K마을 쥐도 M마을 쥐를 두려워하기도 한다. 언제 자기네들을 공격할지 모른다는 동물 특유의 예감을 알아차린 것이다.

"어때, 재미있지 않아? 쥐가 인간과 유전자가 닮았다는 말이 맞아. 사람들과 똑같잖아."

"언제부터 이런 취미를 즐긴 거야?"

"내 사업 파트너 중에 실험용 쥐를 공급하는 이가 있어. 가끔 사육장에 놀러 가곤 하는데, 어느 날 내게 쥐를 한 번 길러보라는 거야. 호기심으로 몇 놈 길러봤는데, 참 재미있어. 고양이나 개를 기르는 것과는 전혀 다른 재미를 주는 거야. 보채지도 않고, 내가 해주는 대로만 먹고 자고 사는 게 너무 편했어. 기르다 보니 꼭 사람 같다는 생각이 드는 게 아니겠어. 너도 한번 키워 볼래?"

"그런 스토리를 언제 발견한 거니?"

"자세히 봐. 쥐들에게 비표가 붙어 있잖아."

나는 그제야 모형 마을 쥐들을 자세히 살펴보았다. 쥐들의 귀에 깨알만한 플라스틱 비표가 붙어 있었다. C마을 쥐는 파랑색, M마을 쥐는 심홍색, Y마을 쥐는 노란색, K마을 쥐는 까만색 비표다. 새하얀 쥐들이라 비표 색이 매우 강렬해 보인다. 나는 좀 더 자세히 쥐들을 살펴보았다. 쥐들이 서로 다른 마을을 들락거리며 다니고 있는 게 눈에 보였다. 한참 동안 집중하여 살펴보았더니, 바닥을 하얀색으로 해 놓아서 쥐들은 잘 안 보이고 파란색·심홍색·노란색·까만색 점이 이리저리 포물선을 그으며 바삐 움직인다. 그의 말대로 노란 비표와 까만색 비표들은 한 곳에만 몰려 있다.

"쥐의 평균 수명은 약 18개월 정도인데, 이 녀석들의 수명이 다 달라. 내가 같은 날 태어난 놈들만 데려왔거든. 그런데도 수명이 다 달라. 제일 오래 건강하게 사는 녀석들은 귀리만 먹은 Y마을 쥐들이야. 다음이 K마을 쥐들이고, 다음이 C마을 쥐들. 가장 수명이 짧은 녀석들은 M마을 쥐들이지. 원인은 스트레스야. 비만으로 제일 먼저 죽을 것 같은 K그룹은 C, M마을 쥐들보다 훨씬 더 오래 살아. 꼭 사람들 같지 않아?"

내가 더 놀란 건, 이 모형 마을에는 교도소도 있고, 사형장도 있다는 거다. 물론 재판관은 이 친구, 추현국이다. 내가 "어떤 기준으로 재판을 하는 거야?" 하고 물었을 때 그는 아무렇지도 않게 "엿장수 마음대로지."했다.

"가장 포악한 놈을 잡아다 굶기거나, 맛없는 사료를 며칠 먹이면서 감금해 두면 곧 온순해져. 그러다 내 기분이 엿 같은 날은 가끔 사형시켜 버리기도 해. 열불이 난 날은 눈에 보이는 게 없어서 가끔 엉뚱한 놈을 사형시켜 버리기도 하지. 워낙 작아서 잠깐 한눈팔면 뒤섞여 타킷을 놓치는 거야. 다 제 운명이지 뭐. 살다 보면 그렇게 재수 없는 일도 생기잖아?"

그 친구가 국회의원에 당선되었다는 소식을 아직 듣지 못했다. 출마하지 못한 건지, 아니면 출마했다가 낙선했는지 알지 못한다. 나는 굳이 알려고 하지 않았다.

약속 시각에 맞추기 위해 나는 출판사를 향해 빠른 걸음으로 걸었다. 분명히 이번에는 좋은 일이 있을 것 같은 자신감이 생겼다. 나는 『색채와 인간의 진화』 번역 원고가 든 가방을 다시 힘주어 꽉 껴안았다.

나비바늘꽃

순천 송광사를 찾는 사람들은 극락교極樂橋와 능허교
凌虛橋를 건넌다. 무지개 모양으로 쌓아 올린 이 두 돌다
리 위에는 팔작지붕을 한 화려한 회랑回廊이 세워져 있
다. 극락교에는 청량각淸凉閣, 능허교에는 우화각羽化閣
이다. 청량각은 일주문 밖에, 우화각은 일주문 안에 있
다. 마음을 맑게 씻고(淸凉) 일주문을 들어가면 한 마리
나비가 되어(羽化) 자유로이 허공을 날아오른다.

"김 선배, 뭐해요? 얼른 들어가야 해요."
앞서 우화각을 건너간 사진기자 박선태가 회랑 밖으
로 고개를 내밀며 큰 소리로 말했다. 그때까지 소설가 김

진우는 우화각을 건너가지 않고 밖에서 현판을 바라보고 있었다. 청량각과 달리 우화각에는 현판을 정면이 아닌 측면에 달아놓았다. 다리를 건너기 전에 옆으로 돌아가야 능허교 무지개 아치 위에 걸려있는 현판을 본다. 현판을 바라보던 김진우가 손짓하며 박선태를 부른다.

"박 기자! 이리 좀 와 봐. 여기 이거 한번 찍어둬."

"그거 지난번에 왔을 때 다 찍었어요."

"아냐, 이거 다른 거야. 빨리 오라니까."

박선태가 우화각을 되돌아 나와 김진우에게로 왔다.

"뭔데 그래요? 지난번 우화각 현판을 찍으면서 능허교도 여러 컷 찍었어요."

"저길 봐. 저거 보여?"

박선태는 김진우가 손가락으로 가리키는 능허교 무지개 아치를 뚫어지게 바라본다.

"뭘 보라는 거죠?"

"못 봤어? 저기 무지개 아치 아래 중앙을 자세히 봐. 줄에 엽전 세 닢이 매달려 있잖아."

"아, 저거요. 저거 엽전이에요? 저걸 왜 저기에 달아놨죠?"

박선태가 얼른 개울로 내려가 아치 가까이 다가갔다.

능허교 돌다리 아래 천장에 용머리를 조각하고 거기에 철사를 걸어 엽전 세 닢을 매달아 놓았다. 그것을 본 박선태가 소리쳤다.

"와! 김 선배, 진짜 눈 좋다. 이걸 어떻게 봤지. 엽전 맞네. 상평통보도 있어요. 누가 이걸 매달아 놓았을까요. 부적인가?"

"자세히 봐봐. 묶은 모양을 보면 나중에 단 게 아니라 공사할 때 달아놓은 거 같지 않아? 방금 자료를 찾아봤는데, 공사할 때 사용한 공금 중에 남은 돈이래. 능허교를 놓는 데 사용하던 돈이라 다른 곳에 쓸 수 없어서 나중에 이 다리를 보수할 때 사용하도록 그렇게 매달아 놓은 거란다."

"진짜 대단하다. 엽전 세 닢도 이렇듯 청렴하게 정리하라는 거네. 요즘 땅 투기로 시끄러운 그 '땅집공사' 직원 양반들 여기 와서 이걸 봐야겠어요. 아니, 우화각 현판을 왜 정면에 안 달고 여기에 있나 했더니, 이걸 보라는 거네요. 와, 정말 신기하다."

"이거, 특종 한번 만들어봐."

말은 그렇게 했지만, 김진우는 딴생각하고 있었다. 그는 "……소를 놓아 기르는 거지요. 소는 제 살길을 알아서 찾아요. 그렇게 고삐를 하지 않고 자유롭게 놓아 기르면 소 다운 소가 됩니다. 줄을 놓으면 길이 보이지요"라고 하던 승찬僧讚 스님의 말을 곱씹고 있다. 줄을 놓으면 길이 보인다. 그는 엽전을 매달고 있는 철삿줄을 바라보았다. 자기 몸이 삭아 부서질 때까지 엽전을 붙들고 있는 저 철삿줄. 그는 정신이 번쩍 들었다. 엽전을 보라는 게 아니라 질긴 인연을 끊지 못하는 저 철삿줄의 허망을 보라는 것이다. 철삿줄은 엽전을 붙잡고 있는 게 아니라 엽전에 붙잡혀 있다. 그래서 이 다리가 능허교며, 그 위에 우화각을 올렸다. 엽전은 인연의 그림자일 뿐이다. 그림자에 붙들려 있는 이 질긴 인연을 끊어야 허공을 건너는(凌虛) 한 마리 나비가 된다(羽化).

열심히 카메라 셔터를 누르던 박선태가 재촉한다.

"어서 가시죠. 벌써 시작하는 거 같은데."

"응, 알았어. 가자."

오늘 대웅보전에서 지난해 입적한 회광당廻光堂 승찬 대선사 일각一覺 스님의 추모 법회가 열린다. 김진우는 한 신문사의 요청으로 박선태 사진기자와 함께 추모 법회를 취재하러 왔다. 사실 그는 추모 법회보다 이번에는 우화각의 나비에 더 큰 의미를 두고 기사를 쓰려고 한다.

김진우가 우화각에서 나비(정확히 말하면 나비의 그림자다)를 발견한 건 세 번째 방문했을 때다. 두 번째 방문했을 때 승찬 스님에게 들은 돈오점수頓悟漸修가 결정적 계기였다. 이번까지 합쳐 그는 모두 네 번 송광사를 방문한다. 두 번은 불교 관련 신문사 객원기자로, 한 번은 불교TV방송 프로그램 진행자로 방장方丈이던 승찬 스님을 인터뷰했다. 같은 스님을, 그것도 같은 사람이 세 번이나 인터뷰하는 일은 매우 보기 드문 인연이다. 더구나 이번 추모 법회까지 그가 취재한다.

　두 사람은 서둘러 대웅보전으로 갔다.

첫 번째 인연

　그해 10월 중순, 김진우는 한 불교 신문사로부터 송광사 방장 승찬 스님을 인터뷰해 달라는 요청을 받았다. 승낙하기 전에 그는 습관처럼 자기를 선택한 이유와 과정을 물었다. 담당자 쪽에서 보면 좀 불쾌한 질문일 수 있으나 그는 꼭 그렇게 물었다.

　그 무렵 김진우는 '번아웃 증후군'을 치료받고 있었다. 손을 떨 정도로 심한 불안증으로 힘들어했다. 주로 혼자 있을 때 그러한 증상이 나타나기에 주변 사람들은 전혀 눈치채지 못했다. 평온하게 있다가 갑자기 울적해지거나 별스럽지 않은 일에도 폭발할 듯이 기분이 들뜬다. 불안감은 이렇게 급격하게 기분이 변하는 변곡점에서 발생했다. 이런 증상이 반복되면서 점차 그 경계도 모호해졌다. 감정의 변곡점에서 불안해지는 건지 불안해지면서 슬프고 기쁜 감정이 튀어나오는 건지 원인과 결과가 서로 뒤섞이면서 가끔 혼미해지는 증상도 나타났다.

처음 이러한 증상이 나타났을 때 김진우는 남들보다 감정이 좀 예민한가 보다 했을 뿐 심각하게 여기지 않았다. 신기하게도 무엇이든 일할 때는 그런 증상이 사라졌다. 일에 몰두하느라 자각하지 못한 건지 증상이 사라진 건지는 사실 정확하지 않다. 아무러하든 일할 때는 편안해진다. 그러다가 일없이 시간이 비면 기다렸다는 듯이 그런 증상이 다시 시작되었다. 증상이 점점 심해지자 병원에 가야 할까 고민한 적 있으나 일에 몰두하면 거짓말처럼 사라지기에 그는 그대로 견뎠다. 그는 빈 시간을 채울 일을 끊임없이 찾았다. 작품을 쓰든지 도서관에 가서 자료를 뒤지지 않으면 종일 책을 읽거나 친구를 불러내식사를 했다. 그러다 별생각 없이 며칠 훌쩍 여행을 떠나기도 한다. 뭐든 할 수 있는 일을 만들어야 했다. 남들이 볼 때는 하고 싶은 일을 주저 없이 하며 행복하게 사는 줄 안다. 문제는 밤이다. 잠을 자면 해결되지만 이런 증상이 나타나면 잠을 잘 수가 없다. 그럴 땐 속수무책이다. 밤에 할 수 있는 일이라고는 작품을 쓰거나 책 읽는 것밖에 없는데 불완전한 감정으로는 작품을 쓸 수도, 책을 읽을 수도 없다.

작년 봄부터 이런 증상이 나타났다. 2년 걸려 쓴 장편소설을 출간한 기념으로 동료 작가들과 간소하게 축하연을 하고 온 그날 저녁에 김진우는 극심한 외로움과 슬픔에 휘둘렸다. '이게 뭐지?' 하다가 장편소설을 쓰느라 진이 빠져 그런가보다 여기며 그는 가벼이 넘겼다. 그게 아니었다. 날이 갈수록 그런 증상이 심해져서 어떨 때는 이유도 알 수 없는 슬픔을 못 이겨 눈물 흘리기도 했다. 혼자 술을 마실 때도 있었으나 잠시 해결될 뿐 술이 깨면 더 심해졌다.

곰곰 생각을 되짚던 김진우는 화들짝 놀랐다. 그는 형수를 떠올렸다. 아무래도 그 일이 원인인 듯했다. 그제야 그는 서둘러 병원에 갔다. 더 심해지면 아무래도 사고를 저지를 것 같았다. 증상을 들은 의사가 "혹시 어떤 일에 몰입하고 있나요?"라고 묻자 잠시 망설이던 그는 "없습니다" 했다. 이런저런 질문을 하던 의사는 "한 가지 생각에 깊이 빠지면 그럴 수 있다. 대개 그 목적이 이루어지지 않았을 때 일어날 확률이 높다"라고 했다. 어떤 일이든 완벽하게 하려거나 지고지순한 프레임에 빠지는 사람에게 잘 나타나는 증상이라며, 의사는 그에게 한 번도 들어보지 못한 '번아웃 증후군'이라는 진단을 내렸다.

형수가 된 그녀는 김진우의 여자친구였다. 해외 출장을 간 형 대신에 참석한 어느 모임에서 그는 9살 연상의 방송국 프로듀서인 그녀를 만났다. 첫눈에 반해 그는 스토커로 오해받을 정도로 끈질기게 따라다닌 끝에 마침내 그녀의 마음을 붙잡았다. 일주일에 한두 번 만나 데이트를 하면서 가볍게 키스할 정도로 가까워졌다. 그러는 동안에도 그녀는 한 번도 그에게 사랑한다는 말을 한 적 없다. 그 말이 듣고 싶어서 그는 한결같은 몸짓으로 그녀에게 "사랑해"라고 했으나 그럴 때마다 그녀는 가볍게 웃기만 했다. 그 웃음에 감추어진 그녀의 마음을 알고 싶어서 그 이유를 묻자 그녀는 "쑥스럽다"라고 했다. 9살 연상이라는 게 불편해서 그럴 거라 이해했지만, 그는 늘 마음 한쪽에 묻어 있는 불안을 지우지 못했다. 그녀와 결혼하고 싶다고 생각할 즈음에 그 불안이 그에게 악몽으로 다가왔다. 언제부턴가 그녀가 이런저런 이유로 그와의 약속을 피했다. 딱히 싫다거나 헤어지자는 말을 서로 한 적은 없지만, 그렇게 희미하게 빛바랜 시간이 흘러가던 중 그는 상상할 수 없는 충격과 맞닥뜨렸다. 형과 혼담이 오가던 형수가 될 사람이 그녀라는 걸 안 것이다. 이미 결혼 날짜가 결정된 뒤였다. 그의 형은 그녀가 자기 동생의 여자친구였던 걸 몰랐으며, 그녀도 결혼할 남자가 그의 형인 줄 몰랐다. 이러한 사실을 서로 모른 채 그렇게 혼담이 진행되었다. 20년이 지난 일이다.

그녀가 가족이 되고 나서 얼마 뒤였다. 어느 날 그녀와 단둘이 있을 때 김진우는 그녀에게 단호하게 "형과 이혼해" 하고 말했다. 잠시 놀란 표정을 짓던 그녀는 곧 표정을 수습한 뒤 "빨리 너도 결혼해" 하고는 웃었다. 그 뒤 그도 그녀도 그 일에 대해 한 번도 언급한 일이 없다. 어쩌다 둘만 있게 되면 그가 먼저 자리를 피해 버렸다.

지금까지 김진우가 결혼하지 않은 건 그녀 때문이다. 이를 알아차린 그녀가 주변 여성을 소개하거나 부모를 통해 혼담을 성사시켜 보려고 했으나 그는 조금도 관심을 보이지 않았다. 그녀의 의도를 알아차린 그는 일부러 그녀에게 '너 때문에 결혼하지 않는다'라는 의사를 간접 표현하며 괴롭혔다. 방송국 프로듀서인 그녀는 가끔 그의 작품을 방송에 소개하거나 인터뷰 프로그램에 출연하도록 주선해 주며 마음을 돌려보려고 노력했다. 처음 몇 번은 모르고 응했으나, 이 사실을 알고 나서부터 그는 언론 매체에서 섭외가 오면 일일이 확인했다. 그녀가 관련되었으면 정중하게 거절한 뒤 그 사실을 꼭 그녀에게 알려주었다.

다행히 이번 승찬 스님 인터뷰는 그녀가 개입한 게 아니었다. 그러함에도 다른 때와 달리 김진우는 신문사의 요청을 선뜻 받아들이지 못하고 하루 말미를 두고 머뭇거렸다. 법력이 높은 스님이라는 신문사 측의 소개를 듣고는 혹시 묻어둔 자신의 이런 문제들이 드러나지나 않을까 두려웠다. 언제일지 모르지만, 그는 그녀가 형과 헤어져 혼자가 되면 단 하루라도 좋으니 그녀와 결혼하리라는 희망을 버리지 않고 있다. 그는 그녀가 형과 이혼하거나, 아니면 형이 빨리 죽었으면 하고 바란 적 있다. 나이가 그보다 12살이나 더 많기에 그는 형이 자기보다 먼저 세상을 떠날 거라 굳게 믿는다. 언젠가 뉴스에 동생이 형을 살해한 사건이 보도되었을 때 그는 자기도 모르게 범인을 감싸다가 깜짝 놀라기도 했다.

　송광사 방장 스님이 있는 곳은 삼일암三日庵이다. 상좌
스님과 전화로 일정을 조율할 때 '삼일암'이라는 말을 듣
고 김진우는 본찰과 따로 떨어져 있는 암자인 줄 알았다.
여느 암자와 달리 삼일암은 송광사 경내에 있다. 절 안에
있는 절인 셈이다. 송광사는 일주문도 특별나다. 절 들머
리에 홀로 서 있지 않고 여염집 대문처럼 양쪽에 담장을
둘렀다. 쌍탑일금당雙塔一金堂이라는데 송광사에는 대웅
전 앞에 석탑과 석등이 없다. 처마 끝에 풍경風磬도 달지
않았으며 주련柱聯도 없다. 보통 조실 스님이나 방장 스
님이 머무는 곳 당호가 '拈花室'(염화실)인데 송광사 삼
일암에는 '微笑室'(미소실)이다. 전각을 비롯하여 나무
한 그루 풀 한 포기에도 예사롭지 않은 가르침을 담아서
가람 전체에 불법을 깨치는 서사敍事가 흐른다.
　김진우는 상좌 스님의 안내로 박선태 사진기자와 함
께 미소실로 들어갔다. 큰 통나무로 만든 앉은책상 앞에
승찬 스님이 환하게 미소 띠며 앉아 있었다. 처음 만나는
데도 마치 자주 보던 인연처럼 그는 스님이 낯설지 않았
다. 엄숙하리라 예상하고 긴장했으나 이웃집 할아버지처

럼 평범한 인상이어서 그는 오히려 이런 모습에 얼른 적
응이 안 되었다.

김진우가 건네준 명함을 들고 바라보던 승찬 스님이
"소설가라……" 하며 혼잣말을 했다. 그는 명함에 '소설
가'라고 큼직하게 찍었다. 일종의 부적 같은 의식이다.
스님들이 머리를 깎고 승복을 입는 것처럼, 소설 쓰는 일
을 게을리하지 말자는 경계 같은 것이다.

"나도 한때 소설가가 되려고 했지요."

잘못 들은 줄 알고 김진우는 눈을 크게 뜨고 스님을 바
라보았다. 시인과 수필가 스님은 더러 보았으나 소설가
로 활동하는 스님을 그는 아직 만나지 못했다. 스님이 소
설가가 되는 게 이상한 일은 아니지만, 방장 스님이 소설
가가 되려고 했다니 특별한 관심이 갔다. 그는 스님이 출
가한 동기가 궁금했다.

"언제 소설가가 되려고 하셨습니까?"

"젊을 때 잠깐 그랬지요. 박종화 선생의 『금삼의 피』
와 『다정불심』, 이광수 선생의 『무정』과 『단종애사』를
읽으면서 소설을 한번 써보고 싶다고 생각한 적 있어요."

스님은 얼굴 가득 웃음을 띠며 "불가에 들어와서 그
꿈을 접었어요"라고 했다.

"스님께서는 「오계五戒의 노래」를 작사하고 한글 경전 보급에도 남다른 관심을 보이시니, 불교의 가르침을 소설로 완성해 보는 것도 큰 의미가 있을 듯합니다."

스님은 긍정도 부정도 아닌 웃음으로 답했다. 더 구체적인 답을 묻는 건 예의가 아닐 듯하여 김진우는 화제를 바꾸었다. 스님 뒤쪽 벽에 '牧牛家風'(목우가풍) 액자가 걸려있었다. 목우가풍은 송광사 스님들의 수행 가풍이다.

"송광사 목우가풍은 어떤 것입니까?"

"글 뜻 그대로 소를 놓아 기르는 거지요. 소는 제 살길을 알아서 찾아요. 그렇게 고삐를 하지 않고 자유롭게 놓아 기르면 소 다운 소가 됩니다. 줄을 놓으면 길이 보이지요."

소 다운 소, 목우牧牛는 길들인 소가 아니라 스스로 길을 찾는 소다. 틀에 가두지 않고 타고난 결을 따라 자유롭게 살도록 하는 것이다. 정(定=선)과 혜(慧=화엄)를 함께 수행하는 정혜쌍수定慧雙修로 결사結社하여 퇴락하던 고려불교를 일으킨 보조국사 지눌 스님의 법호가 목우자牧牛子다. '목우가풍'은 그리하여 탄생했으며, 송광사를 움직이는 눈에 보이지 않은 힘이다.

숭찬 스님은 출가하기 전에 초등학교 선생님이었다. 어느 날, 담임을 맡은 반 여학생이 울면서 선생님에게 달려왔다. 남학생이 아이스케키를 했다는 것이다. 선생님은 그 남학생을 교무실에 불러 체벌했다. 처음에는 회초리로 손바닥을 두세 대 때려주고 잘못했다는 말을 듣고자 했으나 세 대를 맞고도 남학생은 입을 다물고 있었다. 그래서 한 대 더 때렸다. 그래도 입을 다물고 있기에 잘못했다는 말이 나올 때까지 그렇게 때렸다. 이제 선생님이 곤란해졌다. 그만 때리자니 체면이 구겨지고, 더 때리자니 아이가 다칠지 몰라 진퇴양난에 놓였다. 시작 안 하느니만 못하다고 생각하는데 문득 '내가 누구인가?'라는 의단疑團이 고개를 들었다. 분명히 체벌로 제자의 잘못을 고치려던 선생님이었는데, 그 선생님은 사라지고 오기로 가득 찬 낯선 사람 하나가 서 있는 걸 발견한 것이다. 이 의단으로 고심하던 끝에 선생님은 학교에 사표를 내고 불가佛家로 왔다.

"찾으셨습니까?"
"그 물건은 처음부터 존재하지 않은 거였지요. 선종

제3조 승찬 스님께서 못 찾은 그 '죄'라는 물건처럼, 이것도 존재하지 않은 허망虛妄이었어요. 길에 있는 무거운 돌을 하나 주워서 들고 있었던 게지요."

"그게 깨달음이군요."

한센병으로 고생하던 한 사람이 법력 높은 선종禪宗 제2조 혜가 스님을 찾아갔다. 그는 스님에게 "죄를 많이 지어 몹쓸 병에 걸렸습니다. 제발 이 죄를 씻고 병을 낫게 하는 방법을 알려주십시오" 하고 사정했다. 그러자 혜가 스님이 "그 죄를 가지고 오면 내가 병을 낫게 해드리리다" 했다. 아무리 뒤져도 죄를 찾지 못하자 그는 빈손으로 혜가 스님에게 왔다. 혜가 스님은 "찾지 못한 걸 보니 그대에게는 죄가 없는 게요. 이제 그 무거운 물건을 버리고 그 자리에 불법을 담으시오" 했다. 이 인연으로 그는 혜가 스님으로부터 '불법의 구슬을 꿴 스님'이란 뜻으로 '僧璨(승찬)'이라는 법명을 받고 선종 제3조가 되었다.

한자가 다르지만, 김진우는 방장 스님의 법호法號 僧讚(승찬)이 선종 제3조 스님의 법명에서 따왔을 거라 믿었다. 제자를 체벌했을 때 일어난 의단이나 죄를 지어 한

셋병에 걸렸다며 매달렸던 의단 모두 허망이며, 이를 깨닫고 불가佛家로 온 두 스님의 인연 길이 같다.

"깨달음은 모양이 없어요. 그냥 본래 있던 그 자리, 그것이지요. '그 자리'를 찾는 건데 뭐 대단한 일이겠소. 손바닥 뒤집기지, 여반장如反掌. 그걸 사람들이 어렵다고 합니다. 세상에 손바닥 뒤집을 줄 모르는 사람이 어디 있겠소. 안 뒤집어서 못 뒤집는 거지."

"알 것 같으면서도 쉬 와닿질 않습니다. 아직 먼지를 덜 닦아서일까요?"

"오롯한 내 마음을 붙잡지 않고 방편을 찾으려니 안 보이는 거요. 된장찌개를 끓이면서 주식값이 얼마나 올랐는지 내려갔는지, 아이가 학교에서 공부 잘하는지 못하는지, 남편이 돈 잘 벌어오는지 어떤지 생각하는 것과 같지요. 제 마음은 다른 데 두고 엉뚱한 남의 마음으로 된장을 끓이는데 그 된장찌개가 맛있겠소?"

당연히 맛이 없다고 해야 옳다. 김진우는 대답하지 못했다. 입 밖으로 나오는 순간 사라져 버릴 것 같았다. 밖으로 꺼내 보여주는 순간 그 물건은 이미 본래의 그 물건이 아니다. 이름으로 포장된 또 다른 형상이다. 그는 입 안까지 올라온 대답을 삼켜 버렸다.

답을 찾지 못한 줄 여겼는지 승찬 스님이 말을 이었다.

"화가는 그림 그릴 때 오직 그림에만 몰두하고, 김 선생처럼 소설가는 소설을 쓸 때 오직 그 소설에만 마음을 쏟을 게 아니겠소? 그게 김 선생이 찾는 그 물건이오."

'一擧一投即禮佛(일거일투즉예불; 손 한번 들고 발 한번 옮기는 게 곧 부처님께 올리는 예배다)' 김진우는 승찬 스님의 오도송悟道頌한 구절이 생각나 빙긋이 웃었다. 그의 웃음을 본 승찬 스님 역시 말없이 웃었다. 이심전심이다.

"당호堂號가 '微笑室(미소실)'인데 보통 '拈華室(염화실)'이라고 하지 않습니까? 미소실로 한 특별한 의미가 있는지요?"

"부처님께서 연꽃을 드니(拈華염화) 가섭존자께서 빙그레 웃었지요(微笑미소). 가섭존자께서 연꽃 속에 든 '본래 모습'을 봤는데 그 물건은 이름도 형상도 없어요. 그렇다고 그 물건에 이름을 붙여 꺼내 보이면 대중은 모두 본질은 내버려둔 채 그 이름을 붙들 게 아니겠소. 이제 보이오?"

염화拈華는 연꽃을 쥔 부처님이고 미소微笑는 깨달음을 얻은 가섭존자다. 누구든 깨달으면 부처가 되지만 부처를 꺼내 보이면 그건 이미 부처가 아닌 형상이 된다. 깨달음은 찰나에 오지만, 그 한 번의 깨달음으로 '영원한 부처'가 되는 게 아니라 찰나 찰나가 이어지는 끝없는 시간 속에서 깨침을 이어가야 한다. 이게 돈오점수頓悟漸修다. 깨달음은 멈추는 게 아니라 꽃을 들고 나비를 찾는 수행 과정이다. 그래서 염화실이 아니라 미소실이다. 수행자의 처소라는 의미다.

김진우는 어깨를 움찔했다. "……이제 보이오?" 한 승찬 스님의 말이 죽비가 되어 어깨를 내리친 것이다. 평생 그를 옥죄던 그 질긴 끈이 그제야 그의 심안心眼에 조금 들어왔다.

두 번째 인연

김진우가 승찬 스님을 두 번째 만난 건 TV 방송 프로그램 진행자로 인터뷰하면서다. 그해 1월 27일, 눈 쌓인 길을 뚫고 순천 송광사를 찾았다. 카메라 촬영팀은 전날 미리 내려가서 송광사 요사채에서 숙박하고, 그는 인터뷰 당일 서울에서 승용차로 내려가 촬영팀과 합류했다. 이번에도 인터뷰는 오전 10시에 삼일암 미소실과 미소실

앞뜰에서 진행했다.

지난번에 만나고 꽤 시간이 지났는데도 승찬 스님은 김진우를 알아보았다. 그가 삼배를 올리자 스님이 합장하며 말했다.

"참한 인연을 얻어 또 만나는 모양입니다. 성불하세요."

"스님께서도 그동안 여여하셨습니까?"

"절집은 늘 그러하지요."

스님은 얼굴 전체로 빙긋이 웃었다. 그 모습을 보고 나서야 김진우는 잘못되었다는 걸 느꼈다. 큰스님에게 올리는 인사로는 어울리지 않았다. 지난번에도 그랬지만 그는 승찬 스님을 바라보면 가슴이 뚫리듯 청량한 기운이 일었다. 엄숙하고 무거울 거라는 예상과 달리 집안 어른을 만나듯 편했다.

김진우는 지난번에 놓친 질문을 꺼냈다. 보조국사 지눌 선사가 이곳 송광사에서 정혜결사를 할 때 돈오점수頓悟漸修를 설파했다. 얼마 전 해인사 백련암에서 성철 스님이 돈오돈수頓悟頓修라고 하였다. 순간 깨닫고 그 깨달음을 수행해 나아가는 게 돈오점수인데, 깨닫고 나면 더 깨달을 게 없는 경지에 이른다는 뜻으로 돈오돈수라고 한 것이다. 자칫 돈오점수를 편 조계총림과 돈오돈수를 던진 가야총림 두 가문이 논쟁을 벌이는 모습으로 오해할 수 있다. 돈오점수든 돈오돈수든 깨달음을 찾는 방편에서 보면 다르지 않다. 아무러하든 일반 대중으로서는 이 방편의 깊은 의미를 알아듣기가 쉽지 않다. 그는 지난번 인터뷰를 마치고 돌아가면서 이 질문을 놓친 걸 후회했다. 방송국에서 승찬 스님과 인터뷰한다고 했을 때 그는 마치 이 의문을 풀기 위해 필연으로 찾아온 인연이라 여겼다.

"스님, 돈오점수와 돈오돈수는 무엇이 같고 무엇이 다릅니까?"

승찬 스님은 또 한 번 손을 들고 뒤집었다. 그러고 나서 말을 이었다.

"이 넓은 우주도 결국에는 하나의 모양이지요. 하물며 부처님이 계시는 삼천대천세계는 수많은 우주를 모아놓았으니 하나라는 개념조차도 없는 곳입니다. 분별은 작은 마음에서 이는 물결 같은 것이지요. 옳다 그르다 나눌 필요도 없고 땀 흘리며 좇을 필요도 없고, 그저 한 마리 나비가 되어 날아오르면 답이 거기 있어요."

우화각羽化閣! 김진우는 우화각의 나비를 떠올렸다.

"우화각이 그 세계입니까?"

"나비를 보았다면 날아간 나비의 그림자를 붙잡은 게 지요."

승찬 스님이 또 빙그레 웃는다. 오리무중이다. 그때 김진우는 『장자』의 '망량문영罔兩問景'이 생각났다. 그림 자의 그림자다. 그렇게 허망을 좇는다는 의미 같은데 확 연히 다가오지를 않는다.

"좀 더 쉽게 이해하는 길은 없을까요?"

"여반장如反掌."

승찬 스님은 다시 손을 뒤집어 보였다. 김진우는 손바 닥 뒤집는 것처럼 쉽다는 의미로 받아들였는데 그게 아 니었다.

"손등과 손바닥은 같은 손에 붙어 있지요. 이리 가까 운 곳에 있지만, 손바닥은 손등을 못 만나고 손등은 평생 손바닥을 못 만납니다. 그렇다고 걱정할 필요가 없어요. 이 두 물건은 만날 일이 없어요. 만날 일이 없는 두 물건 을 왜 안 만날까 고민하는 일은 부질없어요. 손바닥일 때 는 손바닥이면 되고, 손등일 때는 손등이면 됩니다."

김진우는 지리산 화엄사에서 진진응陳震應 스님과 경 허鏡虛 스님이 나눈 문답을 떠올렸다. 곡차를 좋아하는 경허 스님에게 진진응 스님이 안주와 술을 올리면서 "스님께서는 왜 이런 걸 즐기십니까?" 하고 묻자 경허 스님이 "찰나에 깨달아서 내가 부처 된 줄 알았는데 수많은 세월 몸에 밴 습관이 더 생생히 이네. 바람은 고요한데 파도가 용솟음치듯, 이치를 깨쳤으나 망상이 일고 있다" 하고 오언절구의 시로 답했다. 어느 불교 모임에서 김진우는 경허 스님의 이 시를 놓고 친구들과 논쟁을 벌인 적 있다. 이런저런 다양한 의견이 나왔으나 그는 "돈오에서 한 걸음 더 나아가 승속僧俗의 경계를 허물었다"라고 했다. 사람들은 경허 스님의 파격적 일화를 무애행無碍行이라 말했지만, 그 이름이 무슨 의미가 있겠는가. 깨달음의 경지는 '답게'다. 사람은 '사람답게', 짐승은 '짐승답게', 꽃은 '꽃답게', 동물이든 사물이든 그 본래의 존재 의미대로 살라는 것으로 해석했다. 당시 그의 친구들은 그의 이 주장을 궤변이라고 했다.

그때였다. 인터뷰 녹화를 진행 중인 미소실에 주지 스님과 상좌 스님이 급하게 들어와서 녹화를 중단시켰다. 담당 PD가 당황하며 무슨 일이냐고 물었으나 상황을 알려주지 않은 채 녹화를 잠시 중단하고 모두 나가 달라고 했다. 이 상황을 보고 뭐라고 한 마디 말할 듯도 한데 승찬 스님은 미동조차 하지 않는다.

촬영팀은 녹화를 중단한 채 모두 밖으로 나왔다. 큰스님의 인터뷰 녹화를 중단시킬 정도면 촌각을 다투는 긴박한 일임이 틀림없다. 김진우를 비롯한 촬영팀은 영문도 모른 채 미소실 밖에서 서로 얼굴만 쳐다보며 기다렸다. 20여 분 뒤, 주지 스님과 상좌 스님이 문을 열고 나와서 "죄송합니다. 이제 진행하셔도 됩니다" 하고 돌아갔다.

촬영팀이 다시 복귀했다. 승찬 스님과 마주 앉은 김진우는 카메라를 테스트하는 동안 스님에게 물어보았다.

"무슨 일이 있었습니까?"

"아무 일도 아닙니다. 별스럽지도 않은 걸 공연히 소란스럽게 했어요."

스님은 참 편안해 보인다. 얼굴에는 여전히 웃음이 가득 담겨 있다. 표정으로 봐서는 정말 아무 일도 아닌 듯했다. 분명히 긴급한 일이 발생한 것 같은데 한 치의 동요도 없이 평상심을 유지하자 김진우도 그대로 마음을 정리하고 인터뷰를 시작했다.

인터뷰 촬영을 끝낸 뒤 김진우는 서울에서의 일정 때문에 일행보다 먼저 미소실을 나왔다. 고속도로에 막 들어서는데 라디오뉴스에서 송광사가 나온다. 볼륨을 높이던 김진우는 깜짝 놀랐다. 어젯밤 송광사에 도둑이 들어와 국사전 벽을 뚫고 조사 진영 13점을 훔쳐 갔다는 것이다. 16점 가운데 제1대 보조국사와 제2대 진각국사 진영은 성보박물관에 전시 중이었고, 제14대 정혜 국사 진영은 보존처리를 위해 수장고에 가 있는 바람에 이 3점만 무사했다. 송광사 주변에는 지금 삼엄한 경비가 펼쳐졌으며, 경찰이 출입을 통제하고 있다고 한다.

김진우는 차를 갓길에 세우고 급히 촬영팀에게 전화했다. 담당 PD가 "김 작가님, 미리 잘 나갔어요. 우린 지금 여기 붙잡혀 있어요. 언제 풀릴지 몰라요" 하며 볼멘소리를 한다. 그는 창문을 열고 찬바람을 들이마셨다. 손이 떨릴 정도로 가슴이 두근거렸다. 촬영을 중지시킨 이유를 그제야 알았다. 그가 놀란 건 보물 도난 사건이 아니다. 그런 일을 보고 받고도 "아무 일도 아닙니다. 별스럽지도 않은 걸 공연히 소란스럽게 했어요"라며 평상심을 유지하던 승찬 스님의 모습이다. 그게 어찌 별스럽지 않은가. 촬영을 중단시키면서 보고할 정도로 위중한 사건이 발생했는데 어떻게 아무 일도 없었던 듯 무심할 수가 있을까. 들고 있는 무거운 돌을 자유자재로 내려놓을 수 있는 그 힘이 무엇일까. 그는 알 듯 모를 듯 맴도는 의

문을 끝내 풀지 못했다.

세 번째 인연

세 번째 승찬 스님 인터뷰 진행 요청을 받았을 때 김진우는 이건 보통 인연이 아니라는 예감을 받았다. 어떻게 같은 스님을 같은 사람이 세 번씩이나 인터뷰하는 일이 생길 수 있는가. 그것도 각기 다른 언론 매체에서 요청이 들어왔다. 그는 지난번 불교TV에서 인터뷰하던 날 일어난 국사 진영 도난 사건이 제일 먼저 생각났다. 그날 아무 일 없는 듯 평상심을 보였던 승찬 스님의 그 법력에 대해 꼭 한번 물어보고 싶었다. 마치 그 염원이 이루어지듯 그에게 세 번째 승찬 스님을 만나는 인연이 찾아왔다.

포근하고 따뜻한 웃음이 얼굴 전체에 배어있는 승찬 스님의 표정은 늘 그대로다.

"스님 또 뵙습니다."

삼배를 올린 뒤 김진우가 웃으며 말을 건네자 승찬 스님이 "전생에 참한 인연을 맺었던 모양입니다" 하며 웃었다.

"지난번 인터뷰하던 날을 기억하시는지요."

"그럼요. 그때도 김 작가가 오시지 않았습니까."

"그날 국사전에 모시던 스님들의 진영을 도난당한 사건이 있었잖습니까?"

"그랬지요."

"그날 촬영하던 우리는 주지 스님한테 모두 쫓겨났지요."

"허허, 손님에게 큰 결례를 했습니다."

"아닙니다. 그런 뜻으로 드린 말씀이 아니고, 그때 제가 스님께 무슨 일이냐고 여쭈었을 때 아무 일 아니라고 하셨잖습니까? 저는 승용차 안에서 라디오뉴스로 그 소식을 들었습니다. 너무 놀란 나머지 차를 갓길에 세우고 잠시 정신을 추스르고 난 뒤 운전했어요. 그런데 스님께서는 어찌 그런 평상심을 보이셨는지, 저는 지금까지 그게 참 궁금합니다."

"어허, 내가 김 선생께 바위를 하나 안겨 드렸군요. 그게 뭐라고 여태 무겁게 들고 계셨습니까. 던져 버리지 않고."

"때가 많이 묻어 아직 거기까지 이르지 못했나 봅니다."

"그놈, 때를 가져와 보세요. 그러면 내가 그 바위를 깨드리겠습니다."

질문하던 김진우는 멈칫했다. 어디서 들어본 말이다. 선종 제3조 승찬 스님이 혜가 스님을 찾아갔던 바로 그 장면 아닌가. 승찬 스님을 욱죄던 그 죄는 순간 사라지고 그 자리에 불법이 들어앉았다.

그 생각을 하는 바람에 김진우는 다음 질문을 놓쳐버렸다. 이미 답이 나와서 더 물을 수도 없었다. 이렇게 끝나면 기사를 쓸 수가 없다. 신문 한 면을 채워야 하는데, 벌써 여기에서 막히면 안 된다.

김진우의 속내를 알고 있다는 듯 승찬 스님이 말을 이었다.

"우리 큰스님들이 나들이를 가신 게지요. 국사전에 오랫동안 갇혀 계셨으니 얼마나 답답했겠어요. 나가서서 다른 중생들이 어떻게 사는지 지금 살펴보고 계실 겁니다. 우리보다 더 잘 대접하려고 모시고 갔는데 무슨 걱정이겠어요. 설마 불쏘시개 하려고 그 밤중에 힘들게 벽을 뚫고 몰래 모시고 갔겠습니까. 아마도 여기보다 더 잘 대접받고 계실 겁니다. 그러다가 모시기 힘들면 다시 돌려보내거나 더 잘 모시는 사람이 데려가겠지요. 어디에 계시거나 우리 큰스님들은 극진하게 잘 대접받으실 겁니다."

김진우는 능허교에 매달려 있는 엽전 세 닢을 떠올렸다. 철삿줄에 매달린 엽전이 바람에 흔들리며 찰그랑찰그랑 소리를 내는 듯하다.

인터뷰를 마치고 삼일암에서 대웅보전 쪽으로 내려오던 김진우는 걸음을 멈추었다. 대웅보전 뒤쪽 축대 아래에 하얀 나비들이 날아다녔다. 드문드문 연분홍 나비들도 보인다. 한두 마리가 아니다. 이렇게 수십 마리 나비가 어우러진 군무群舞를 그는 여태 한 번도 보지 못했다. 거리가 좀 떨어졌지만, 나비들이 놀라지 않게 그는 조심조심 다가갔다. 가까이 가서 보니 나비가 아니었다. 꽃이다. 그리 멀지 않은 거리인데 꽃을 나비로 보다니, 그는 너무 황당하여 웃음이 나왔다. 가까이에서 보니 화초라기보다 제멋대로 자라는 잡초 같다. 서로 뒤엉켜 무질서하게 자라는데, 그 엉킨 몸을 뚫고 허공으로 나온 가느다랗고 긴 줄기 끝에 나비처럼 생긴 꽃이 달렸다. 이 줄기가 바람에 휘청이면 꽃은 나비가 되어 춤춘다.

김진우는 급히 인터넷에서 자료를 뒤졌다. 가우라(Gaura lindheimeri)꽃이다. 바람에 흔들리는 꽃잎이 나비 같다 하여 '나비바늘꽃'이라고도 부른다. 나비에 바늘이라니, 이름 또한 독특하다. 아름다운 유혹 속에 감추어놓은 매서운 독침이다. 더 혼미하게 하는 건 꽃말이 '섹시한 여인'이다. 사찰 경내에서 입에 올리기는 조금 민망한 듯도 하지만, 숨김없이 본질을 보여주는 이 모습 또한 그에게는 돈오로 보였다.

그 순간, 김진우는 청량각과 우화각이 이 나비 앞으로 옮겨오는 기현상을 체험했다. 그는 얼른 눈을 한번 문지른 뒤 다시 바라보았다. 누각樓閣은 보이지 않고 나비들만 날아다녔다. 환상이었나? 분명히 그는 방금 두 누각을 눈앞에서 보았다. 혹시나 하며 다시 살펴봤지만, 대웅보전이 앞을 가로막고 있어 이곳에서는 누각들이 보이지 않는다.

나비를 가슴에 품고 돌아온 김진우는 한 달 뒤 승찬 스님이 미소실에서 입적했다는 뉴스를 들었다. 믿어지지 않았다. 그가 만났을 때, 한 달 뒤에 입적하리라고는 상상조차 할 수 없었다. 오도悟道로 '참 나[眞我]'를 찾으면 생명의 끝자락도 볼 수 있다던 말을 그는 승찬 스님의 입적에서 보았다.

이 불가사의한 경험과 체험을 여기저기 자랑삼아 이

야기하고 다니던 김진우는 더 놀라운 일과 맞닥뜨렸다. 입적하기 하루 전날 미소실에서 승찬 스님을 만났다는 어느 대학교수의 칼럼을 읽었다. 한 달이 아니라 하루 전날까지도 평상시처럼 변함없는 모습이었다고 한다. 그날, 국사전의 조사 진영 도난 사건 때 보여준 승찬 스님의 법력이 벼락처럼 그를 때렸다. 이날부터 그는 이 자랑을 멈추었다.

이미 대웅보전에서는 승찬 스님의 추모제가 시작되었다. 김진우는 박태선 기자와 입구 쪽에 서서 제단 위의 승찬 스님 영정을 향해 합장 삼배로 인사 올렸다. 스님이 김진우를 바라보며 웃는다. 그때, 하얀 나비 한 마리가 허공을 날아가고 있었다.

바람이 된 섬

우리 집이 섬이 되었다. 바람과 파도에 밀려다니는 섬이다. 방안에 가만히 앉아 있으면 부서지는 파도 소리가 사방에서 들려온다. 바람 소리인지 파도 소리인지 정확하지는 않다. 바람이 파도를 일구고 파도가 바람을 만들기도 하니까 파도 소리가 바람 소리고 바람 소리가 파도 소리다. 언제부턴가 그랬다. 머릿속이 복잡하면 그냥 느끼는 대로 생각하는 게 맘 편하다. 그래서 내게는 파도 소리가 되었다가 바람 소리가 되기도 한다. 간혹 끽끽거리는 갈매기 울음소리도 들려온다. 섬을 집어삼킬 듯 파도가 거세게 용솟음칠 때도 있다. 아, 바람보다 태풍이라고 하는 게 더 어울리겠다. 천지가 진동하는 소리가 들리고 방바닥이 경련을 일으키며 심하게 흔들린다. 그럴 때면 나는 움찔하며 앉은걸음으로 자리를 옮겨 앉는다. 그래 봐야 같은 방안이니 여기나 거기나 흔들리기는 마찬가지지만 그렇게 하면 잠시 피했다는 안도감이 든다. 떠다니는 섬이니까, 섬이니 당연히 흔들리겠지. 그런 생각을 하면서 뒤흔들리는 파도를 잠재운다. 한번은 커피를 가지고 들어온 아내가 이 모습을 보고 "이런 집에서 난 종일 살아요" 했다. 내가 머쓱한 표정으로 쳐다보자 "이 집, 절대로 안 무너져요. 질기거든요" 하면서 커피잔을 내려놓고 나가 버린다. 대답은 듣지 않겠다는 메시지다. 그 말이 내겐 환청처럼 "이 집, 어쩌면 가라앉아요. 바람과 파도가 더 세거든요" 하는 말로 들렸다.

보라색 라일락이 그려진 우아한 잔에 담긴 커피가 오늘따라 유난히 시꺼멓다. 커피잔에 손도 대지 않은 채 나는 그대로 집을 나와 사무실로 향했다.

단독주택이던 앞집 옆집 뒷집이 모두 4층짜리 다가구 또는 다세대 주택으로 재건축하는 바람에 우리 집는 그 안에 갇혀버렸다. 이면도로로 이어지는 대문 앞의 짧고 좁은 길이 세상과 통하는 유일한 숨통이다. 전통한옥은 아니지만, 마당이 있는 단독주택 일곱 가구가 올망졸망 모여 있던 정겨운 모습은 사라졌다. 집집마다 마당에 서 있던 커다란 소나무도 철 따라 피는 꽃들도 이젠 볼 수 없게 되었다. 사람 사는 향기가 좋아서 다른 불편한 조건들은 살펴보지도 않고 아파트를 고집하던 아내의 희망조차 빼앗으며 이곳으로 이사했는데, 몇 년 살아보지도 못하고 떠다니는 섬이 되었다. 이 집을 계약하던 날 아내는 종일 투덜댔다. 단독주택이 보기보다 관리가 쉽지 않다. 마당에 자라는 식물들을 가꾸고 정리하는 일에서부터 전기와 수도 등 배관을 살피고 손 봐야 할 일들이 매년 쉼 없이 생긴다. 일일이 전문기술자를 불러 해결해야 하는데 그 비용도 만만치 않다. 이사하던 날부터 마치 보복이라도 하듯 아내는 야금야금 이 집을 천하에 몹쓸 집으로 만들기 시작했다. 그 저주 때문이었을까. 이 집이 마침내 섬이 되었다.

지난해 연말 주민 회의에 다녀온 아내가 입이 귀에 걸린 모습으로 들어왔다. 한꺼번에 이웃 단독주택 모두 다세대와 다가구 주택으로 재건축하기로 했다는 것이다. 재건축하느냐 마느냐를 의논한 게 아니라 공사 방법까지 일사천리로 결정해 버렸다. 비용을 절감하고 생활 불편도 줄이기 위해 모두 한꺼번에 공사를 시작하기로 한 것이다. 자기는 이미 찬성했다며 아내는 내게 동의를 요청했다. 내 의견을 묻는 게 아니라 그렇게 하기를 강요했다. 이 집을 살 때는 혼자 결정했지만, 재건축하는 문제만은 자기가 선택하겠다는 것이다. 이 집을 계약할 때와 마찬가지로 나는 전후 사정을 듣지도 않고 완강한 어조로 반대했다. 편의 위주로 기계적인 시스템을 갖춘 그런 집이 나는 싫다. 조금 불편하더라도 사람의 손길이 필요한 집에 가족들과 살고 싶었다. 손대면 달라지고 팽개쳐 두면 불편한 그런 집, 숨 쉬며 사람과 함께 성장하는 그런 '집'에 사는 게 나의 꿈이다. 그런데 아내는 이걸 반대한다. 안 해도 될 불편을 일부러 만들어서 할 필요가 있느냐는 거고, 그럴 시간에 다른 일을 하면 훨씬 더 생산적이라는 것이다. 아내뿐만 아니라 아이들과 부모님까지도 아내 편을 들었다. 재건축 문제로 아내와 나는 몇 개월 동안 서로 말을 않고 지낼 정도로 심각하게 대립했다.

출근하는 지하철 전동차 안에서 나는 핸드폰에 담아 둔 사진을 보았다. 건축법 규제를 최대한 활용하기 위해 주차장과 반지하 한 층을 땅속에 넣는다며 중장비로 땅을 파기 시작할 때 나는 우리 집과 공사현장을 촬영해 두었다. 혹시나 이웃의 건축공사로 인해 우리 집이 변형될 것에 대비해 증거로 남기기 위해서다. 이 사진 속의 우리 집은 섬이다. 대문 앞으로 연결된 골목 쪽 일부만 남겨두고 삼면에 집 몇 채가 들어가고도 남을 깊은 구덩이를 파면서 우리 집은 그렇게 섬이 되어 버렸다. 처음 이사했을 때 촬영한 사진과 재건축 공사로 구덩이를 판 뒤에 촬영한 사진은 전혀 다른 모습이다. 마당에서 아름드리 소나무가 자라던 그 아름다운 동네 풍경은 온데간데없이 사라졌다.

대리석으로 외벽을 장식한 4층짜리 건물들이 거대한 점령군처럼 우리 집을 에워쌌다. 이제 하늘에서 내려다보지 않으면 우리 집은 보이지 않는다. 이면도로로 난 대문 앞길이 좁아서 그곳에서도 우리 집은 보이지 않는다. 며칠 전에 앞쪽 이면도로 건너편에 있는 단독주택(이 집이 그래도 유일하게 우리 집과 시선을 마주하는 이웃이다)에 정체를 알 수 없는 회사가 들어와서 간판을 걸더니 시커멓게 선팅한 자동차들이 연신 들락거린다. 가끔 대형 서류 파쇄 차량이 와서 종일 윙윙거리며 종이를 가루로 만들었다. 이 기계 돌아가는 소리가 우리 집 대문 앞 좁은 골목을 지나면서 증폭되어 우리 집을 마구 흔들어 댔다. 그 바람에 이명耳鳴이 생겨 이비인후과 치료를 받아야 했다.

출근하여 사무실 문을 열려고 번호키 덮개를 올리는데 뭔가 느낌이 이상하다. 문이 열려 있다. 꿈을 꾸는 듯 잠시 정신이 몽롱해진다. 어제 앞집에서 종일 서류 파쇄 작업을 하는 바람에 생긴 이명이 다시 살아나 귓속을 후벼 판다. 머릿속이 하얗다는 게 이런 경우를 두고 하는 말 같다. 눈으로 보고도 상황이 제대로 그려지지 않는다. 분명히 어제 퇴근하면서 문을 잠갔다. 늘 버릇처럼 그랬듯이 한번 당겨서 확인까지 했다. 도대체 누가 잠긴 문을 열고 사무실에 들어갔을까. 직원이라야 대표인 나와 영업부장 한 사람뿐이다. 영업부장은 도서판매대금을 수금하기 위해 어제 3박 4일 일정으로 지방으로 출장 갔기 때문에 사무실에 들어갔을 리 없다. 혹시 남의 사무실에 잘못 온 건 아닌가 하고 확인하니 '도서출판 책읽는사람들' 간판이 잘 붙어 있다. 정신이 혼미해진다. 안개가 낀 것처럼 눈앞이 부옇게 보인다.

"?"

정신을 추스르고 다시 살펴보니 문이 정상적으로 열린 게 아니라 부서져 있다. 잠금장치가 있는 손잡이 부근이 심하게 찌그러진 채 망가졌다. 도구를 가지고 철제 출입문을 강제로 젖혀 연 것이다. 이 건물 지하에는 우리 출판사만 세 들어있다. 임대료를 아낀다고 지하 한 층을 통째 얻어 반은 창고로 반은 사무실로 사용한다. 도둑이 들기 딱 좋은 환경이다.

'도둑이 들었구나!'

상황을 파악하고 황급히 문을 당기며 들어가려다가 주춤 멈춰 섰다. 숨까지 참으며 인기척을 최대한 감췄다. 문이 그렇게 열렸다는 건 두 가지를 의미한다. 하나는 도둑이 들어왔다가 목적을 끝내고 돌아갔거나 아직 안에 있거나다. 안에 있다면? 갑자기 모골이 송연해지며 다리가 후들후들 떨린다. 몰래 들어온 도둑이지만 맞닥뜨리면 강도로 돌변할 수도 있다. 안에 있다면 도둑은 이미 바깥의 인기척을 알아챘을 것이다. 나는 잠시 정물이 되었다. 발이 바닥에 붙어서 움직이지 않는다. 몸을 피할수도 그렇다고 문을 열고 들어갈 수도 없다. 잠시 그러고 있다가 정신이 번쩍 들었다. 이 시각까지 도둑이 안에 있을지 모른다고 생각한 내가 참 멍청해 보였다. 그제야 발이 바닥에서 떨어졌다.

사무실 안이 엉망으로 흐트러져 있다. 제 위치에 있는 게 없을 정도로 난장판이 되었다. 책상 서랍은 죄 열려 있었고, 간이금고는 부서진 채 바닥에 뒹굴고 있다. 책이며 서류들이 바닥과 책상 위에 제멋대로 내던져져 있다. 마치 폭격을 맞은 것 같다. 이 상황을 혼자 감당할 엄두가 나지 않았다. 무엇부터 살피고 처리해야 좋을지 판단도 서지 않는다. 나는 내동댕이쳐진 채 모로 누운 의자를 바로 세워놓고 잠시 앉았다. 다리가 후들후들 떨려서 서 있는 것조차 힘들었다.

잠시 정신을 추스르고 난 뒤 나는 어떤 물건이 없어졌는지 어떤 물건이 손상을 입었는지 정리하기 시작했다. 도난신고부터 해야 할 것 같지만 그렇지 않다. 이럴 때 난 잘 작동하는 내 두뇌에 희열을 느낀다. 경찰이 출동하면 무엇이 없어졌는지 제일 먼저 물을 것이다. 경찰이나 내가 불편하지 않으려면 우선 무엇이 없어졌는지부터 알아야 한다. 수사 경찰관이 오기 전까지 현장에 손을 대면 안 되기에 나는 흐트러진 물건들을 눈으로 하나하나 집어서 제자리로 옮기는 작업을 시작했다. 처음에는 현기증이 날 정도로 어지러웠으나 익숙해지니 퍼즐 맞추기 게임을 하는 줄 착각할 정도로 재미있다. 그 재미는 잠깐이었다. 정리한 물건과 제자리를 벗어난 물건을 구분하는 일이 생각보다 어려웠다. 도둑이 물건을 내던지기만 한 게 아니라 이쪽 것을 저쪽으로 얌전히 뒤바꾸어 옮겨놓기도 해서 본래 제자리가 어딘지 헷갈렸다. 하나를 제자리에 옮겨놓으면 그 자리에 있어야 할 물건이 바닥에 널브러져 있는 걸 발견한다. 내가 처음부터 그 물건을 엉뚱한 자리에 옮겼는지, 그걸 옮겨놓자 원래 그 자리에 있던 물건이 바닥으로 밀려난 건지 판단이 서지 않는다. 쉬운 방법이 없을까. 무질서하게 흐트러진 이 물건들을 한꺼번에 집어 제자리에 옮겨놓는 게 가장 좋은 방법이다. 그렇게 하려면 몇 사람의 시선이 필요할까. 1부터 시작하여 '49'까지 세다가 중지했다. 정말로 '사고'를 칠 것같은 충동이 일어났다.

조금 전 들어올 때 무심코 밟은 오늘 날짜의 조간신문이 눈에 들어왔다. 부서져 벌어진 철문 사이로 기어이 그 신문을 던져넣은 배달 직원의 직업의식이 놀랍다. 그는 도둑이 든 걸 알았을까 몰랐을까. 경찰이 여태 출동하지 않은 걸 보면 몰랐던 게 틀림없다. 알았다고 해도 불려 다니는 게 귀찮아 신고하지 않았을 수도 있다. 부서지거나 왜곡된 사물을 정상이라며 우기거나 믿는 사람들이 더 활개 치며 사는 세상이니 부서진 출입문을 정상으로 봤다고 해서 그를 나무랄 이유가 없다.

신문이 내팽개쳐 있는 위쪽 벽에 흑백으로 인화한 사진 액자 하나가 걸려 있다. 내 자리에 앉으면 그 사진이 정면으로 보이는 위치다. 매일 출근해서 자리에 앉으면서 나는 하루 일을 시작하는 신호처럼 그 사진을 쳐다본다. 그 사진만 온전하게 제자리를 지키고 있다. 공사판에서 떠밀려 올라 섬이 된 우리 집 사진이다. 그 사진을 보자 갑자기 심술이 났다. 신문 기사를 죄다 바닥에 쏟아버렸다. 신문사 정치부 기자 때 그랬던 것처럼, 활자들이 우르르 사방으로 쏟아졌다. 마치 세상을 쏟아놓은 기분이다. 조금 전 흩어진 물건들을 눈으로 집어 제자리로 옮기려 했듯이 나는 쏟아놓은 신문 활자들을 다시 주워 제자리에 심고 싶었다. 기사로 앉았던 자리가 아닌 본래 존재해야 할 '제자리'에다 심는 작업이다. 신문을 집어 들었다. 용하게도 신문 제호에 내 발자국이 도장을 찍듯 콱 찍혀 있다. 점령군의 폭력 같다. 무엇에 대한 보복인지는 모른다. 그렇게 생각하니 우선 기분이 좋아졌다. 신문을 펴고 2절지 빈 종이에 쏟아진 활자를 쓸어 담았다. '위기에 처한 자영업자'라는 큼지막한 제목이 제일 먼저 눈에 들어왔다. 그 옆에 유력 대선 후보의 X파일을 입수했다는 기사도 떴다. 여기까지다. 특별히 기사를 주워 담을 만큼 관심 있는 사건이 없을뿐더러 사실 깨알 같은 활자를 주워 담는 일이 쉬운 게 아니다. 바닥에 나뒹구는 사무실 물건들처럼, 신문 2절지 종이 앞뒤에 담겨 있던 세상이 무질서하게 팽개쳐졌다. 혼자서 아무리 노력해도 제자리로 옮겨놓을 수 없다. 이 많은 활자를 누가 제자리에 다 심을 것인가. 나는 또 1부터 세기 시작했다. 이번에는 좀 길게 갔다. 69에서 멈추었다. 지금 내가 뭘 하는 거야? 갑자기 내 뇌가 고삐 풀린 망아지처럼 생뚱맞게 오르가슴을 향해 뛴다.

일간지 국회 담당 정치부 기자로 일할 때다. 어느 날 취재를 마치고 기사를 쓰려고 하는데 타이핑 한 글자가 모두 튀어나와 바닥에 흩어져 뒹구는 착시를 경험했다. 그러고는 현기증과 함께 구역질이 올라왔다. 참을 수 없어 화장실로 달려가 웩웩거리며 배 속을 비워 냈다. 그러고 나니 정신이 돌아왔다. 화장실 거울 속에 눈이 퀭하게 들어간 낯선 사내 하나가 나를 노려보고 있다. 어디서 많이 본 듯한 얼굴이다. 에곤 쉴레를 많이 닮았다. 그를 향해 씩 웃어주고는 다시 자리로 돌아와 기사를 마저 썼다. 조금 전 거울 속의 그 사내가 나를 향해 웃었는지 안 웃었는지 그게 또 궁금해져서 기사를 쓸 수가 없다. 나는 요의尿意를 느낀 것도 아니면서 다시 화장실로 갔다. 아까 본 그 사내는 없다. 다른 사내 하나가 아까처럼 거울 속에서 나를 보고 있다. 이번에는 웃지 않고 그냥 외면하며 돌아섰다.

두 번째 이런 상태가 왔을 때 나는 프랑스 작가 장 폴 사르트르의 장편소설 『구토』에 나오는 주인공 로캉탱 (Roquentin)을 떠올렸다. 내 기억으로는 『구토』의 책 표지에 화가 에곤 쉴레의 자화상이 있었다. 지난번 화장실에서 만난 그 사내다. 그 때문에 내가 『구토』를 떠올렸는지도 모른다. 뜬금없이 남의 소설책 표지에 왜 에곤 쉴레를 불렀을까. 『구토』를 읽고 나면 에곤 쉴레가 로캉탱인지 로캉탱이 에곤 쉴레인지, 아니면 에곤 쉴레도 로캉탱도 모두 사르트르 자신인지 몹시 헷갈린다. 아무러하든 『구토』에 기록된 1932년 1월 29일 월요일, 로캉탱의 일기는 이렇게 시작한다.

그 무엇이 나에게 일어났다. 더 이상 의심할 여지가 없다. 그것은 늘 있는 어떤 확신이라든지 자명한 일처럼 일어난 것이 아니라, 마치 병에 걸리듯이 닥쳐왔다. 그것은 조금씩 음흉하게 자리를 잡아버렸다.1

그날부터 나도 로캉탱처럼 매일매일 일기를 썼다. 일반인들이 쓰는 그런 일기가 아니다. 그날그날 내가 본 사물들과 사건들을 본 대로가 아니고 내가 느낀 대로 정의하며 기록했다. 로캉탱이 강가에서 수제비를 하려고 돌을 집어 들고 던지려다가 사물을 발견하고 구토를 하면서 돌을 내려놓은 것처럼, 나는 나만 아는 그 사물의 언어를 기록했다. 그렇게 내가 아는 진실을 기록할 때는 현기증도 구토도 일어나지 않았다. 다른 이들이 내 일기를 본다면 무슨 내용인지 절대로 알아볼 수 없을 것이다. 그들이 '내'가 될 수 없는 것처럼 그들의 언어로는 내 언어를 이해할 수 없다. 예를 들면 이런 것이다. 우리가 나무를 보고 '나무'라고 하지만 나무는 자신을 나무라고 하지

---

1 장 폴 사르트르, 방곤 옮김, 『구토』 문예출판사, 2020, p.15.

않는다. 내가 하는 언어를 나무가 알 수 없듯이 나무가 하는 언어를 내가 알아듣지 못한다. 그러면서 나는 지금 까지 내 언어로 나무를 기록했다. 나무는 계속 변하고 있다. 오늘 본 나무는 어제의 그 나무가 아니다. 변하지 않은 내 언어로 변하는 나무를 보면서 그냥 늘 '나무'라고만 한다. 나는 내 언어로 사건을 바라보고 내 언어로 기사를 썼다. 그 '사건'의 언어는 내 언어를 이해하지 못하며 나 또한 그 '사건'의 언어를 알지 못한다. 일기를 쓰면서 나는 이전의 내 언어를 해체하고 나무의 언어로 나무에 대해 기록하고, 사건의 언어로 사건을 기록했다. 모든 존재에 대하여 사물과 사건의 언어로 기록하는 것이다. 무슨 목적으로 그런 일기를 쓰느냐고? 목적? 그런 건 나도 모른다. 단지 누군가에게 내가 아는 진실을 알리고 싶을 뿐이다. 그들은 내 언어로 나를 이해하지 않고 자신들의 언어로 나를 해독한다. 나는 이 모순을 바로잡으려 할 뿐이다. 이 일기를 쓴 이후부터 나는 구토를 하지 않았다. 기사를 쓸 때도 타이핑한 글자가 쏟아지는 일이 일어나지 않았다.

일은 엉뚱한 곳에서 터졌다. 이튿날 조간신문에 실린 내 기사가 문제가 되었다. 도무지 무슨 말을 하는지 알

수 없는 문장이라는 것이다. 독자로부터 항의를 받은 부장이 나를 불러 호되게 몰아붙였다. "너 기자 맞아? 제정신이야? 이게 뭐야. 글자를 제멋대로 쏟아놓았잖아. 넌 이거 읽을 수 있어?" 나는 미리 준비하고 간 사직서를 부장 앞에 놓고 나와 버렸다. 문을 나오기 직전에 나는 돌아서서 고개를 숙이며 나직하게 말했다. "Roquentin(로캉탱)." 분을 삭이지 못한 부장이 소리 질렀다. "이거 미친놈 아냐? 너 지금 뭔 소리 한 거야!" 나는 빙그레 웃으며 사무실을 나왔다. 그가 Roquentin을 알았다면 또 한번 속이 뒤집혔을 것이다. 프랑스어로 '젊어 보이려고 하는 늙은이'라는 뜻이다. 사르트르가 「구토」의 주인공 이름을 왜 '로캉탱'으로 했겠는가.

다시 차분하게 정리했다. 이 방에서 제일 값나가는 게 무엇일까. 머릿속이 또 하얘진다. 값나가는 물건이 얼른 생각나지 않는다. 생각이 안 나는 게 아니라 도둑이 탐낼 만큼 값나가는 물건이 없다. 그래도 없어진 게 있을 것이다. 이렇게 힘들게 공사를 하고 들어왔는데 빈손으로 나갔을 리는 없다. 아무리 없는 살림이라도 도둑 가져갈 물건은 있다고 하지 않는가. 바닥에 뒹구는 서류 하나를 주워 이면지로 활용하여 생각이 떠오르는 대로 물건 이름을 썼다.

① 간이금고

주로 지방 서점에서 받아오는 어음을 이 간이금고에 넣어둔다. 은행 당좌어음이 아니라 문방구 어음이다. 쓰다가 말고 나는 픽 웃었다. 이미 이 간이금고는 부서진 채 나뒹굴고 바닥 여기저기에 그 문방구 어음들이 불쌍한 표정으로 널브러져 있다. 나는 방금 메모한 글자에 줄을 그어버렸다.

① ~~간이금고~~

도둑도 안 가져가는 문방구 어음을 신주 모시듯 간이금고에 넣어놓았으니 그걸 보고 도둑이 얼마나 웃었겠는가. 나도 웃음이 나왔다. 부서져서 내던져진 간이금고가 더욱 불쌍해 보였다. 주인을 잘못 만나 공연히 날벼락을 맞았다. 날벼락? 나는 웃음을 멈췄다. 자기 의지와 무관하게 날벼락 맞는 일이 어디 이 간이금고뿐인가. 오늘 아침 "이런 집에서 난 종일 살아요" 하던 아내의 말이 떠올랐다. 섬이 된 우리 집과 부서진 채 내동댕이쳐진 이 간이금고가 닮았다. 문방구 어음은 보통 4개월짜리로 받는다. 4개월 뒤 만기날짜에 그걸 들고 발행한 서점으로 가면 현금으로 바꾸어준다. 지불 약속이라는 의미로 보면 어음이 맞으나 당좌어음과 달리 유통이 안 된다. 반드시 발행인에게 가지고 가서 돈으로 바꾸어야 한다. 발행인이 만기날짜에 돈을 주지 않으면 채무불이행으로 고소할 수는 있지만, 당좌어음과 달리 그 서점이 부도나는 건 아니다. 그러니 문방구 어음은 만기일 전에는 아무짝에도 쓸모가 없다. 동대문에 가면 단골로 할인해 주는 분이 있긴 하다. 급히 시재가 필요하면 가끔 미리 할인해서 현금화하기도 하나 발행서점 대신 지불 보증을 미리 해주어야 한다. 도둑이 이런 사정을 자세히 알고 있어 창피한 생각도 들었다. 저걸 내던지며 도둑은 무슨 생각을 했을지 궁금하다. 아니다. 분명히 욕을 했을 것 같다. "씨벌! 뭐 이런 집구석이 있어! 재수 더럽게 없네!" 일당을 못 채운 도둑은 격앙된 목소리로 이런 분풀이를 하지 않았을까 싶다. 내동댕이쳐진 문방구 어음을 보다가 나는 또 피식 웃었다. 이번엔 "이 집, 절대로 안 무너져요. 질기거든

요" 하던 아내의 말이 떠올랐다. 도둑에게 비록 내동댕이
쳐질 정도로 비참하지만, 이 문방구 어음들은 질기게 제
생명을 지키고 있다. 나는 흩어진 어음을 한 장 한 장 주
워서 부서진 간이금고에 고이 담아주었다. 원위치다. 사
물의 존재를 위한 자리다. 그러고 나서 또 생각했다.

② 수동 카메라 렌즈

이렇게 써놓고 나는 도둑이 책상 위에 두고 간 수동 카
메라 렌즈를 바라보았다. 또 웃음이 나왔다. 간이금고를
부수고 꺼낸 문방구 어음은 사방에 내던지고, 서랍에서
꺼낸 카메라 렌즈는 책상 위에 고이 놓아두었다. 문방구
어음처럼 집어 던졌으면 카메라 렌즈는 박살 났을 것이
다. 도둑도 자기가 훔치는 물건에 예의를 지킨다는 사실
을 발견했다. 가지고 가지 않더라도 쓸데없이 망가뜨리
지는 않는다. 문방구 어음은 부서지지 않는 종이니까 던
졌을 뿐이다. 다시 생각을 바꾸었다. 어음이 불쌍해 보이
지가 않는다. 당당하게 제 목숨을 지키고 있다. 취재 나
갈 때 사용하는 비싼 카메라와 렌즈들은 모두 집에 두어
화를 면했다. 며칠 전 인터넷 중고장터에 오래된 수동 카

메라 렌즈가 올라왔기에 소장품으로 가지려고 구매한 렌즈다. 30만 원에 샀으니, 잘 팔면 그 정도는 받을 수 있을 것이다. 나는 목록에 올린 이 글자도 바로 지웠다.

② 수동 카메라 렌즈

책상 위에 얌전히 앉아 있는 렌즈를 보자 또 웃음이 나왔다. 도둑맞지 않았다는 기쁨이 아니다. 이번에는 렌즈가 아니라 도둑보다 생각이 깊지 못한 멍청한 나를 보고 웃었다. 도둑도 안 가져가는 물건을 물경 30만 원을 주고 구매했으니 바보도 이런 바보가 없다. 하지만 캄캄한 서랍 속에 갇혀 있던 렌즈가 책상 위로 올라오면서 몸값이 부풀렸다. 고유 일련번호까지 붙어 있는, 족보가 있는 렌즈다. 이런 렌즈를 사고팔면 증거가 남아 꼬리가 밟힌다. 도둑은 값이 나가는 렌즈인지 아닌지 살피다가 이 일련번호를 보고 포기했을 것이다.

더 이상 목록에 올릴 물건이 안 보인다. 도대체 뭘 가져갔다는 말인가. 아무리 생각을 더듬어도 가져갈 만한 물건이 없다. 책장에 꽂힌 책을 몇 권 빼갔을지도 모르나, 그건 팔기 위해 가져갔다기보다 읽기 위해 가져갔을 확률이 높으니 별로 억울해할 일은 아니다. 아무리 못 살아도 도둑이 가져갈 물건은 있다고 하는데 더 기록할 물건을 찾지 못하는 내가 참 한심해 보였다. 경찰에 신고해야 하나? 쉬 판단이 서지 않는다. 잃어버린 물건도 없는데 신고를 하면 귀찮아진다. 많이 불편하다. 진술서를 작성해야 할 것이고 수사관의 이런저런 질문에 대답해야 하며, 이웃 사무실 사람들에게 도둑맞았다고 홍보하게 된다. 공연히 사람들의 입살에 오르내리면 나중에 사무실을 내놓을 때 하자가 될 수 있다. 신고해서 득 될 일이 하나도 없다. 사회정의보다 지금 내게는 사소한 손해라도 피하는 게 더 중요하다. 나는 '① ~~간이금고~~' '② ~~수동 카메라 렌즈~~'라고 쓴 종이를 우악스럽게 구겨서 던져버렸다. 날아간 곳이 하필 카메라 렌즈 옆이다.

"?"

그때 내 눈에 책상 위에 있던 컴퓨터가 보였다. 뭔가 이상하다. 모니터만 있고 본체가 보이지 않는다. 영업부장 책상에 있는 컴퓨터는 대기업이 생산한 브랜드 컴퓨터고 내 책상에 있던 컴퓨터는 조립제품이다. 브랜드 컴퓨터를 두고 값이 싼 조립제품 본체를 들고 갔다. 이 또한 이해할 수 없는 미스터리다. 나는 벌떡 일어나 컴퓨터

쪽으로 갔다. 컴퓨터 본체가 없어진 자리가 선명하게 표가 났다. 마침내 잃어버린 물건이 무엇인지 알아냈다. 현기증이 핑 돈다. 자료를 따로 백업해두지 않은 걸 그제야 후회했지만 이미 물은 엎질러졌다. 그러면 그렇지 이 두꺼운 철문을 힘들게 따고 들어왔는데 빈손으로 나갔을리 없다. 그런데 해놓은 짓을 보면 분명히 좀도둑은 아니다. 큰 도둑이 브랜드 제품이 아닌 중고 조립제품 본체를 들고 갔다는 사실이 이해가 되지 않았다. 그럴 거면 차라리 카메라 렌즈를 들고 가는 게 더 낫다. 중고 조립제품 본체를 팔아봐야 카메라 렌즈보다 더 많이 받을 수도 없다. 아예 사려는 사람이 없을지도 모른다. 주머니에 넣고 갈 수 있는 렌즈를 두고 무거운 본체를 안고 간 도둑의 의도가 파악되지 않는다. 물건을 잃어버린 억울함은 잠시 잊고 나는 누군지도 모르는 이 도둑의 심리를 분석하는 일에 온통 신경을 세웠다. 마치 소설 한 편을 구상하는 것처럼 주인공의 캐릭터를 만들고 있었다. 누가 이런 내 모습을 봤다면 제정신으로 보지 않았을 것이다. 도둑이 든 어수선한 사무실에 혼자 서서 딴 생각하는 사람을 어떻게 온전하다고 이해하겠는가. 아무러하든 궁색한 집안에도 도둑이 탐내는 물건은 있었다. 물건을 도둑맞고 기뻐하는 사람도 처음 봤을 것이다.

　도둑은 보통 사람들이 생각하는 그런 값나가는 물건만 가져가는 게 아니다. 남의 물건을 훔치는 도둑은 심보와 두뇌가 보통 사람들과 다르다. 상상을 초월한다. 허름한 물건도 값나가는 물건으로 둔갑시키는 재주가 있다. 설마 중고값이 얼마 되지도 않은 컴퓨터 본체를 팔려고 가지고 갔겠는가. 거듭 말하지만 그럴 거면 차라리 주머니 속에 집어넣을 수 있는 카메라 렌즈를 가져갔을 것이다. 아무리 값어치가 없는 렌즈라 하더라도 중고 컴퓨터보다야 도둑에게는 훨씬 다루기 좋은 물건이다.

　없어진 컴퓨터 본체에는 귀중한 자료들이 잔뜩 들어있다. 이미 출간했거나 출판을 준비 중인 원고들은 물론이고, 개인 자료들도 있다. 그동안 발표한 내 소설 작품 원고와 여기저기 발표했던 칼럼 원고, 심지어 최근에 쓰기 시작한 장편소설 원고도 들어있다. 그뿐만 아니다. 틈나는 대로 전국을 돌아다니며 촬영한 연꽃 사진들은 돈으로 환산할 수 없는 중요한 자료들이다.

　얼른 백팩에서 노트북을 꺼내 분실한 자료들을 확인했다. 다행히 최근에 집필하던 원고들은 노트북에 있었다. 연꽃 에세이집을 출간하기 위해 분류한 200여 컷의 연꽃 사진들도 있었다. 책으로 출간한 30여 권의 소설 원고는 몽땅 사라졌다. 인화한 옛날 사진들 가운데 중요한 것들을 디지털 자료로 만들었는데 그것도 다 없어졌다. 출간한 책도 있고, 인화한 원본 사진들은 있으니 다시 파일로 만들 수는 있으나, 엄청난 시간과 비용이 든다.

나는 도난신고를 하지 않았다. 대신 도둑과 '희망 게임'을 해보기로 했다. 따지고 보면 도둑맞기는 했지만 잃어버린 물건이 그다지 대단한 것도 아니다. 없어진 자료는 노력하면 대부분 복원할 수 있다. 그래도 나는 도둑이 가져간 그 자료를 꼭 돌려받고 싶었다. 희망을 잃는 게 싫다. 그래서 도난신고를 하면 안 된다. 수사가 진행되면 도둑은 훔쳐 간 물건을 처분할 수 없게 될 테고, 귀찮은 물건이 되는 순간 파손시켜 버릴 것이다. 나는 잠시 공익을 외면하기로 했다. 언제부턴가 나는 공익을 별로 신뢰하지 않는다. 이 도난 사건에서 잃어버린 물건을 되찾아 낼 확률은 경찰보다 도둑 쪽이 훨씬 높다는 게 내 판단이다. 컴퓨터 본체를 되찾는 일은 쏟아부은 활자를 신문의 제자리에 심는 일만큼, 내게 큰 희열을 가져다주는 희망 게임이다.

나는 A4 용지에 방문榜文을 적어 새로 바꾸어 단 사무실 출입문 바깥쪽에 붙였다. 평화의 비둘기로 폭력을 쫓아내 볼 생각이다. 또 다른 희망을 위한 혁명을 시작했다.

양상군자(梁上君子)님께 고함

도둑님!
여긴 출판사라 탐낼 물건이 없습니다.
오로지 마음을 적시는 책들만 있으니
제발 문을 부수지 마십시오.
가뜩이나 신종바이러스 창궐로 어려움을 겪는데
부서진 문짝 고치고 분탕질한 사무실을 정리하는 일이
우리에겐 큰 고통입니다.
제발 물건들이 제자리에서 제구실하도록
가만히 두고 그냥 돌아가십시오.

　분명히 도둑은 내게 전화를 할 것이다. 사무실을 다 뒤졌으니 우리 출판사 전화번호와 대표 이름을 알아내는 일은 그다지 어렵지 않다. 어쩌면 책상 위에 있는 명함

통에서 내 명함 한 장을 가져갔을지도 모른다. 솔직히 말해 도둑이 내게 연락할 확률은 낮다. 그래도 나는 희망을 잡기로 했다. 희망이 없다는 건 슬픈 일이다.

우리 집은 이제 바람이 되었다. 거친 파도는 사라졌지만, 대신 바람이 파도가 되었다. 유일한 통로인 대문 앞 좁은 골목으로 밀고 들어온 바람이 4층짜리 건물들 사이에 파묻힌 우리 집으로 들어와서는 길을 잃었다. 바람도 생명이 있다. 살기 위해 이 공간을 빠져나가려는 바람이 좁은 골목으로 밀고 들어오는 바람과 맞부딪치며 거센 바람 파도를 만들었다. 이 바람은 비어있는 공간을 채우며 우리 집을 중심으로 몇 바퀴 거세게 회돌이를 치다가 용오름처럼 하늘로 솟구친다. 유일한 돌파구가 하늘임을 알았다. 위로 치솟은 바람은 다세대와 다가구 건물들과 부딪치며 또 한 차례 파도 소리를 토해놓는다. 바람이 된 우리 집은 위에서만 보인다. 태풍의 눈이다.

오늘도 아내는 보라색 라일락이 그려진 찻잔에 커피를 내려왔다. 바람 소리에 놀라 무심코 자리를 옮기려던 나는 아내를 보자 멈칫 그 자리에 도로 주저앉았다. 아내가 말없이 찻잔을 앞에 놓고 나간다. "이 집, 절대로 안

무너져요. 질기거든요"라고 했던 아내의 말이 라일락 찻
잔 위에서 환청처럼 일렁인다.

그림자의 그림자

벌써 해가 떴을 시각인데 산속이라 그런지 방안엔 아직 어둠이 희미하게 남아있다. 멀리서 사스락 사스락 하는 소리가 들린다. 자리에 누운 채 귀를 세우고 그 소리를 좇았다. 깃털처럼 가벼운 그 소리는 마치 살아있는 생명체처럼 적막한 공간을 탐색하듯 훑는다. 산대숲 바람소리 같기도 하다. 실눈을 한 채로 나는 천정을 바라보았다. 도배를 하지 않아 몸을 드러낸 서까래가 갈비뼈처럼 가지런하게 줄지어 있다. 처음에는 배 용골 같다고 생각했는데 이 집 주인 모습이 떠올라 갈비뼈로 생각을 바꾸었다. 오래 살면 집도 주인을 닮아가는 모양이다.

자리에서 일어나 창문 쪽으로 갔다. 창밖 산자락에 눈

이 하얗게 쌓였다. 쌓인 눈 위로 하염없이 눈이 내린다. 적막을 훑던 소리의 정체를 찾았다. 눈과 눈이 부딪치며 그렇게 사스락거리는 소리를 내고 있다. 내리는 눈이 마치 살아있는 생명체들 같다.

방금 일어난 잠자리를 돌아보았다. 머리맡에 가와바타 야스나리의 『설국』이 펼쳐진 채 있다. 어젯밤에 세 문장을 넘기지 못하고 다시 첫 문장으로 되돌아오기를 수없이 반복한 게 기억난다. 잠에 휘둘린 것도 아니면서 그세 문장이 질기게 나를 잡고 놓아주지 않았다. '국경의 긴 터널을 지나자 설국이었다. 밤의 밑바닥이 하얘졌다. 신호소에 기차가 멈춰섰다.' 두 번째 문장 '밤의 밑바닥이 하얘졌다'가 주범이다. 어두운 밤이 흰 눈을 가린 게 아니라 흰 눈이 검은 밤을 덮어버렸다. 이 문장에 붙들려 도저히 빠져나갈 수가 없었다. 어둠까지 덮을 수 있는 눈의 나라 설국, 국경의 터널을 지나야 그 설국으로 들어갈 수 있다. 그러다가 겨우 잠이 들었다. 그날처럼, 어젯밤에도 나는 그렇게 나를 숨겨줄 하얀 눈을 찾았다.

지난해 겨울이다. 『설국』을 첫번째 완독하던 날, 그날도 이렇게 흰 눈이 내렸다. 나는 부랴부랴 짐을 꾸려 일

본 니가타로 갔다. 계획에 없던 즉석에서 결정한 돌발 여행이다. 소설 속의 그 설국에 가서 게이샤(藝者) 고마코를 만나고, 눈 속에서 「유키노하나(雪の花; 눈꽃)」를 듣고 싶은 충동에 미친 듯이 일본으로 날아갔다. 이것도 이유가 된다면, 당시 나는 내 분노를 태우거나 녹일 그 무엇이 간절하게 필요했다. 그대로 있으면 숨이 막혀 죽을 듯했다. 별거를 선언하고 남편을 내보내던 바로 그 날이다.

니가타는 온통 눈에 덮여 있었다. 시미즈(清水) 터널을 빠져나가자 정말로 소설 속에서 본 설국雪國이 그곳에 있었다. 신기한 건 터널로 들어가기 전 군마현群馬県에는 눈이 내리지 않았다. 이 터널이 설국으로 들어가는 국경이었다. 나는 곧장 유자와(湯澤)에 있는 다카항(高牛)호텔로 갔다, 이 호텔이 가와바타 야스나리가 묵으며 「설국」을 썼던 그 여관旅館인데 지금은 현대식 호텔로 재건축했다. 호텔 안에 재현해 놓은 그가 묵었던 방이 당시의 기억을 되살려주고 있었다.

이튿날 여명이 틀 무렵, 나는 지금처럼 호텔 창문 앞에서 어둠의 밑바닥을 하얗게 덮고 있는 눈을 바라보았다. 꽤 오랜 시간 그렇게 서서 설국을 바라보았다. 눈에 갇힌

어둠이 서서히 빠져나가자 마침내 쏟아지는 햇살 아래 눈꽃이 활짝 피었다. 나는 눈을 질끈 감았다. 눈이 부시도록 황홀하여 쉬 쳐다볼 수가 없었다. 바로 그때「유키노하나(雪の花)」노랫소리가 들려왔다. 호텔 안인지 밖인지 어디에선가 그렇게 노래가 희미하게 들려왔다. 창문은 닫혀 있었다. 환청인가? 시마무라를 기다리던 게이샤 고마코가 불쑥 나타날 것만 같은 분위기다.

올해 첫눈의 꽃을 둘이 가까이 붙어서
바라보고 있는 이 순간, 행복이 넘쳐요.

세상의 그 어떤 사랑도 이 같은 순간을 붙들었을 것이다. 나도 그랬으니까. 이런 사랑도 무너진다. 눈이 녹듯 그렇게 떠난다. 노벨문학상까지 탄 작가 가와바타 야스나리는 왜 스스로 목숨을 끊었을까. 그것도 73세란 나이에. 무엇이 그를 그런 절박함으로 몰아갔을까. 내가 상상하는 이유가 맞는다면 그는 눈꽃이 사라진 세상에서 살기 싫어 녹는 눈처럼 사라졌을 것이다. 나도 그런 생각을 한 적 있다.

여긴 지리산 뱀사골에 있는 남자친구 집이다. 그때 니가타 다카항호텔에서 본 설국처럼, 창문 밖으로 보이는 지리산에도 지금 그렇게 하얀 눈이 내리고 있다.

오늘 전남편의 여비서 성폭행 사건 항소심 판결선고가 있는 날이다. 어느 정도 결과를 예견하고는 있지만, 1심 판결과 크게 달라지지 않을 듯하다. 60년 동안 내 삶이 녹아 있는 서울에서 이 소식을 듣기 싫어 30년을 지리산 골짜기에서 혼자 사는 남자친구 집으로 왔다. 30년이면 내 인생의 딱 절반이다. 나는 그 시간을 남편과 함께 서울에서 살았고, 이 친구는 신선처럼 이 지리산에서 살았다.

이 집 주인은 나처럼 도망 온 게 아니라 세상이 싫다며 이곳으로 숨어들었다. 스스로 자신을 숨겼으니 은거隱居했다는 표현이 옳다. 웬만한 아이들도 다 가지고 다니는 핸드폰은 물론이고 TV와 컴퓨터조차 이곳에는 없다. 봄 여름 가을 겨울 변하는 산천이 시간을 알려준다. 이곳에서 그는 시간을 거슬러 올라 노자 장자를 만나며 우리가 아는 세상과 다른 세계에서 살고 있다. 친구지만 내게 노장老莊을 가르쳐준 스승이기도 하다. 그가 유일하게 세상과 소통하는 일은 강의를 위해 일주일에 두 번 대학교에 출강하는 때다. 그에게 특강을 신청하거나 원고를 청탁하고자 하는 사람들은 이때 강의 후 그가 꼭 들르는 찻집 '다담茶談'에서 그를 기다려야 한다. 이 대면 소통이 그와 연결된 유일한 통로다. 기다리는 사람이 많으면 강의를 마치자마자 잠적해 버리기도 한다. 나도 서울에서 5시간 달려가 그의 강의를 들었다. 그를 보기 위해 대학교를 한 번 더 다닌 셈이다. 강의를 마치고 그와 함께 차를 마시는 시간을 더 기다렸는지도 모른다. 내가 "사람이 어떻게 그렇게 살 수 있어?" 하고 물었을 때 그는 "너는 내가 어떻게 사는지 모르고도 잘 살잖아. 나도 세상 사람들이 어찌 사는지 몰라도 잘 살지"라고 했다. 보름 전에 내가 이곳에서 며칠 묵고 싶다고 말했을 때 그는 일주일이 지나도록 답을 주지 않았다. 은근히 마음이 상해 갈 무렵 그에게서 연락이 왔다. "거절하면 다시는 널 못 볼 것 같아 허락한다"라며 붓글씨로 짧게 쓴 엽서가 날아왔다. 이 집에 들어오던 날 그가 내게 한 첫마디가 "이 집에 묵은 외부 사람은 네가 유일하다"였다. 그러면서 그는 말했다.

"딱 5일간이다. 더 길면 내가 망가지기 때문에 안 돼. 그 5일 동안 난 네가 살던 세상으로 나가서 타락하고 올 테니, 넌 내가 살던 여기서 풍욕을 즐기고 있어. 약속은 꼭 지켜야 한다. 5일 뒤다. 넌 다시 타락하러 이 집에서 떠나야 하고, 나는 타락한 몸을 닦기 위해 이 집으로 들어와야 해. 알았지?"

"참 우습다. 쉬운 말을 두고 왜 이렇게 어렵게 말해. 가뜩이나 힘들어 죽겠는데. 도망가는 거잖아. 우리 이제 겁내지 않아도 될 나이 아닌가?"

"탕자가 되어 돌아오면, 그때 널 잡아먹을지도 몰라. 그러니 그 전에 도망가."

농담인지 진담인지 모를 그런 말을 주고받고 나서 우리는 마주 보며 웃었다. 이 집을 내게 내어주고 가방 하나 둘러메고 나가는 그의 뒷모습이 흡사 트렁크를 챙겨 들고 집을 나가던 전남편과 많이 닮았다.

나는 왜 사람을 붙잡지 못하고 죄다 내쫓을까. 사랑하는 기술이 모자라는가, 아니면 내게 무슨 못된 살熬이라도 낀 걸까. 대학교에 다닐 때는 귀찮을 정도로 남자들이 따라다녔다. 주로 선배들이 지분거렸다. 하나같이 사랑보다 내 몸을 원했다. 트라우마에 빠질 정도로, 내가 색기를 풍기는 여자인가 걱정하기도 했다. 남자를 경계하고 싫어하는 버릇이 이때 생겼다. 대부분 사랑으로 위장하고 접근했지만, 아예 대놓고 "우리 한번 하자"라고 말하는 선배도 있었다. 지금 생각해보면 사랑으로 위장하여 지분대는 친구들보다 그렇게 미리 속셈을 드러낸 친구가 더 진솔하였던 것 같다. 죽을 때까지 사랑한다며 비장하게 다가온 친구도 알 것 다 알고 나면 결국 다른 여자를 찾아 떠났다. 누가 더 오래 사귀느냐 차이일 뿐 모두 같았다. 몇 번 그렇게 속앓이를 겪고 나자 남자들이 벌레처럼 보였다. 겉보기에 멀쩡하고 순진한 척해도 결국은 모양이 다른 벌레들이었다. 이때부터 남성 혐오증이 생겼을 정도로 나는 남자를 싫어했다.

3학년 학기 초 우리 학과에 복학한 그를 만났다. 만난 게 아니라 어이없게 내가 그를 따라다녔다. 내가 입학하던 해 군대에 갔기 때문에 나는 그를 그때 강의실에서 처음 보았다. 겉보기로는 40대로 보였다. 수염까지 기르고 있어서 가뜩이나 남자를 혐오하던 나는 처음부터 그를 벌레보다 더 징그러운 괴물을 보듯 대했다. 여자든 남자든 우리 동기생은 그를 '아저씨'라고 했다. 그러나 마주보며 그렇게 부르는 일은 거의 없었다. 그는 친구들과 별로 말을 섞지 않았으며 동아리 활동도 하지 않았다. 그에게 말을 걸지 않는 게 그를 도와주는 일인 것처럼 친구들은 그를 투명 인간 대하듯 했으며, 어찌 보면 왕따를 하는 듯한 분위기처럼 되었다. 그러거나 말거나 그는 조금도 개의치 않고 강의에 꼬박꼬박 나왔다. 강의가 끝나면 곧장 어디론가 사라졌다. '어디론가'라고 한 건 그가 어디에 사는지 무얼 하며 지내는지 아무도 아는 사람이 없었기 때문이다. 그를 보는 건 오직 강의실에서뿐이다. 나는 그의 행방이 참 궁금했다. 그에게 남자로 관심을 가진 게 아니라 아무도 그를 의식하지 않는 것에 대한 반작용 같은 거였다. 적의 적은 동지라는 말처럼 내가 아는 벌레들이 그를 외면한다면 그는 그 벌레들과 다른 종족일지 모른다는 호기심이 발동했다.

그에 대한 내 관심은 자판기에서 커피를 두 잔 뽑아 한 잔을 강의실 그의 책상 위에 올려놓는 것으로 출발했다. 첫날에는 그가 나를 빤히 쳐다보았다. 나를 쳐다보고 있었으나 그의 얼굴에는 표정이 전혀 없었다. 고맙다는 의미는 고사하고 '이게 뭐지?' 하는 의문도 묻어있지 않았다. 사람이 어떻게 그러한 표정을 할 수 있을까, 그를 보는 내가 더 무안했다. 나는 멀찍이 앉아서 그가 커피를 마실까 안 마실까 혼자서 내기하며 곁눈질로 지켜보았다. 그는 내가 준 커피에 손을 대지 않았다. 속으로 '뭐 이런 인간이 다 있냐' 하며 분노를 쏟은 뒤 나는 이내 그를 잊고 강의에 몰두했다.

강의가 끝났을 때 그를 돌아보았다. 그가 종이컵을 우악스럽게 움켜쥐고 나가는 게 아닌가. 커피를 마셨던 거다. 언제 마셨을까. 나는 중요한 타이밍을 놓친 그게 또 억울했다. 나는 기어이 그가 언제 커피를 마시는지 알고자 하는 사람처럼 다음 강의 시간에도 커피를 뽑아 그의 책상에 올려놓았다. 지난번과 달리 그는 나를 거들떠보지도 않은 채 책을 읽고 있었다. 마치 내가 커피를 갖다 놓을 줄 미리 알고 있는 듯한 태도다. 나는 순간 이성을 잃었다. 그의 허락을 구하지도 않은 채 조금 무례하다 싶을 정도로 "무슨 책이에요?" 하면서 그가 읽고 있는 책 표지를 들춰보았다. 한나 아렌트의 『전체주의의 기원』이었다. 나는 속으로 '국문과에서 웬 한나 아렌트야' 하면서 돌아서는데 그가 책을 콩 소리가 나게 덮어버리는 게 아닌가. 나는 얼른 그 자리에서 도망치듯 내 자리로 갔다.

그날 강의 시간 내내 가슴이 쿵쾅쿵쾅 뛰었다. 그 와중에 나는 드디어 발견했다. 강의가 거의 끝나갈 무렵 그는 다 식었을 자판기 커피를 마치 물 마시듯 원샷으로 마셨다. 나는 그 모습을 보면서 쿡 소리가 나게 혼자 웃었다. 옆자리에 앉은 친구가 "뭐야, 얘?" 했을 때야 나는 정신이 번쩍 들어 주섬주섬 책을 챙겨 강의실을 빠져나왔다. 앞서 강의실을 나간 그는 이미 어디론가 사라진 뒤였다.

그날 이후 그는 강의실에 나타나지 않았다. 그가 강의실에 나타나지 않은데도 아무도 그에게 관심을 가지는 사람이 없었다. 있을 때도 관심을 주지 않았는데 없어졌다고 새삼스레 관심을 둘 리 없다. 궁금해하던 끝에 나는 용기를 내어 조교에게 물어보았다. 정치외교학과로 전과했다는 것이다. 그리고 나서 나도 그를 잊어버렸다.

6학기 교양과목으로 나는 '현대정치와 이데올로기'를 신청했다. 학점 때문이 아니라 정치외교학과 전필 교양과목이기에 혹시 그를 만날지도 모른다는, 복권 한 장 사는 기분으로 신청했었다. 운명처럼 이 복권이 당첨되었다. 강의실에서 그를 다시 만났다. 그가 강의실에 앉은 모습을 보자 나는 마치 오래 사귀다 헤어진 남자친구를 다시 만난 것처럼 기분이 달떴다가 놀라 얼른 표정을 감추었다.

두 번째 강의에 들어갈 때다. 나는 자판기 앞에서 걸음을 멈추고 커피를 뽑을까 말까 망설이다 그냥 강의실에 들어갔다. 그런데 희한한 일이 일어났다. 강의실에 앉아 있던 그가 미리 커피를 두 잔 뽑아 가지고 있었다. 내가 자리에 앉자 한 잔을 내게 가져다주었다. 내가 그랬던 것처럼, 그도 말없이 커피만 올려놓고 자기 자리로 가버렸다. 그 순간 나는 무장해제가 되었다. 그에 대해 아는 게 아무것도 없었지만, 벌레는 아닐 거라는 믿음이 생겼다.

다음 강의 시간부터는 내가 먼저 그에게 커피를 가져다주었다. 그러던 어느 날, 서로 엉켜 버렸다. 둘 다 커피를 두 잔씩 들고 강의실에 들어온 것이다. 그날 우리는 각각 커피 두 잔을 책상 위에 올려두고 서로 돌아보며 웃었다. 나는 그에게서 받은 커피를 먼저 손에 들었고, 그도 내가 준 커피를 먼저 마셨다. 그가 웃는 모습을 처음 보았다. 그게 그와 내가 나눈 첫 번째 대화였다.

한 학기를 도서관과 커피숍에서 거의 붙어있다시피 그와 함께 지냈지만, 그동안 내가 남자를 벌레로 봤듯이 그도 나를 벌레 보듯 했다. 내가 슬그머니 그의 손을 잡으면 그는 슬쩍 손을 뺐다. 자존심이 상해 다시 잡으면 나를 힐긋 쳐다본 뒤 천천히 손을 빼냈다. 속내를 모르는 친구들은 내가 그와 연애하는 줄 알았다. 그도 나도 "우리 사귈래?" 하고 말한 적은 없지만, 친구들의 그 말에 나는 "아니"라고 말하지 않았다. 그의 의중과 상관없이 나는 그를 좋아하고 있었다.

한번은 둘이서 처음으로 술을 마셨다. 늘 커피숍에만 가다가 그날 처음으로 술집에 갔다. 내가 음흉한 음모를 품은 채 그를 술집으로 데리고 갔다. 그게 그와 대화를 나눈 마지막 날이기도 하다. 그의 주량은 막걸리 두 잔이었다. 태생적으로 술을 못 마시는지 잘 마시는데 일부러 두 잔만 마시는지, 주량조차도 그는 사람을 궁금하게 만들었다. 주량이 한 병인데 나는 그날 막걸리 두 병을 혼자 마셨다. 그에게 무슨 말을 했는지 정확하게 기억나지는 않는다. 내가 그에게 "우린 어떤 관계야?" "오늘, 우리 잘래?"라고 한 말은 또렷이 기억난다. 내가 남자들에게서 숱하게 들었던 "우리 한번 하자" 이 말을 그에게 하고 싶었다. 남자들은 이 말을 들으면 어떤 기분일까 알고 싶기도 했다. 그러나 아무리 술에 취했지만 차마 그대로 그에게 말할 수 없어서 순화해서 한다는 게 "오늘, 우리 잘래?"였다. 그가 듣기에는 그게 그 말이랄 수도 있지만, 말한 나로서는 많이 고민한 끝에 한 말이다. 그래서 나는 이 말이 또렷이 기억난다. 기억나는 게 이 말인 걸 보면 기억나지 않는 말들은 이보다 수위가 훨씬 더 높았을 수도 있다. 내가 정신을 차렸을 때는 우리 집 내 방이었다. "오밤중에 여기까지 술 취한 널 데리고 온 그 남자가 도대체 누구냐?"며 그날부터 며칠 동안 엄마로부터 호되게 추궁받아야 했다. 물론 과 동기라고 말했지만, 엄마가 요구하는 대답은 그와 어떤 관계인가 하는 거였다. 아무런 관계도 아닌 남자와 그렇게 자정이 넘도록 인사불성으로 술을 마셨느냐며 엄마는 내 말을 믿지 않았다.

그날 이후 그와 내가 커피를 주고받는 관계가 단절되었다. 내가 먼저 그에게 커피를 가져다주지 않았다. 그에게 "오늘, 우리 잘래?"라고 말한 것 때문이 아니라 그에게 거절당한 게 몹시 자존심 상했다. 그도 내게 커피를 가지고 오지 않았다. 자연스럽게 우린 처음 만났던 호기심을 감춘 그런 관계로 돌아갔다. 그러면서도 나는 은근히 그가 먼저 내게 무슨 말을 해주길 기다렸다. 그러나 학기가 끝날 때까지 그와 나는 아무런 대화도 나누지 못했다. 지금 생각하면 참 우스운 일이지만, 그땐 자존심이 인생의 모든 것인 줄 알았다.

그러던 중 나의 첫 남자, 지금의 남편과 다시 만나기 시작했다. 2년 동안 서로 다른 세상에서 놀다가 졸업할 무렵에 다시 만난 것이다. 이 사람을 만나면서도 가끔 그가 불쑥불쑥 내 기억 속으로 들어오고는 했다. 이때까지만 해도 그가 내게 말을 걸어왔다면, 나는 지금의 남편을 만나지 않았을 것이다. 그렇게 학기가 끝나면서 나는 그를 만나지 못했다.

내가 다시 그와 마주친 건 신혼여행을 다녀와서다. 엄마가 보여준 결혼식 방명록에 그의 이름이 있었다. 그가 내 결혼식에 다녀간 것이다. 그에게 청첩장을 보내지도 않았고, 그가 내 결혼을 알만한 친구와 가까이 지낸 것도 아닌데 어떻게 내 결혼식을 알았을까. 나는 몹시 궁금했다. 사실 그게 궁금한 게 아니라 그가 왜 내 결혼식에 나타났는가였다. 축하일까 다른 의미일까. 나는 그의 연락처를 알지 못했으며 어디서 무엇을 하는지도 모른다.

그가 내 결혼식에 왔다는 사실은 내게 큰 충격을 주었다. 어쩌면 결혼식 내 옆자리에 그가 섰을지도 모르는데 우리는 그 운명을 피해가 버렸다. 그러면서 내 결혼식장에 그가 하객으로 나타났다. 한동안 나는 그 사람 생각을 했지만 신혼 초의 번잡한 일상으로 이전처럼 또다시 그를 잊었다. 그러고 나서 다시 그와 마주친 것은 우연히 책을 통해서다. 남편이 저자의 사인을 받아온 책 『노장사상으로 본 현대정치』를 펼쳐보다가 나는 깜짝 놀랐다. 저자가 바로 그 사람이었다. 처음에는 동명이인인가 했으나 책에 있는 저자의 사진이 그였다. 나는 남편을 통해 그가 남편과 고등학교 동기라는 사실도 알았다. 그를 만나기 전에 내가 자기 친구인 지금의 남편과 사귀었다는 걸 그가 알았던 걸까. 그렇게 생각하고 나니 그가 보여준 이해되지 않은 행동들의 아귀가 맞아떨어졌다. 그러나 이를 확인할 길은 없다. 우연인지 필연인지 그가 내 삶의 한 모퉁이에 그렇게 들어와 앉았다. 도대체 이런 관계는 무엇일까. 아무리 생각해도 정리가 되지 않는다. 연애한 것도 아닌 남자가 내 인생 한 부분에 들어왔다.

그가 지방 대학에서 노장사상을 강의한다는 걸 알고, 나는 그가 강의하는 대학교에 늦깎이 학생으로 강의 신청을 했다. 이 또한 나로서도 이해되지 않는 부분이다. 그와 가까워지려는 생각도 없으면서 그를 만나기 위해 다가가는 이 행동은 무엇일까. 아직도 그 남자를 실험 대상으로 여기는 걸까. 그는 그때나 지금이나 변한 게 없었다. 무표정으로 식은 자판기 커피를 원샷으로 마시던 그때 그 남자였다.

1심판결에서 남편이 유죄선고를 받고 법정 구속된 뒤 며칠 지나서 변호사로부터 연락을 받았다. 구치소에 있는 남편이 항소를 포기하겠다고 말했다는 것이다. 나에게 설득 좀 해달라고 했다. 별거 중인 상태라 쉬 마음이 내키지 않았지만, 나는 남편을 찾아가 항소를 설득했다. 그의 죄를 면하게 해주고 싶어서가 아니다. 나를 죄고 있는 족쇄부터 풀고 나서 그를 심판할 예정이었다. 그래야 내가 살기 때문이다. 1심 재판 때도 내가 자진해서 남편에게 유리한 결정적 증거를 변호사한테 주었다. 남편의 행위는 용서할 수 없지만, 피해자인 Y도 용서할 수 없었다. 나는 그녀를 '남편의 그녀'로 부르고 싶으나 이 더러운 싸움의 공정을 위해 당분간 그녀를 Y로 부르기로 했다. Y의 행위를 나는 절대로 용서할 수 없었다. 내가 전해 준 결정적 증거와 진술을 들은 변호사는 "이제 됐습니다. 이 증거면 승소할 여지가 충분하며, 만약의 경우라도 집행유예는 자신이 있습니다"라고 했다. 만약의 경우? 나는 이 말이 걸려 "법률에도 만약의 경우가 있어요?" 하고 물었다. 그러자 변호사는 내 질문을 외면하는 듯 사무실 창밖을 바라보았다. 시간이 흐른 뒤 그는 "이슈몰이와 싸우기 때문입니다"라고 말했다.

　남편에게서 이상한 낌새를 느낀 건 지난해 봄이다. 남편이 프랑스 오트쿠튀르(Haute couture) 패션쇼에 초대받아 Y와 수석디자이너를 데리고 출장을 갔는데, 수석디자이너 혼자서만 일정을 앞당겨 먼저 돌아왔다. 남편과 Y는 프랑스 패션쇼 현장에서 갑자기 밀라노에서 개최하는 한복 패션쇼 참가 일정이 잡혀 이탈리아로 가고, 자신은 긴급히 처리해야 할 일 때문에 파리에서 먼저 귀국했다는 것이다. 뭔가 급조했다는 느낌이 들었다. 동행한 수석디자이너를 먼저 귀국시킬 만큼 긴급히 처리해야 할 일이라면 CEO인 남편도 함께 귀국해야 한다. CEO가 귀국하지 않아도 될 일인데 프랑스까지 동행한 수석디자이너를 혼자 귀국하게 할 필요가 있었을까. 그 긴급한 일이 도대체 무엇이었을까. 긴급한 일이 무엇인지 그 수석디자이너에게 물어보았다. 그런데 어이없게 그는 중요한 일이 아니었다고 했다. 그의 답변 태도가 이상했다. 불만이 있더라도 CEO와 관련 있는 문제라면 분명히 가려 주었을 텐데, 마치 남편의 행보가 이해할 수 없다는 투로 말했다. 무척 혼란스러웠다. 이 복잡한 역학구도의 실체가 무엇일까. 그렇다고 그에게 남편과 Y와의 관계를 물어볼 수는 없었다.

그 해답은 남편이 출장에서 돌아온 후에 밝혀졌다. 식사하다 말고 핸드폰으로 문자를 주고받던 남편이 자료를 가지러 간다며 급히 서재로 갔는데, 그때 식탁 위에 둔 남편 핸드폰에 문자가 떴다. 잠금장치가 풀려 있던 상태라 문자가 그대로 떴다.

"어젯밤 행복했어요. ㅎㅎ, 사장님 짱!"

Y에게서 온 문자였다. 곧이어 또 하나가 떴다.

"내일 저녁 오피스텔에서 봬요. 그 목걸이를 하고 갈게요. 예뻐요. 와인 필요하겠죠? ㅎㅎ"

잠시 온몸이 마비되듯 강한 충격을 받았으나 나는 곧바로 정신을 차렸다. 그 순간에도 나는 재빨리 내 핸드폰을 찾아 남편의 문자를 촬영했다. 그제야 핸드폰을 켠 채로 뒀다는 게 생각난 듯 남편이 후다닥 달려와서 식탁 위의 핸드폰을 낚아채듯 집어 드는 것이었다. 그러면서 나를 쳐다보았다. 나는 모른 척하며 물었다.

"왜, 일이 잘못되었어?"

"아, 아니야. 아무것도."

남편은 밥을 먹는 둥 마는 둥 허둥대다가 서둘러 나갔

다. 오피스텔은 남편이 개인적으로 사용하는 사무실이다. 내일 저녁에 오피스텔로 가볼까? 그런 생각을 했으나, 이미 증거가 잡혔는데 굳이 시끄럽게 일을 키울 필요는 없을 듯했다. 남편의 사업까지 다치게 하고 싶지는 않았다. 우선 지켜보는 게 좋을 듯하여 이 사건은 그렇게 증거만 확보한 채 덮어두었다.

그날 저녁 식탁 앞에서 나는 남편에게 넌지시 물어보았다.

"Y 비서 있잖아."

"응."

"근무한 지 얼마나 되었지?"

"Y? 갑자기 그건 왜?"

"열심히 하기에 옷이라도 한 벌 사줄까 하고."

"신경 안 써도 돼. 사무실 일은 내가 챙겨."

"모래 사무실 안 바쁘면 Y 비서 나한테 하루 빌려줘."

"왜?"

"광주 좀 다녀오게."

"경기도?"

"아니, 전남."

"전남? 갑자기 거긴 왜?"

"당신은 내가 뭘 하는지 그렇게 관심 없어? 일주일에 두 번 수업하러 가는 거 몰라?"

"아, 참. 맞다. 그런데 Y를 왜?"

"웅, 거기 일이 좀 있는데, 난 강의 때문에 바쁠 것 같아서 좀 부탁하려고."

"그래. 우선 본인한테 물어보고 결정해."

"휴일도 아닌데, 어차피 출근할 거잖아. 자주 부탁하는 것도 아니고, 첨이니까 당신이 말해서 그렇게 해줘."

"알았어."

나는 Y와 함께 광주로 갔다. 강의 시간이 오후지만 평소에는 당일치기로 다녀온다. 나는 오후 강의를 핑계로 Y와 1박할 예정으로 호텔을 예약해 두었다. 강의받는 동안 Y에게는 전주 합죽선을 종류별로 2, 30개 구해달라고 했다. 당장 필요한 건 아니지만, 광주에 함께 온 Y에게 할 일을 만들어주어야 했다.

그날 밤 나는 Y를 탐색하기 시작했다. 그녀에게서 남편의 흔적을 찾아내는 일은 생각보다 쉬웠다. 저녁에 양치질하면서 Y는 죽염을 사용했다. 저녁에만 죽염을 사용한다고 한다. 남편도 풍치가 있어 오래전부터 저녁에는 꼭 죽염으로 양치를 한다. Y가 가지고 있는 휴대용 죽염 용기가 남편과 같은 제품이었다. 우연의 일치거나, 남편으로부터 죽염이 잇몸 건강에 좋다는 소리를 듣고 사용할 수도 있어 이것만으로 남편과의 관계를 연결하는 건 무리다. 그런데 Y가 가지고 있는 휴대용 죽염 용기가 남편 것이었다. 나도 죽염을 사용해서 서로 용기가 바뀌지 않도록 라벨에 있는 죽염 글자 중 '염'자의 ㅁ에 유성펜으로 남편은 파란색을 칠하고 내 것은 빨간색을 칠해두었다. Y가 가지고 있는 휴대용 죽염 용기의 라벨 '염'자의 ㅁ에 파란색이 칠해져 있었다. 만약 Y가 남편과 똑같은 죽염을 사서 휴대용 용기의 '염'자의 ㅁ에 파란색을 칠했다고 우기면, 그것도 이상하지 않은가. 그렇게 하는 사람은 드물다. 이건 분명히 남편 것이다.

"이거 죽염 아닌가?"

"네, 맞아요."

Y는 그때까지 휴대용 용기의 '염'자의 ㅁ에 파란색이 칠해진 걸 모르고 있는 듯했다.

"이걸로 양치해?"

"네, 잇몸이 약해서 저녁에만 죽염으로 양치해요."

"이거 어디서 구했어?"

"인터넷에서 팔아요."

"직접 산 건가?"

"네, 사모님도 사용하시게요? 구해드릴까요?"

"아니, 내가 살게."

나는 대화하면서 양치하는 Y의 하얀 목에 걸려있는 목걸이를 바라보았다. 골드 체인에 매달려있는 레드가넷이 매혹적으로 달랑거렸다. 저건가? "내일 저녁 오피스텔에서 봬요. 그 목걸이를 하고 갈게요. 예뻐요. 와인 필요하겠죠? ㅎㅎ." Y가 보낸 문자가 떠오르자 나는 긴장했다. 저걸 확 잡아당기면 Y가 어떻게 반응할까. 화들짝 놀라며 나는 Y의 목으로 가고 있는 내 손을 얼른 거둬들였다. 대신 남편의 휴대용 죽염 용기를 양치하는 Y와 한 프레임에 담아 핸드폰으로 사진 찍었다. 차르륵 하는 소리에 놀라 그녀가 고개를 돌렸다.

"예쁘네. 한 컷 찍었어. 사진 보내줄게"

긴장한 표정을 짓던 Y가 곧바로 웃는다. 자기를 예쁘다고 하는 줄 알았을 것이다. 나는 촬영한 사진을 액정에 띄우고 목걸이를 클로즈업해서 들여다보며 웃었다.

광주를 다녀와서 내가 남편에게 휴대용 죽염통을 달랬더니 잃어버렸다고 했다. 나는 속으로 웃었다. 남편과

죽염을 함께 사용하는 사이라면 Y가 남편과 자주 저녁을
함께 보냈을 개연성이 높다. 남편은 저녁에만 죽염으로
양치를 한다.

항소 준비를 하는 변호사에게 내가 물었다.

"이슈몰이는 해결되었나요?"

"세상일에는 항상 변수가 있어요. 그렇다고 포기하
면 안 됩니다. 끝까지 최선을 다한 뒤, 더 갈 데가 없으
면…… 그래도 싸우는 겁니다."

지금껏 변호사는 내게 이슈몰이가 무엇인지 말해주지
않았다. 그걸 알아내는 데 꽤 오랜 시간이 걸렸으며 견딜
수 없는 수모까지 감수해야 했다. 1심 재판 법정에 나가
증언하고 나왔을 때였다. 신문과 방송에는 온통 내 얼굴
과 함께 내가 진술한 법정 증언에 관한 기사로 도배를 했
다. 우호적인 기사도 있었지만, 대부분 피해자에 대한 '2
차 가해'에 초점이 맞추어져 있었다. 기사에 줄줄이 매달
린 댓글은 한결같이 내게 온갖 욕설과 비난으로 넘쳤다.
이게 이슈몰이였다. 변호사가 말했던 이슈몰이의 실체를
발견했다. 특히 우월적 지위를 가진 자가 저지른 성 관련
사건에 대해서는 이유 여하를 불문하고 우월적 지위에

있는 자를 백 퍼센트 가해자로 몰아가 이슈를 생산하는 것이다. 진실이 들어갈 틈이 없다. 언론이 더 신났다. 기사가 나갈 때마다 즉각 독자들의 반응이 줄줄이 달라붙는 이런 사건을 언론이 가만둘 리 없었다.

기소를 눈앞에 두고 남편은 내게 용서를 빌었다. 당신에겐 참 미안하지만, 사건은 억울하다고 했다. 수석디자이너가 장난치고 있다며 반드시 해결한다고 했다. 남편의 말이 모두 틀린 건 아니라는 걸 알지만, 나는 남편을 용서할 수 없었다. 일인 기업으로 출발하여 독립 브랜드 의류를 생산 판매하는 국내 굴지의 의류회사로 키운 남편은 가정도 잊을 정도로 자기 일에 빠져 지냈다. 집에서 자는 날보다 바깥에서 자는 날이 더 많았을 정도로 자기 인생을 다 바쳐 일으킨 회사가 무너지기 직전에 있다. 남편과 Y에 대한 미움보다 나는 이것이 더 화가 났다. 세상 사람들의 판결은 두 갈래로 나뉘었다. 지위를 이용하여 여성의 인권을 짓밟은 사건이라며 성토하는가 하면, 출세를 위해 접근하다가 목적을 이루지 못하자 미투로 몰고 갔다는 것이다. 전자에 비하면 후자의 여론은 상대가 되지 않을 정도로 미약했다. 어느 쪽이든 결국에는 지위를 이용하여 여성 인권을 짓밟은 성범죄 사건에 초점을 맞추는 데는 이론의 여지가 없었다. 지금까지 최측근에서 남편을 보좌했던 사람들은 하나같이 세상에 그런 바람 한 번 안 피워본 남자가 어디 있느냐고 분노했다. 특히 수석디자이너는 정밀 수사를 하면 모두 줄줄이 걸려들 거라며 남편을 옹호했다. 난 그에게 "바람피워 봤어요?" 하고 물었다. 그는 얼굴이 발개지며 우물쭈물 얼버무렸다. "네가 더 나쁜놈이네!" 하고 말하려다 나는 "거봐요. 세상 남자들이 다 그런 건 아니잖아요" 하고 말했다.

내가 남편과 이혼하려는 것은 남편의 행위를 단죄하고자 해서가 아니다. 나를 남편과 함께 묶어 같은 잣대에 올려놓은 세상에 화가 나서다. 나도 피해자다. 왜 세상은 나에게는 일말의 동정도 보이지 않는가. 그런 남자를 데리고 산 죄인이란 의미인가?

세상 사람들이 뭐라고 해도 남편을 가장 잘 아는 사람은 아내인 나다. 내게 대답을 못 한 그 수석디자이너도 바람을 피웠다는 걸 나는 안다. 처음 이 사건이 기사로 보도되었을 때 남편이 내게 말했다. 바로 그 사람이 Y와 합작하여 기자들에게 자료를 넘겼다고 했다. 그와 Y가 눈이 맞은 것을 남편이 눈치채자 그렇게 선제공격했다는 것이다. 남편이 한 말이라 신빙성은 떨어지지만, 전혀 틀리는 말은 아니라는 사실을 나는 Y의 행동을 보면서 확신했다. 그 말을 듣고 내가 "그러면 당신은? 본래 자리로 돌아와?" 하고 물었다. 남편은 입을 다물었다.

여자이기에 나는 여자를 잘 안다. Y, 난 그녀가 밉다. 솔직히 난 아직도 Y가 남편을 이용했다고 생각하고 있다. 남편과 그런 관계가 이어질 동안 Y는 나와 함께 여행간 일도 있었다. Y는 내가 눈치챌 때까지 나를 속였다. 우월적 지위에 억울하게 당했다면 나에게 말할 충분한 시간이 있었다. 그러함에도 세상은 모두 Y 편이다. 남편과 Y와의 싸움에서는 그렇다고 치자. 그럼 난 뭔가. Y와 나와의 관계에서 Y는 분명히 자유롭지 못하다. 우리 집을 자주 드나들었고, 난 그런 Y를 동생처럼 예뻐하면서 옷을 사주기도 했다. 그럼 이건 무슨 관계인가. Y는 분명히 내게 지은 죄가 있다. 나에게 저지른 Y의 죄는 왜 문제가 되지 않는가. 난 남편을 두둔할 생각이 없다. 나를 이 게임에 불러들이고 이야깃거리로 몰고 가는 세상과 싸우고 있다. 그런데 세상은 날 존재하지 않은 여자로 만들었다. 아니다. 그런 남편을 둔 불쌍한 여자가 되었다. 졸지에 나는 남편을 두둔하기 위해 억울한 일을 당한 Y

를 2차 가해하는 못된 여자가 되었다. 내가 잘못한 일은 딱 한 가지다. 남편과 Y의 관계를 눈치챘을 때 곧장 이를 문제 삼고 해결하지 못한 일이다. 남편의 사업을 위해 나는 이를 덮으려고 했다. 적어도 남편에게는 말했어야 했지만, 결정적인 증거가 아니었기에 둘 다 반발하면 오히려 내가 불리할 수 있다 생각하고 기다린 게 실수였다.

난 생각을 바꾸었다. 이혼을 잠시 유보하고 남편을 살리기 위해 변호사를 선임했다. Y의 본 얼굴을 찾아내기 위해 세상과 싸움을 시작한 것이다. 남자가 우월해서도 안 되지만, 여자이기 때문에 무조건 피해자로 보호받는 일도 안 된다. 그건 세상에 또 다른 우월적 지위를 생산하는 나쁜 선례가 될 수도 있다. 예상한 대로 반응은 싸늘했다. 남편을 두둔하며 피해자에게 2차 가해를 하는 못된 여자라는 틀이 내게 씌워졌다. 그 틀을 벗겨낼 수가 없었다. 가해자인 남편보다 내가 더 얄밉다는 사람들도 있었다. 나와 Y 사이에 있었던 일들, 남편과 Y와의 문제 등을 마치 발가벗기듯 세상에 펼쳐놓았지만, 이미 길은 정해져 있었다. 파렴치한 죄를 지은 남편을 구하기 위해 거짓 증언을 하는 여자가 되었다.

이 게임에서 나는 졌다. 괴물로 커버린 거대한 그림자

와의 싸움에서 졌다. 난 그 그림자의 그림자가 되어 마지막 자존심까지 탈탈 털리고 껍데기로 남을 자신이 없었다. 살아갈 마지막 자존심 하나는 남겨두어야겠기에 난 이 싸움을 포기했다. 괴물로 변한 거대한 그림자와의 싸움을 포기했다.

잔인해 보였지만, 나는 곧장 옥중에 있는 남편과 이혼 소송을 진행했다. 남편은 두말없이 이혼 서류에 도장을 찍어주었다. 내가 요구한 모든 조건을 수용하며, 자신은 빈 몸으로 나가겠다고 했다. 이혼 서류에 도장을 찍고 나서 남편은 한 번 더 도장을 찍듯 내게 "미안해, 그동안 고생만 시켰다"라고 말하고는 돌아섰다. 왜 그 말에 내가 눈물을 흘렸는지, 이게 또 미웠다.

사스락 사스락, 아직도 눈이 내리고 있다. 이대로 이 눈이 지붕까지 덮었으면 좋겠다고 생각했다. 그 눈 속은 따뜻할 것이다.

미켈란젤로의 돌

아침부터 날씨가 우중충하다. 꽃에서 이름을 따온 도시 피렌체, 그 이름이 부끄럽게 아카데미아 미술관으로 가는 골목길은 좀 음산하다. 거무칙칙한 건물 색깔도 우중충한 오늘 날씨에 딱 어울리는 풍경이다. 나는 이 풍경 속으로 빨려 들어가듯 걸어가고 있다. 누군가 이 모습을 스케치했다면 그대로 한 폭의 그림이 될 듯한, 그런 분위기 속에 홀린 듯 걸어가고 있다.

내가 이혼한 아내와 재결합을 꿈꾸며 오랜 시간 고민한 끝에 만들어 낸 아이디어가 그녀와 함께 하는 여행이다. 아이디어라고 고상하게 말했으나 상대방이 볼 때는 음흉한 계략으로 비쳐질 수도 있다. 그렇더라도 그게 내게는 최선의 방법이었기 때문에 아이디어라고 표현한다. 그 여행지로 피렌체를 선택했다. 재결합, 말해 놓고 보니 이 말도 적당한 표현이 아니다. 우린 한 번 이혼했다가 다시 만나는, 그런 재회가 아니기 때문이다. 아내도 나도 이혼한 뒤 한 번씩 재혼한 경험이 있다. 그러던 중 아내는 재혼한 남편과 사별을 했고, 나는 두 번째 아내와 또 이혼했다. 좀 복잡하지만, 우린 인연의 끈이 완전히 잘라진 채 남남으로 살아가다가 다시 만나 새로운 인연을 만들고자 노력한다고 하는 게 어울린다.

두 번째 아내, 나와 재혼한 아내는 첫 남편과 재결합하기 위해 나와 이혼했다. 이유는 아이 때문이다. 나와 재혼하면서 그녀는 초등학교 5학년인 딸을 데리고 왔다. 이 아이가 바뀐 환경에 적응하지 못하고 겉도는 바람에 아내와 나는 날마다 신경을 곤두세워야 했다. 이 일로 부부싸움도 잦았다. 아이는 내 앞에서 자기 아버지와 날마다 전화를 하고, 심지어 내게 노골적으로 반감을 보이기까지 한다. 얼마 전 일이다. 내 마음을 결정적으로 뒤흔든 그날도 아이는 어김없이 제 아버지에게 전화를 걸었다. 거실에서 커피를 마시고 있는 나는 안중에도 없다.

"아빠, 뭐해?"

저쪽에서 뭐라고 하는 모양이다. 나는 아이의 표정만으로 두 사람 사이의 대화를 가늠하며 지켜보고 있었다. 아이의 물음에 적당히 말을 둘러대거나 달래는가 보다 하는데, 아이가 갑자기 발작하듯 짜증 섞인 목소리로 소리를 지른다.

"나, 언제 데려가는데! 여긴 지옥이란 말이야!"

저쪽에서 엄마를 바꿔 달라고 하는 모양이다.

"엄마 불러서 뭐하게. 그랬다간 지난번처럼 나만 혼나는데. 보내줄 것 같으면 날 왜 여길 데려왔겠어. 이번에 안 데려가면 나 진짜 가출할 거야."

나는 속에서 욱하고 성질이 끓어올랐다. 내가 낳은 아이 같으면 진작 혼을 냈을 텐데, 새로운 가족으로 받아들여야 하기에 나는 아이를 이해하려고 노력했다. 도저히 참을 수 없을 때는 부드러운 말로 조용히 타일렀으나 아이는 이마저도 거부하며 저항했다. 그래서 가능하면 아이의 행동에 개입하지 않으려 한다. 이번에도 꾹 참았다. 하지만 아이가 자기 아버지에게 하는 이런 전화 소리를 들을 때마다 내 신경은 날카롭게 곤두선다. 익숙해질 만도 한데, 점점 더 견딜 수 없을 만큼 아이의 행동이 내 신경을 자극적으로 긁는다. 그날은 도저히 참을 수 없어 커피를 한 모금 마시고 아이에게 말했다. 속에서 끓어오르는 성질과 달리 목소리는 최대한 부드럽게 포장을 했다.

"전화 끊고 엄마와 의논해라."

아이가 고개를 돌려 나를 째려본다. 나는 다시 한 번 아이에게 말했다.

"엄마와 의논하거라."

"아빠 들었죠? 저 아저씬 날 이렇게 귀찮은 짐짝 취급해. 이런데도 날 여기 있으라고? 언제 데려갈 거야!"

나는 더 참지 못하고 아이에게 다가가 전화기를 빼앗아 끊어버렸다.

"아, 악! 아저씨가 뭔데 내 전화를 빼앗아, 이리 내놔!"

세탁실에서 세탁기를 돌리던 아내가 그 소리를 듣고 달려 나왔다.

"왜 그래요?"

"얘 어떻게 해봐요."

"왜 또 아이하고 그래요."

아내는 못마땅한 표정을 짓는다. 마치 내가 아이와 다투고 있다고 생각하는 듯하다. 앞서도 이런 일이 여러 차례 있었지만, 그럴 때마다 아내는 늘 아이 편에서 나를 나무랐다.

"당신 나 좀 봅시다."

나는 아내를 데리고 서재로 갔다.

"아이가 저러는 게 당신은 정상으로 보이오?"

"아이잖아요. 바뀐 환경에 적응을 못 해서 그러는 거지, 당신 생각하는 것처럼 이상한 아이는 아니에요."

"일 년이 다 돼 가는 데도 적응 못 하는 건 문제가 있는 거요."

"무슨 문제가 있죠?"

"당신은 아무렇지도 않다는 거요?"

"아무렇지도 않은 게 아니라, 그렇다고 아이를 어떻게 해요? 시간이 필요한 일이에요. 당신 생각엔 어떻게 하면 좋겠어요?"

하긴 대안이 없다. 신경에 거슬리는 일이긴 하지만 아내의 말처럼 해결할 방법이 없다. 아이가 제풀에 지쳐 그만두거나 새로운 환경에 적응해 주길 기다리는 게 해결방법이다. 그런데 나는 그 기다림을 참을 수가 없다. 이런 일을 전혀 예상하지 못했다. 내가 낳은 아이가 아니더라도 내 아이처럼 보살피면 잘 따를 줄 알았다. 제 엄마니까, 아빠가 다르더라도 입양해 키우는 아이 보다 더 살

가울 수 있는 사이가 아닌가. 아이가 그럴 때마다 나는 제 엄마를 따라간 내 아이도 이럴까 하며 엉뚱한 고민에 빠지기도 한다.

"당신이 좀 이해해요. 어른이잖아."

"당신은 마치 내가 잘못해서 아이가 저런다는 투로 말하는군."

"그런 뜻이 아니잖아요. 아이를 달래도 보고 야단도 쳐봤지만, 안 돼요. 이건 시간이 필요한 일인데, 당신이 이해를 해주지 않으니 나도 답답해요."

"그만둡시다. 시간이 가도 해결될 일이 아니라는 건 당신도 잘 알지 않소. 엄마인 당신이 해결해 주면 좋은데, 마치 내가 잘못해서 그런 거라고 하면 해결할 방법이 없소."

나는 또다시 제 엄마와 함께 살고 있는 우리 아이를 생각했다. 이 아이가 내게 와 있는 것과 똑같이 우리 아이들도 낯선 그 집에서 새아버지와 살고 있다. 그런 생각을 하다가 나는 깜짝 놀랐다. 엉뚱한 생각을 한 것이다. 내 아이들은 한 번도 나와 함께 살겠다고 투정 부리는 걸 보지 못했다. 가끔 만나 용돈을 주기도 하고, 함께 식사하기도 하지만 아이들은 매우 밝은 표정으로 잘 지내고 있다. 심지어 새아버지가 참 잘 해준다는 말까지 했다. 난 갑자기 그런 내 아이들이 낯설어 보였다. 자기 아버지와 함께 살겠다고 떼쓰는 이 아이가 얄밉긴 하지만, 자기 아버지가 볼 때는 얼마나 귀엽고 사랑스럽겠는가. 그런데 왜 내 아이는 한 번도 나에게 오겠다는 말을 하지 않은 걸까. 나는 묘한 기분에 빠졌다. 아버지에게 가겠다고 반항하는 이 아이를 이해하지 못하면서 나는 바뀐 환경에 잘 적응하고 있는 내 아이들에게 섭섭한 마음이 든다. 물론 이 아이의 아버지는 그때까지 혼자 살고 있고, 나는 새 가정을 이루고 있다. 이 아이 아버지도 새 가정을 이루었다면, 이 아이가 이토록 아버지에게 가려고 하지 않았을지도 모른다. 아무러하든 이 모순의 질곡에 빠져 나는 한동안 깊은 혼란에 휘둘렸다.

그 이후부터 나는 이 아이가 이런 전화를 거는 것을 방관했다. 아이를 이해한 게 아니다. 내 아이에 대한 실망이 더 커질 것 같아서 모른 척했다. 이런 생활을 견디지 못해 결국 내가 먼저 아내에게 헤어지는 게 좋겠다고 말했고, 그녀는 기다렸다는 듯이 내 제의를 받아들였다. 제의를 받아들인 것으로 마무리한 게 아니라, 이혼한 남편과 재결합을 한 것이다.

이 일을 계기로 나도 전 아내와 재결합할 생각을 했는지도 모른다. 그 무렵 전 아내가 재혼한 남편과 사별했다는 소식을 들었다. 내 아이들이 그곳에 있어 나 하나만 들어가면 예전과 같은 그런 가정으로 복원이 된다. 나는 그렇게 단순하게 생각했다. 그런데 선뜻 그 말을 꺼내지 못했다. 헤어지는 건 쉬우나 복원하는 일은 쉽지 않다는 걸 처음으로 깨달았다. 우선 그녀와 이런 문제를 의논할 기회를 만들 수 없다. 만나서 느닷없이 재결합하자고 말할 수는 없는 노릇 아닌가. 그런 말을 나눌 정도로 분위기가 조성되어야 하는데, 접근할 수 있는 명분이 없다.

그러던 중 문득 해외여행을 떠올렸다. 그녀와 둘이서 가는 여행이 아니라, 가족 모두 함께 여행할 수 있으면 자연스럽게 재결합 이야기를 꺼낼 수 있을 것 같았다. 함께 살 때도 아이들과 함께 해외여행을 떠난 경험이 전혀 없었다. 아이들에게 그런 추억을 만들어주고 싶다고 하면 충분히 핑계가 될 수 있다고 믿었다.

나는 아이를 핑계로 전 아내와 몇 번 만나 커피를 마시면서 이런저런 이야기를 나누다가, 그녀에게 벼르던 해외여행 이야기를 꺼냈다.

"아이들과 여행 한번 하지 않겠소?"

"여행? 왜요?"

나는 순간 당황했다. "왜요?"라는 그녀의 반문에 하마터면 커피잔을 엎지를 뻔했다. 나도 모르게 "우리 다시 합칩시다"라는 말을 하려고 했다. 나는 잠시 허둥댔다. 눈치 빠른 그녀가 벌써 어쩌면 내 속내를 알아차렸을지도 모르며, 그랬다면 분명 응큼한 남자로 치부했을 것이다. 어차피 체면 불사하고 이야기를 하려 했던 참이라 나는 커피를 한 모금 마시고 나서 말을 이었다.

"아이와 함께 여행해 본 일이 없는데, 그런 경험을 만들어주고 싶소. 아이와 단둘이 가기보다 당신도 함께 가면 아이한테 더 좋을 듯해서 말해 본 거요. "

"부인과는 왜 헤어졌어요?"

그녀는 대답 대신 엉뚱한 질문을 했다. 나는 그녀가 왜 이런 질문을 하는지 의도를 분석해 보았다. 이번에도 내게 무슨 문제가 있어 헤어졌을 거라 단정하는 게 틀림없다. 그녀와 이혼한 것도 내 술버릇이 원인이었다. 하는 일이 외국 바이어를 상대해야 하는 터라 거의 매일 술을 마셔야 했다. 어떨 때는 외박을 하는 일도 있었고, 해외 출장도 잦았다. 아내는 그게 불만이었지만, 나는 아내의 그런 불만을 오히려 못마땅해했다. 가족들을 먹여 살

리려고 남편은 몸이 망가지도록 희생하며 일하는데 한가하게 그런 말을 한다며 화를 낸 것이다. 그렇게 결론 없는 다툼이 잦아지던 끝에 이혼했다. 재혼한 아내는 나처럼 무역회사에 다녔다. 그녀도 늘 바이어를 상대해야 했고, 해외 출장이 잦았다. 그녀도 나와 똑같은 이유로 남편과 이혼했다. 일 때문에 자주 만나다가 우린 같은 운명으로 태어났고, 함께 살아야 한다며 재혼을 했다.

"아이 때문에, 아이가 적응하지 못해 어쩔 수 없이 마무리했어. 참, 궁금한 게 있소."

"뭐가 궁금해요?"

"우리 아이는 날 보고 싶어 하지 않았소?"

"글쎄요. 당신 닮아서 제 속을 잘 드러내지 않아요. 그리고 그분이 워낙 낳은 자식처럼 신경 써 줘서 잘 따르기도 했고."

"그래요……."

나는 기분이 묘했다. 우리 아이는 새아버지에게 사랑을 받았는데, 나는 새 아이에게 잘 못 해줬다는 의미로도 들린다. 그러나 오늘은 이 문제가 화제가 아니다. 지금은 여행을 함께 가도록 그녀를 설득하는 게 중요하다. 나는 함께 살면서 여행한 기억이 없다는 말로 시작하여 우리에게도 그런 추억 하나쯤 있었으면 지금 이 나이를 살아 가는 데 힘이 되었을지도 모른다는, 다소 어정쩡하고 모 호한 말도 했다. 그러자 그녀는 "진작 그랬으면 우린 함 께 살았겠지요"라고 깔끔하게 정리해 주었다. 나는 유치 하다는 생각도 들었지만, 그녀의 이 말을 얼른 붙잡았다.

"아이와 함께 여행해 본 추억이 없어 같이 한번 여행 하고 싶소."

"왜 갑자기 그런 생각을 했어요?"

"함께 있을 땐 몰랐는데, 이렇게 떨어져 살다 보니 그 런 게 후회가 되오."

"일단 아이에게 물어볼게요. 가겠다고 하면 둘이서 가 세요. 나는 함께 가고 싶은 마음이 없으니."

"불편해하는 마음은 알겠는데, 아이를 생각합시다."

"갑자기 이런 제안을 하는 당신 마음도 알 수 없고, 모 양새도 좋은 것 같지 않은 일을 굳이 하고 싶지 않아요."

나는 그녀를 더 설득하지 않았다. 첫술에 배부를 수는 없다. 아이와 함께 가는 걸 허락한 것만으로도 반은 성공 한 셈이다.

며칠 뒤 그녀에게 전화가 왔다. 아이가 여행을 가겠다 고 했다는 것이다. 그런데 자기도 함께 가겠다는 게 아닌

가. 아마도 아이가 엄마와 함께 가겠다고 떼를 쓴 게 분명하다. 그게 아니라 그녀 스스로 함께 가겠다고 생각했다면 이건 대단한 발전이다.

그런데 여행 출발 하루 전에 그녀에게서 전화가 왔다. 여행을 갈 수 없다고 한다. 아이를 통해 학교에 미리 출석인정신청서를 제출했는데, 아이가 깜박 잊고 그걸 접수하지 않았다고 한다. 학교에서 허락하지 않으면 장기 결석이 되기 때문에 여행을 떠날 수 없다는 것이다. 나는 이미 항공권과 숙소를 예약하고, 모든 준비를 끝냈기 때문에 떠나야 한다며, 학교에는 내가 가서 부탁해 보겠다고 했으나 그녀가 이미 학교 측에 알아보았다고 한다. 그리고 아이가 결석하면서 갈 수 없다고 한다는 것이다. 왜 그랬을까. 나는 출석인정신청서를 제출하지 않은 아이의 행동을 이해할 수 없었다. 잊고 제출하지 않았다고 했으나, 나는 그걸 믿지 않았다. 아이도 이번 여행을 좋아했고, 내게 이것저것 물어보며 그녀보다 더 적극적으로 일을 진행하게끔 부추기기도 했다. 출석인정신청서를 학교에 내지 않은 것은 아무래도 아이가 의도적으로 그랬던 것 같다. 왜 그랬을까. 나는 머리가 띵한 충격을 받았다. 엄마와 함께 단둘이 여행하도록 일부러 그랬을 거라 짐작한 것이다. 나와 함께 여행하기 싫었다면 처음부터 그랬을 것이다. 싫어할 이유가 전혀 없다. 평소에도 일주일에 한 번은 만난다. 성인이 될 때까지 매주 토요일에 함께 지내도록 했다. 한 번도 그날을 회피한 적이 없다. 함께 있을 때도 나를 싫어하는 기색은 조금도 찾아볼 수 없었다. 분명히 아이는 일부러 출석인정신청서를 제출하지 않았다. 어쩌면 그녀도 나와 똑같은 생각을 했을지도 모른다. 중학교 1학년이지만 또래보다 성숙한 아이다.

"왜 출석인정신청서를 제출하지 않았대?"

"잊어버렸겠지 뭐."

그녀는 정말 이유를 알지 못한 듯 대수롭지 않게 말했다. 여행을 취소하는 이유가 충분하다는 의미를 강조하려고 일부러 그러는 듯했다. 나는 그녀에게 아이의 의도를 확대하여 그녀를 이해시키지 않았다. 오히려 역효과가 날 듯해서다.

"항공권과 숙소, 현지 교통편 등을 예약하고 이미 요금도 지불했기 때문에 취소가 어려워."

"학교에서 결석 처리한다는데 어떻게 해."

"그럼 아이를 처제한테 맡기고 가자."

"둘이서?"

"응, 둘이서라도 가자."

"싫어. 내가 왜 당신하고 여행 가야 해. 처음부터 싫었는데, 아이 때문이라고 해서 마지못해 간다고 했지. 얘가 엄마 마음 잘 아네."

"당신 마음 정말 야박해졌네. 아이가 왜 출석인정신청서를 제출 안 했겠어."

나는 어쩔 수 없이 아이의 마음을 핑계로 댈 수밖에 없었다.

"잊어버렸다잖아."

"그럼 아이한테 왜 출석인정신청서를 제출하지 않았는지, 그 이유를 물어본 뒤 결정하자. 일부러 그랬다면 우리 둘이서라도 가야 해."

내 예상이 맞았다. 아이는 엄마 아빠 둘이서 여행하게 일부러 출석인정서를 제출하지 않았다고 했다. 그녀가 제일 난감해했다. 아이가 그랬다고 해서 꼭 여행을 떠나야 한다는 법은 없지만, 그렇게까지 한 아이의 마음을 다치게 하고 싶지는 않았던 모양이다. 결국 그녀는 여행을 떠나겠다고 했다. 그러면서 그녀는 두 가지 조건을 제시했다. 숙소는 유스호스텔 도미토리로 할 것, 현지에서는 식사와 여행을 각자 따로 할 것 등이다. 아이 때문에 어쩔 수 없이 함께 가기는 하지만, 나와 의견을 일치하는 일은 하고 싶지 않다고 했다. 말하자면 아이의 눈을 속이는 여행이다. 이 조건이 무슨 걸림돌이 되겠는가. 그녀에게는 최소한의 자존심을 주는 일이고, 나로서는 목적의 절반을 넘어서는 행운을 얻은 것이다.

여행지로 피렌체를 택한 이유는 이탈리아 건축가이자 미술사가인 조르주 바사리가 한 말 때문이다. 여기에다 결정적으로 여행을 부추긴 게 있다면 그것은 『냉정과 열정』이라는 소설이다. 사실 이 소설은 수없이 읽기를 시도했으나 끝내 완독을 하지 못했다. 소문과 달리 그다지 재미가 없어서다. 반도 못 읽고 덮어버렸는데, '냉정과 열정'이라는 제목 때문에 구매한 애초의 동기가 의외로 톡톡히 제 구실을 한 셈이다. 산타 마리아 델 피오레(Santa Maria del Fiore) 성당이 왠지 우리를 냉정에서 열정으로 바꿔 줄 그런 부작符作 구실을 해줄 것 같았다. 중세 암흑기를 지나 예술의 부활을 불붙인 곳이 아닌가. 바사리는 자신의 회고록에 친구인 미켈란젤로를 이렇게 기술했다.

"천지를 창조하신 조물주는 이 땅이 그다지 가치 없게 되었다는 것을 알고 자신이 실수한 걸 만회하기 위해 모든 재주를 가진 예술가를 내려보내 주었다.”

이 말이 어찌 미켈란젤로 한 사람에게만 해당되겠는가. 피렌체가 르네상스를 이룬 기폭제가 된 것은 이곳이 그만한 조건을 품고 있었기 때문이다. 숱한 사람들의 땀과 희망이 숙성되어 그런 땅으로 만들었다. 레오나르도 다빈치와 미켈란젤로가 이곳에서 예술혼을 불태웠고, 보티첼리의 「비너스의 탄생」을 비롯한 많은 명작이 이곳에서 태어났으며, 단테가 베아트리체를 만난 곳 역시 피렌체다. 그뿐만 아니다. 도스토예프스키가 『백치』를 이곳에서 집필했고, 엘리엇은 소설 『로몰라』의 배경으로 삼기도 했다. 스탕달은 이 도시의 아름다움에 취해 현기증을 일으킨 나머지 ‘스탕달 신드롬’이 생기기도 했다. 르네상스가 그냥 생긴 게 아니다. 나도 이 도시의 향기에 빠져 그렇게 나의 남은 인생을 부활시켜 보고 싶었다.

페렌체에 온 지 3일이 지났다. 그녀나 나나 모두 부담을 안고 떠난 여행이긴 하지만, 이 3일은 정말 힘들었다. 우린 한번 헤어졌다가 재결합을 꿈꾸는 게 아니다. 각기 다른 남자, 다른 여자와 만나 재혼하여 살다가 다시 재결합하려고 한다. 두 경우가 확연히 다르다는 걸 여행을 와서야 깨달았다. 생소한 사람이라면 오히려 호기심이 극대화될 수 있다. 너무 잘 아는 사람끼리라 그런 일들이 미움의 그릇이 된다. 나는 그녀와 꼭 재결합해야겠다고 속으로 다짐하는 순간 그녀와 함께 살았던 그 남자가 떠오르는 것이다. 그 남자와 살을 맞대며 살았을 것을 생각하니 머리끝에 열이 솟구쳤다. 나도 다른 여자와 살을 맞대며 살았으면서 그런 이기적인 생각이 떠올랐다. 나도 모르게 그런 생각이 떠올랐다. 아마 그녀도 나와 같은 생각을 하고 있을지 모른다. 그녀가 숙소를 유스호스텔 도미토리로 하고 식사를 따로 해결하자는 말이 그제야 실감이 된다. 그녀와 대화가 끊겨 서먹서먹해질 때면 나는 한 방에 묵는 다른 나라 여행자와 대화를 옮겼다. 이런 일이 한두 번이 아니다. 그만큼 두 사람 사이에는 너무나 높은 벽이 놓여 있다.

그런데 참 이상하다. 그녀가 다른 남자와 웃으며 이야기할 때는 나도 모르게 속에서 뜨거운 질투가 꿈틀거렸다. 나와 대화할 때 아내가 웃은 적이 없었다. 그래서 나도 일부러 그녀가 보는 앞에서 외국 여성과 웃으며 대화했으나 그녀는 소 닭 보듯 한다. 나처럼 속에서 질투심이 이글거리는지 아니면 관심이 없는지 그 속내를 가늠할 수가 없다.

오늘 그녀는 우피치 미술관으로 간다고 했다. 나는 그
녀와 마주치지 않기 위해 미켈란젤로의 「다비드 상」이
있는 아카데미아 미술관으로 간다. 피렌체는 그다지 넓
지 않다. 관광객들이 즐겨 가는 곳 또한 대개 비슷비슷하
다. 숙소에 함께 묵는 여행자들끼리 하루에도 몇 번씩 시
내에서 마주칠 정도로 코스가 뻔하다. 그녀와 마주치지
않기 위해서 나는 일부러 한곳에 오래 머문다. 돌아다니
다 보면 그녀와 마주칠 것이기에 이런 방식을 선택했다.

미켈란젤로의 미완성 작품들인 노예들 「수염 달린 노
예」 「잠 깬 노예」 「젊은 노예」 「아틀라스 노예」 등이 있
는 복도를 지나서 드디어 넓은 홀에 눈부시게 서 있는 명
작 「다비드 상」을 만났다. 원래 시뇨리아 광장 팔라초 베
키오 앞에 있었으나 손가락이 훼손되는 바람에 1873년에
아카데미아 미술관으로 옮기고 그 자리에는 모조품을 세
워놓았다.

높이 4.34m의 거대한 조각상 앞에 서자 숨이 컥 막힌
다. 산타 마리아 델 피오레 대성당 위원회가 '피렌체 공
화국의 자유 정신'을 표방하는 작품을 만들어달라는 요

청을 받고 이 작품을 완성했다고 한다. 우람한 근육질을 자랑하며 나체로 서 있는 흰 대리석의 미남자, 속된 마음이어서 그럴까. 나는 '자유 정신'을 찾기에 앞서 나무랄 데 없이 잘 생긴 이 남자에게 반했다. 미켈란젤로가 26살 때 이 작품을 완성했다고 하니 더더욱 나를 놀라게 한다. 이 '다비드 상'은 탄생하기 전에 골목 한쪽에서 팽개쳐 있던 커다란 한 덩이 돌이었다. 미켈란젤로가 태어나기 수십 년 전부터 굴러다니던 그 돌은 아고스티노 디 두치오라는 조각가가 대성당의 예언자 상을 만들려고 가져왔다가 실패하고 버려둔 것이다. 그 뒤 여러 조각가의 손에서도 버려지고 심지어 레오나르도 다빈치도 포기했던 돌이다. 그렇게 무시당하던 돌에서 이처럼 아름다운 「다비드 상」를 탄생시켰다. 어제 바르젤로 국립미술관에서 레오나르도 다빈치와 보티첼리의 스승인 베로키오가 제작한 「다비드 상」과 도나텔로가 제작한 「다비드 상」를 본 뒤여서 미켈란젤로의 이 「다비드 상」이 더욱 빛나 보인다. 「다비드 상」는 구약성서 사무엘서 17장에 나오는 골리앗을 죽인 16세 소년이다. 르네상스 이전에는 환조丸彫를 만들 수 없었다. 하나님이 창조주인데 인간이 인간을 조각하는 것은 창조주를 거역하는 행위라 하여 금기했기 때문이다. 그래서 부조浮彫를 만들었다. 그래서인지 도나텔로가 조각한 환조「다비드 상」은 신을 찬양하던 헤브라이즘 시대에서 크게 벗어나지 못했다. 다비드가 돌 팔매로 골리앗을 쓰러뜨리고 목을 벤 뒤, 그 목을 밟고 서 있는 모습이다. 베르키오의「다비드 상」역시 마찬가지다. 신의 영광을 찬양하는 모습이다. 그런데 미켈란젤로의「다비드 상」은 다르다. 골리앗을 공격하기 직전 모습이다. 골리앗을 쓰러뜨리기 전, 상대할 수 없는 거대한 골리앗 앞에 서 있는 인간의 모습. 그 내면의 고뇌를 표현했다. 신의 아들 다비드가 아니라 인간 다비드를 탄생시킨 것이다. 미켈란젤로가 위대한 예술가로 칭송받는 이유가 여기에 있다. 가족들에게도 무시당하던 16살 양치기 소년이 돌 5개와 새총을 들고 2m가 넘는 거인 골리앗과 싸우러 갔다. 어떤 기분이었을까. 단 한 방에 골리앗을 쓰러뜨려야 한다. 실패하면 죽는다. 자신만 죽는 게 아니라 이스라엘 민족 모두가 골리앗에게 당한다. 돌을 던지기 전에 그는 많은 고민을 했을 것이다. 이대로 도망쳐 버릴까. 이런 생각도 하지 않았을까. 16살 소년이다. 영웅이 아닌 평범한 소년이기에 더 많은 고민을 했을 것이다. 미켈란젤로는 소년의 이 고뇌를 투박한 대리석에서 세상으로 걸어 나오게 했다.

"?"

「다비드 상」을 올려다보던 나는 깜짝 놀랐다. 다비드의 눈이 안으로 움푹 파 들어가 있다. 그리스와 로마 조각 작품을 보면 대부분 눈은 반원구로 튀어나와 있다. 그런데 미켈란젤로의 「다비드 상」은 검은 눈동자가 안으로 움푹 들어가 있다. 왜 그랬을까. 분명 어떤 이유가 있을 것인데, 아직 그런 이야기를 들어본 기억이 없다. 그러고 보니 손도 좀 이상하게 크다는 느낌이 든다. 해부학에 따른 정확한 인체를 연출했다고 칭찬이 자자한 작품인데, 아무리 봐도 신장이나 팔 등에 비해 손이 좀 커 보인다. 뭔가 이유가 있을 듯한데 지금으로서는 알 수가 없다.

신기하다는 생각을 하며 「다비드 상」을 한 바퀴 돌며 천천히 감상하던 나는 또 한 번 놀랐다. 몇몇 사람들이 바닥에 주저앉아서 감상하며 사진을 찍기에 나도 오른쪽 측면에 주저앉아서 올려다보다가 조금 전 본 그 눈동자가 이글이글 타는 듯한 모습을 발견한 것이다. 움푹 들어간 눈동자에 조명을 받아 검은 그림자로 채워지고, 하트 모양의 눈동자가 불꽃이 이는 듯 보였던 것이다. "아!" 나도 모르게 감탄사가 흘러나왔다. 이 작품은 본래 산타 마리아 델 피오레 성당 지붕에 배치하려고 했다는 말을 들었기 때문이다. 미켈란젤레는 햇빛을 이용하여 다비드의 눈동자에 이러한 장면을 연출하고자 했던 것이다. 치밀한 구상이다. 조금 전 정면에서 발견하지 못한 새로운 다비드를 측면에서 발견했다. 관점觀點, 그렇다. 「다비드상」을 제대로 보는 관점이 있었다. 성급하게 전체 이미지에 함몰되면 다비드의 진면목을 놓친다.

지나친 비약일까. 나는 문득 나 자신을 돌아보았다. 나의 관점은 무엇일까. 그녀의 관점은 또 무엇일까. 나는 한 번도 이런 문제를 생각해 본 적이 없다. 그때그때 닥치는 일에 대해 옳고 그름만을 따지기에 바빴다. 서로의 관점을 모르면 지금 다비드를 관람하는 것처럼 껍데기만 볼 수 밖에 없다. 사람을, 세상을 이해한다는 건 정확한 관점에서 바라보았을 때 가능한 일이다. 나는 마치 세상을 처음 보는 사람처럼 그렇게 나를 바라보았다. 거대한 다비드 발아래에서 이런 엉뚱한 생각을 하는 게 어울리지는 않지만, 나는 다비드를 보면서 그런 생각을 했다.

그때였다. 나는 숨이 컥 막힐 듯, 정말 기절할 듯이 또한 번 놀랐다. 눈을 의심하며 나는 눈을 한번 부빈 다음 다시 반대편 사람들이 몰려 있는 곳을 바라보았다. 그녀가 그곳에 서 있다. 그녀는 아직 나를 발견하지 못한 듯, 내가 바닥에 주저앉아 자기를 바라보는 걸 모르고 있다. 나와 대칭되는 다비드의 반대편에서 그녀는 돌을 들고 있는 다비드의 오른손에 시선을 고정한 채 올려다보고 있다. 우피치 미술관에 있어야 할 그녀가 이곳에 와 있다. 나는 가슴이 두근거렸다. 그녀와 처음 만나던 날도 이처럼 내 가슴이 뛰었다. 나에게 이런 설렘이 있다는 사실에 나는 더 민망스럽다.

그러다 그녀와 눈이 마주쳤다. 그녀는 놀라운 표정을 짓지 않았다. 그녀는 낯선 여행자를 보듯 그렇게 한번 눈길을 마주친 뒤 다시 다비드의 손을 올려다본다. 반가운 나머지 웃으려다말고 나도 얼른 표정을 거두어들였다. 그녀가 다시 나를 바라본다. 아니 노려보고 있다. 마치 다비드가 들고 있는 돌을 빼앗아 내게 던지려는 투의 눈빛이다.

내 잘못이 아니다. 분명히 아침에 나는 다비드를 보러 아카데미아 미술관으로 간다고 말했고, 그녀는 우피치 미술관을 둘러볼 것이라고 했다. 아카데미아는 두어 시간이면 관람할 수 있지만, 우피치는 제대로 보려면 한나

절을 소비해야 한다. 그런데 그녀가 이곳에 있다. 우피치로 가지 않고 곧장 아카데미아로 온 것이 분명하다.

나는 카메라로 다비드와 그녀를 화면에 담아 한 컷 찍었다. 이 사진 한 장으로 내가 관심을 보인다는 걸 그녀에게 전하고 싶었다. 셔터 소리에 그녀가 고개를 돌렸다. 그 모습을 또 한 컷 찍었다. 그러자 그녀가 자리를 피했다. 그녀도 나처럼 시계 반대방향으로 돌며 감상하고 있었다. 그렇게 돌면 나와 만날 수 없다. 나는 잠시 망설이다가 시계방향으로 돌았다.

관점, 다비드가 내게 알려준 대로 나는 오늘 그녀를 제대로 한번 이해해 볼 생각이다. 다비드의 눈에서 이글거리는 저 눈빛처럼, 내게도 르네상스의 기운이 서서히 달아오른다.

일곱 살

4월에 눈이 내린다. 하늘 높이 솟은 전나무들, 이 고적한 숲길에 적막을 깨는 듯 눈송이가 난분분하다. 이곳까지 오는 내내 따라오던 그림자를 떨구고 나는 꽃잎처럼 흩날리는 눈을 바라보았다. 현란하다. 허공에 잠시 머물다 흔적 없이 사라지는 찰나의 불꽃 같다. 눈가에 떨어진 꽃잎 몇 개가 이내 차가운 물방울 되어 볼을 타고 흐른다. 손등으로 물기를 훔치며 먼 산을 바라보았다. 아득하게 담묵화淡墨畵 한 폭이 펼쳐졌다. 눈꽃 군무群舞가 현란할수록 그림은 점점 더 흐리다.

암자로 가는 길은 늘 우울하다. 딱히 그러해야 할 이

유가 없는데도 겨울에 이 전나무 숲길을 혼자 걸어갈 때는 특히 더 그랬다. 스님이 출가할 때 이런 기분이었을까. 스스로 법을 찾아가는 길이지만 저 담묵화를 보고 어찌 발걸음이 가벼웠겠는가.

일 년에 한두 번 나는 석만釋萬 스님을 만나러 암자로 간다. 스님을 만나러 가는 게 아니라 암자로 가는 길에 오른다. 그렇게 의미를 강조하며 집을 나선다. 암자에 가는 건지 스님을 만나러 가는 건지 사실 나도 딱히 구분할 수 없을 때가 많다. 이곳 암자를 오간 지는 10여 년 되고, 이전에는 스님이 머무는 다른 여러 암자에 다녔다. 스님을 따라 암자를 순례한 셈이다. 스님 따라 암자를 옮겨 다닌 걸 보면 스님을 보러 가는 게 맞다. 그런데 난 굳이 '암자에 간다'라고 말한다. 스님과 암자, 두 목적어 사이에 무엇이 걸려 있는 걸까. 가끔 퀴즈 풀이하듯 그 실체를 추적했으나 나는 내 그림자밖에 보지 못했다. 여기까지 오는 동안에도 나는 내 그림자와 끊임없이 힘을 겨루었다. 묻는 사람도 알려고 하는 이도 없는데 언제나 나는 그렇게 그림자를 내세워 해답부터 찾으려 한다.

같은 공간에 머물면서 석만 스님과 나는 각기 다른 시간 속에 있다. 한 번 오면 보통 스무날에서 한 달 정도 묵으며 원고를 쓴다. 30년 넘게 그러다 보니 암자에 오면 나도 출가한 것같이 마음이 편하다. 10년쯤 지나고부터 그랬다. 처음에는 비구니 스님들만 있는 대중 동참 암자에 재가在家 거사居士가 방 하나 차지하고 머무는 게 어색하여 많이 망설였다. 그런 내게 스님은 "그 무거운 마구니를 품고 어찌 숨을 쉬시오. 며칠 묵으면 그놈이 도망갈게요" 하며 웃었다. 스님은 어색할 때 그렇게 웃는다는 걸 나는 한참 뒤에 알았다. 이태 전에 스님을 시봉侍奉하던 연화蓮華 스님이 입적入寂한 뒤에 그걸 눈치챘다.

암자에 가면 시간이 거꾸로 간다. 시간을 거슬러 오를 때 나는 마음이 편안해졌다. 의식이 윤슬처럼 산란散亂하며 내 나이가 일곱 살에 머문다. 내 눈엔 석만 스님도 일곱 살인데 실제 몇 살인지는 알 수 없다. 그건 스님만 아는 나이다. 보통 출가하면 세속 나이를 버리고 법랍法臘을 얻는다. 암자에 머무는 동안에는 이 법랍도 내겐 무의미하다. 그냥 거꾸로 가는 시간만 존재한다. 왜 하필 일곱 살일까. 여덟 살도 있고 여섯 살도 있다. 일곱이라는 숫자가 나는 좋다. 석만 스님에게 처음 마음을 빼앗긴 게 일곱 살이다. 어른의 시간에는 색깔이 스며 있다. 사라지지 않은 일곱 살의 담묵색이 나는 좋다. 왜 일곱 살이 좋으냐고 다시 물으면 나름대로 생각한 이유가 또 있다. 어른이 되는 꼭짓점이 일곱 살이다. 이건 나만 아는 비밀이다. 사람들이 웃기 때문에 아무 데서나 이 말을 할 수 없다. 일곱 살이 어른이 되는 경계라니, 누가 이 말을 이해하겠는가. 이건 순전히 내 경험을 말하는 거다. 나는 그랬다. 내가 그랬으면 누가 뭐래도 맞는 말이다. 사람들은 어른이 되는 기준을 성性을 아느냐 모르느냐에 둔다. 참 바보 같은 생각이다. 열일고여덟 살 청소년들이 이 말을 들으면 웃는다. 몸과 마음이 이미 어른인데 한 살 더 먹어야 어른이라고 하니 웃을 수밖에 없다. 내겐 일곱 살이 지나면 어른이다. 여섯 살은 어린이며 여덟 살은 알 것 다 아는 초짜 어른이다. 어른도 처음부터 어른이 아니다. 막 시작하는 어른이 있을 게 아닌가. 초짜 어른, 일곱 살 꼭짓점을 지나면 여덟 살이 어른으로 가는 첫걸음이다. 그래서 '미운 일곱 살'이라고 한다. 부모 눈에는 어린이인데 어른 짓을 하니 미운 거다. 더 옛날에는 '남녀 칠 세 부동석'이라 하여 남자와 여자는 일곱 살 되면 함께 어울리지 못하게 했다. 일곱 살은 아이도 어른도 아닌, 아이가 어른이 되는 꼭짓점으로 비무장 지대다. 사실 인생에서 일곱 살이 가장 행복하다. 유리하면 어른이 되고, 불리하면 아이가 될 수 있는 비무장 지대 나이가 일곱 살이다.

아내는 시간을 거슬러 오른 일곱 살을 이해하지 못했다. 아내는 매우 이성적이다. 아내의 말은 언제나 논리가 뚜렷하여 연애할 때도 말다툼 한번 한 적 없다. 말다툼할 틈을 주지 않았다. 그렇다고 까탈스럽다거나 매번 따지며 피곤하게 하는 성격은 아니다. 부드럽고 이해심이 많지만, 이치에 벗어난 일은 그냥 넘어가지 않는다. 나는 아내의 그런 성격이 좋아 결혼했다. 내가 좋아했던 그 성격이 가끔 결정적인 순간에 나를 곤혹스럽게 할 때가 있다. 비구니 스님만 있는 암자에 가서 한 달이나 머물고 오는 일을 아내는 처음부터 강력하게 반대했다. 집에 있는 서재도 절간 같은데 굳이 암자에 가서 머물 필요가 뭐 있느냐는 것이다. 그러면서도 아내는 비구니 스님만 있는 암자에 가서 머무는 게 마땅치 않다는 말은 한 번도 한 적 없다. 말은 하지 않았지만, 아내의 감춘 속내가 그러하다는 걸 나는 잘 안다. 입 밖으로 그 말을 꺼내지 않은 것만으로 나는 아내에게 고마워한다. 아내가 그러는 데는 내 잘못도 있다. 석만 스님이 어릴 적 이웃에 살던 소꿉친구라는 사실을 아내에게 말했다. 그 말을 한 이후부터 아내의 신경이 예민해졌다. 그것이 마음에 걸릴 일이었다면 아내에게 말하지 않았을뿐더러 암자에 가지도 않았을 것이다. 나는 무념무상인데 아내는 거기에 오색찬란하게 색을 칠한다. 이 충돌을 막는 길은 내가 여전히 암자에 가는 일이다.

석만 스님이 언제 출가했는지는 자세히 알지 못한다. 이웃에 살 때는 이름이 선미였다. 한자로 이름을 어떻게 쓰는지 모르나 분명히 착하고 아름답다는 의미일 것이다. 내 기억 속 선미는 이름 그대로 착하고 예뻤다. 선미의 아버지는 군청에 다니는 공무원이었다. 초등학교와 남녀공학인 중학교 2학년까지 거의 같은 반에서 함께 공부했다. 초등학교 저학년 때는 손 잡고 학교에 다녔고, 조금 커서는 학교 정문 앞까지는 함께 갔으나 교문에 들어가면 서로 모르는 사이인 듯 따로 저만큼 떨어져서 교실에 들어갔다. 공부를 마치고 돌아올 때도 이 순서를 거꾸로 반복했다. 학교가 안 보이는 곳까지 오면 길목에서 선미가 기다리고 있었다. 내가 먼저 나오면 나도 그곳에서 선미를 기다렸다. 그렇게 하기로 미리 약속한 것은 아니었으며 언젠가 선미가 먼저 그렇게 한번 기다리고 있은 뒤부터 나도 미리 나오면 선미를 기다렸다. 지금 생각해도 이상한 건 학교에 같이 다니면서도 이야기를 나눈 기억이 별로 없다. 선미도 나도 거의 말이 없었다. "오래 기다렸어?" "빨리 나왔네." 이런 말도 잘 하지 않았다. 눈을 마주치면 선미가 먼저 빙긋 웃었고 나는 선미의 웃음을 본 뒤에야 쑥스럽게 따라 웃었다. 매우 짧은 순간 그랬다. 간혹 "넌 숙제했니?" "과제물 가지고 왔어?" 하고 묻고 대답하는 게 고작이었다. 우리는 그렇게 만나서 함께 학교와 집을 오갔다.

초등학교 3학년 때인가, 학교로 가는 길에 선미가 책가방 열고 살구 두 알을 꺼내 내게 내밀었다. 하얀 손 위에 올려져 있는 노란 살구 두 알이 흡사 새알 같았다. 선미는 아무 말도 하지 않고 그렇게 손을 내밀었다. 내가 머뭇거리자 선미가 먼저 말했다.

"받아."

"응."

빨리 받지 않으면 선미가 살구를 도로 가방에 집어넣을지 몰라 나는 얼른 한 알을 집었다. 선미 손에 내 손이 닿을까 봐 정말 새알을 집듯 나는 조심스럽게 살구를 집었다. 선미는 여전히 손을 내민 채 나를 바라본다. 한 알은 나 주고 한 알은 선미 것인 줄 알았다.

"이것도 너 주는 거야."

"그건 너 먹어."

"가방에 또 있어."

이번에도 조심스럽게 나머지 한 알을 마저 집었다. 처음보다 더 긴장했는지 아까처럼 나는 바로 살구를 잡지 못했다. 그 바람에 손가락이 삐끗 미끄러지며 선미의 손을 찔렀다. 놀라 선미를 쳐다보았다. 선미는 빙긋 웃는다. 이전처럼 따라 웃지 않고 나는 살구 두 알을 쥐고 얼른 손을 바지 주머니에 찔러넣었다. 그걸 보고 선미가 말했다.

"얼른 먹어. 또 줄게."

"이따 먹을 거야."

말랑말랑한 살구의 촉감이 손바닥에 전해진다. 조심스럽게 살구를 만지작거리며 나는 선미를 쳐다봤다. 발그레한 선미의 볼이 살구를 닮았다.

그 살구를 나는 결국 먹지 못했다. 새알처럼 예뻐서 먹을 수가 없었다. 집에 와서 접시에 담아 책상 위에 올려뒀는데, 짓물러 녹아내렸다. 나는 깨끗이 씻은 살구씨를 살구 대신 접시에 담아두었다. 내년 봄이 오면 앞마당에 심어 살구나무를 키운 뒤 제일 먼저 딴 살구 두 알을 선미에게 줄 생각을 했다. 살구나무가 클 때쯤이면 나도 선미도 그렇게 클 것이다. 그날부터 나는 학교에서 돌아오면 살구씨가 잘 있는지 확인부터 했다.

사귀자거나 좋아한다고 말한 적 없지만, 선미와 나는 그러한 사이인 것처럼 행동했다. 미리 약속하지 않아도 누구든 먼저 나오면 기다렸다가 함께 학교에 갔으며, 또 그렇게 함께 집으로 왔다. 선미도 그랬는지 모르지만, 나는 조금 더 크면 선미에게 당시 유행하던 노래 가사처럼 "나는 너를 좋아해" 하고 말해야겠다 벼르고 있었다. 아쉽게도 그 말을 할 기회는 오지 않았다. 2학년 2학기가 거의 끝날 무렵 선미가 전학을 가버렸다. 친구들은 선미 아버지가 멀리 전근 가는 바람에 이사했다는데, 어머니 말로는 선미 아버지가 불미스러운 사건에 연루되어 직장에서 파면되었다고 했다. 선미는 내게 아무 말도 하지 않고 그렇게 갑자기 떠나버렸다.

선미를 다시 만난 건 대학교 4학년 때다. 내 소설이 그해 신춘문예에 당선되었는데 선미가 내게 축하 편지를 보냈다. 내 주소는 신문사에 물어서 알았다고 했다. 8년 만에 선미가 내 앞에 나타난 것이다. 선미의 편지를 받고 난 반가움보다 놀라움이 더 컸다. 선미가 지금까지 나를 잊지 않고 있었다는 사실에 나는 죄책감 같은 게 생겼다. 선미가 나를 찾은 것처럼 나도 그럴 마음이 있었으면 어떻게든 선미를 찾았을 것이다. 난 이미 오래전에 선미를 잊어버렸다. 사실 선미와 못 잊을 만큼 사무치게 그리운 추억을 만든 건 아니다. 우정인지 사랑인지도 모른 채 초등학교와 중학교를 함께 다니면서 다른 친구들과는 좀 다른 정이 들었고, 안개를 잡듯 그게 사랑일 거라고 믿으려는 찰나에 서로 헤어졌다.

선미의 편지를 손에 들었을 때 나는 선미가 아닌 만나고 있던 여자친구를 떠올렸다. 여자친구와 데이트할 때 한 번도 선미를 생각한 적 없는데 선미의 편지를 들고 나는 여자친구를 떠올렸다. 이런 내 모습이 몹시 생경하다. 뭘까, 처음 맞닥뜨리는 이 느낌. 불쑥 나타난 이 낯선 느낌이 숨을 쉴 수 없을 정도로 나를 불편하게 했다.

편지 봉투에 적힌 주소는 충청남도에 있는 한 암자였다. 여자친구를 따라 여러 차례 절에 가 본 적 있으나 한 번도 절을 집처럼 생각하지는 않았다. 스님들이 생활하는 신앙 공간에 일반인이 함께 생활하는 걸 상상해 보지 못했기 때문에 선미가 절에 있다는 사실도 내겐 무척 낯설었다. 그러함에도 선미가 스님이 되었을 거라는 생각은 조금도 하지 않았다. 그런 생각을 하고 싶지 않았는지도 모른다. 편지 내용에도 스님이 되었다는 이야기는 없었다. 신춘문예 당선 축하와 함께 경치 좋은 곳이니 시간 되면 한번 다녀가라면서 암자로 가는 길을 자세하게 적었다. 그해 연말까지 그곳에 있을 거라고 했다. 이때만 해도 나는 선미가 사정이 있어 잠시 절에 묵는 줄 알았다. 선미가 왜 절에서 머무는지 뭘 하는지 궁금하긴 했으나 알 방법이 없어 생각만 그렇게 했을 뿐이다. 고시 공부하는 게 아니면 나처럼 소설을 쓸까, 그런 생각도 했다. 선미는 중학교에 다닐 때 늘 소설책 한 권을 가방에 넣고 다녔다. 내가 소설가가 된 것도 따지고 보면 선미의 영향이 크다. 선미를 즐겁게 해주기 위해 소설을 써야겠다 하는 생각을 그때 했다. 그러다가 혹시 몸이 불편한 건 아닐까. 별별 생각을 다 했지만 그런 것보다 나는 지금 선미가 어떤 모습일지가 더 궁금했다. 그러고 나서 몇 달이 지났다. 기말고사를 끝냈을 때 연말까지 그곳에 있을 거라던 선미의 편지글이 문득 생각났다. 그새 나는 또 선미를 잊고 있었다. 신춘문예 당선 이후 청탁받은 원고를 쓰고 친구들의 축하를 받느라 선미를 생각할 겨를이 없었다. 중학교 2학년 때 어디로 갔는지도 모르게 떠난 선미를 떠올리자 마음이 조급해졌다. 난 쫓기듯 암자로 달려갔다.

승복을 입은 스님이 내 앞에 나타났다. 빙긋 웃으며 다가오는데 그 웃음이 매우 낯익었다. 혹시나 하면서도 나는 선미일 리 없다고 단호히 부정했다. 익숙한 그 웃음 때문에 잠시 불안했지만, 머리를 깎고 승복을 입은 스님에게는 내가 아는 선미의 모습이 조금도 남아 있지 않았다. 내게 존댓말로 "찾는 데 힘들지 않았습니까?" 했을 때까지도 선미를 잘 아는 스님이 안내하러 온 줄 알았다.

"석만 스님입니다. 어릴 때는 선미였지요."

"?"

"놀랐나요?"

나는 잘못 들은 줄 알았다. 그제야 꾹꾹 참고 있던 의문이 충격으로 부서지면서 나는 놀란 표정을 지었다. 사실 여기까지 오는 내내 그런 의문을 떨치지 못했다. 잠시 머무는 거면 암자를 주소로 편지를 보내지 않았을 것이다. 그러면서도 선미가 스님일 거라는 생각은 하기 싫었다. 선미가 스님이 되었다. 내 앞에 서 있는 스님이 내가 알던 선미다. 놀란 뒤끝에 이제 선미를 뭐라고 불러야 할지 당황했다. 얼굴을 마주 볼 수 없어 먼 산을 봤다가 발밑을 봤다가 했다. 이런 내 마음을 알아차렸는지 선미는, 아니 석만 스님은 빙긋 웃으며 말했다.

"뭐 스님도 사람인데 놀랄 필요 없어요. 그냥 편하게 대해요."

"언제……?"

언제 출가했느냐고 묻고 싶은데, 그런 걸 물어도 되는지 몰라 나는 움찔했다. 이번에도 스님이 재빨리 알아차렸다.

"그때 책가방 들고 절로 왔지요. 집에 어려움이 있어서 잠시 피해 간다고 왔는데 내 집이 되어 버렸습니다."

그렇게 선미를, 아니 석만 스님을 만나고 나서 벌써 30여 년이 흘렀다. 머리를 길렀으면, 스님이 아니라 선미였으면 이제 할머니 소리를 들을 나이가 되었다. 일곱 살 꼬맹이가 시간을 켜켜이 쌓아 어른이 되었다. 우린 그렇게 각기 다른 시간 탑을 세웠다.

무념무상, 이 말이 목에 걸린 생선 가시처럼 편하지가 않다. 이 무념무상이 석만 스님이 있는 암자로 가는 내 행동을 합리화해주는 방편으로 이용하고 있다는 걸 나는 잘 안다. 이 말처럼 간단명료하게 내 행동을 이해시키고 인정받을 수 있는 말을 아직 찾지 못했다. 나는 그 무념무상 속에 나를 감추고 있었다. 내가 스님을 보러 암자로 가려는 마음이 일어나는 그 순간, 어떤 순수한 의미였든 그건 이미 무념무상이 아니다. 점 하나를 찍었기 때문이다. 물심일여物心一如가 될 수 없는 그 무념무상을 나는 여태 순백의 마음이라며 나를 세뇌했다. 내가 나를 세뇌한 것이기도 하지만 어쩌면 석만 스님 역시 스스로 자신을 세뇌하고 있었는지도 모른다. 자신을 세뇌한 그 인연들이 다시 서로를 세뇌하도록 작용했을 거라는 생각도 든다. 내가 그러했기 때문이다. 일이 밀려 암자로 가는 날을 결정하지 못하면 석만 스님이 먼저 내게 전화했다. "언제 올 겁니까? 좋은 버섯을 따뒀어요." 스님의 전화를 받으면 나는 잊고 있던 기억을 일궈내듯 모든 일을 미뤄놓고 곧장 암자로 달려간다. 암자에 있는 내내 "언제 올 겁니까? 좋은 버섯을 따뒀어요." 나는 이 말의 의미를 찾느라 승부가 나지 않은 싸움을 벌였다. 석만 스님에게

서는 그 답을 얻어낼 수가 없다. 내가 암자에 없을 때의 석만 스님과 내가 암자에 왔을 때의 석만 스님을 구별할 길이 없기 때문이다. 나는 내 눈앞에 있을 때의 석만 스님이 늘 그러하리라 믿어야 하기에 그 말을 한 스님의 변화를 못 읽는다. 가끔은 내가 정의할 자리를 내주지 않는 스님이 원망스러울 때가 있다. 한쪽은 편하고 다른 한쪽이 불편하면 이건 공평한 게임이 아니다. 그래서 나는 내가 나를 이기는 방법을 찾았다. 일곱 살이 되는 거다.

연화 스님이 입적한 뒤로 따로 시봉 스님을 두지 않아 석만 스님 혼자 머무는 암자에 무시로 드나드는 일이 조금씩 마음에 걸렸다. 거꾸로 가는 시간의 속도가 느려지면서 생긴 후유증이다. 그 후유증은 평소처럼 조금씩 어른으로 성장하는 바이러스를 생산했다. 가끔 엉뚱한 생각을 하다가 놀라 죽비로 어깨를 두어 번 때린 적도 있다. 나는 어른이 되는 게 싫다. 싫지만 시간이 나를 어른으로 끌고 가는 걸 피할 수도 없다.

거꾸로 가는 시간의 힘이 약해지자 두려워진 나는 스님에게 "큰 절로 내려가시지요" 했다. 석만 스님은 "이제 내가 연화 스님 시봉을 해야 합니다" 하며 웃었다. 연화 스님의 영가를 법당에 모셨다. 사시예불巳時禮佛에 석만 스님은 늘 연화 스님을 동참시킨다.

10년 전, 이 암자로 거처를 옮긴 석만 스님을 처음 만나던 날 스님은 환한 얼굴로 반기며 지나가는 바람처럼 내게 말했다.

"인각 거사는 늘 얼굴이 환합니다. 무슨 꽃을 피우나요?"

늘 그랬던 것처럼 나는 합장한 손을 풀면서 말했다.

"화엄을 피우지요."

"나는 사구死句을 강했는데 거사께서는 활구活句를 만드십니다."

석만 스님은 활불活佛로 불리는 율봉栗峯 청고靑杲 스님의 법어로 마무리했다. 이것이 스님과 내가 나누는 인사였다. 불이문을 사이에 두고 나는 일곱 살로 스님은 그 시간을 비껴가려고 자리에서 내려오지 않는다. 마치 아이와 어른이 하는 대화 같다. 그런데 나는 안다. "언제 올 겁니까? 좋은 버섯을 따뒀어요." 스님은 이렇게 잿빛 장삼 안에 자기 나이를 숨긴다. 내가 굳이 스님의 나이를 밖으로 꺼내지 않은 것은 스님이 아니라 나를 위해서다.

불이문 안과 밖은 이미 다른 세계다. 나는 가끔 머리를 깎는 꿈을 꾼다. 스님이 밖으로 나왔으나 다른 시간 속에 있으니 내가 안으로 들어가려는 것인지도 모른다. 스님은 한 번도 내 꿈자리에 나타난 적 없다. 일곱 살 아이로 꿈꾸지 않고 왜 어른으로만 꿈을 꿀까. 나는 꿈꾸는 게 두렵다.

이제 석만 스님과 그런 인사를 하지도 듣지도 못한다. 나는 연화 스님 옆에 나란히 있는 석만 스님의 영가 앞에 삼배를 올렸다.

"수행은 방편입니다. 수행의 내용이 먼저가 아닙니다."

석만 스님이 어느 날 대중 앞에서 법문할 때 들려준 말이다. 사람은 몇 명만 모이면 규칙을 정하려고 한다. 규칙을 정하고 나면 처음 세운 목적은 그림이 되고, 그때부터 사람들은 그 규칙을 이해하고 실천하기 위한 공부를 시작한다. 인간의 삶이 그러하다. 사람은 태어나는 순간 살아가는 운명이 생성되었다. 그 운명을 따라 살면 되는 것을 살아가는 규칙을 만들어 따르려고 하는 데서 갈등과 고민이 시작된다. 그것이 태산처럼 쌓여 견딜 수 없을 때쯤 되면 그제야 오류를 깨닫고, 또다시 그 산을 허물려고 평생을 다 바친다. 참 바보 같은 짓이다. 본래의 자리로 돌아가는 길은 간단하다. 시간을 되돌려라. 규칙을 만들던 그 시점으로 돌아가면 내가 갈 길이 보인다. 어떻게 돌아가야 하는지는 각자가 다르다. 만들어놓은 질곡의 산이 다 다르기 때문이다. 딱 하나의 길이 있긴 하다. '내가 누구인가'를 아는 일이다. 내가 누군지를 알면 내가 살아가는 길도 함께 나타난다. 부처님은 이 길을 알려주셨다. 내가 누구인지도 모르고 누군가 일러주는 대로 누군가 살아가는 대로 흉내 내며 따라가니까, 그것이 가장 좋은 삶이라고 생각하니까, 내가 보이지 않는다. 내가 누군지 보려면 지금의 이 모습, 이 모습을 잘라라. 지금 내가 생각하는 대로 갈등 없이 그 생각을 실천하는 게 나의 참모습이다.

석만 스님이 일곱 살이었다는 걸 나는 스님이 입적한 뒤에야 알았다. 석만 스님이 일곱 살 나이로 이 법문을 대중에게 던졌다는 걸 난 그제야 알았다. 고향 집 어딘가에 굴러다닐 살구씨 두 알도 생각났다. 찾아서 지금 심으면 싹이 틀까. 꼭 그 살구씨를 찾아봐야겠다. 나는 영정 앞에 향을 사르고 일어나 합장했다.

"이제 내가 두 분 스님을 시봉하겠습니다."

담묵화는 눈발에 완전히 묻혀버렸다. 여전히 내 그림자가 나를 따라온다.

우상을 위하여

"엄마, 냄새! 냄새가 또 나타났단 말이야!"

학교에 가려고 현관문을 나섰던 아이가 놀란 눈으로 헐레벌떡 거실로 뛰어들었다. 얼마나 놀랐으면 책가방도 마당에 내동댕이친 채 내 품으로 뛰어든다. 나는 아이의 등을 다독이며 "괜찮아. 나쁜 사람 아니야" 하고 달랬다. 밖을 내다보지 않아도 누가 왔는지 난 알고 있다. 매일 아침, 이 시간이면 어김없이 우리 집을 찾아온다. 아이는 마주치지 않으려고 출근하는 아빠와 함께 시간을 좀 앞당겨 학교에 가는데, 오늘은 준비물을 챙기느라 혼자 늑장 부리다가 마당에서 딱 마주친 모양이다.

나는 주방으로 가서 미리 준비해 둔 소시지와 당근, 그리고 어제 아이가 남긴 치킨 한 조각까지 챙겨 밖으로 나 갔다.

나를 보자 돼지엄마는 표정 없이 땟국이 덕지덕지 묻은 깡통을 앞으로 쑥 내민다. 옆에 한 몸처럼 붙어 다니는 까만 새끼돼지가 소시지 냄새를 맡고는 꽥꽥 소리를 지르며 난리다. 처음 왔을 땐 태어난 지 얼마 안 된 새끼돼지였는데, 그새 제법 자라서 토실토실하게 살이 쪘다. 윤기가 자르르 흐르는 새까만 털에 주둥이만 연분홍빛이라 여간 귀여운 게 아니다. 새끼동물은 다 예쁘다고 하는데, 이 새끼돼지는 애들 말로 하면 '얼짱'이다.

아이는 놀랄 때 꼭 '냄새'라고 말했다. 돼지엄마의 외모가 냄새나게는 생겼지만, 난 이들에게 특별한 냄새를 맡지 못했다. 혹 새끼돼지한테서 냄새가 나는가 하고, 가까이 가서 냄새를 맡아 본 적도 있다. 약간 젖비린내 비슷한 냄새는 났지만, 집돼지에게서 나는 그런 고약한 냄새는 나지 않았다. 그러다 그녀가 들고 있는 깡통을 보고 나는 순간 눈살을 찌푸렸다. 음식이 말라붙어 있는 깡통에 새까맣게 땟국이 묻어 있다. 무슨 냄새가 나는 듯도 하다. 나는 코로만 냄새를 맡는 게 아니라, 눈이나 생각으로도 냄새를 맡는다는 걸 그때 처음 알았다. 나는 아이가 놀라는 게 음식을 담는 깡통 때문일지 모른다 생각하고, 한번은 예쁜 플라스틱 통을 사서 그녀에게 주었다가 혼비백산했다. 그녀는 플라스틱 통을 받자마자 마당에 내동댕이쳐버렸다. 너무 놀라 뒤로 주춤 물러섰다. 놀라긴 했으나, 그녀가 한 의외 행동이 밉지 않았다. 비록 깡통을 들고 다니며 얻어먹긴 하나, 자존심까지 내주진 않겠다는 의사표시로 인정하고 싶었다. 그렇게 생각하지 않으면 마당에 내동댕이쳐진 플라스틱 통이 내 자존심 같아 너무 허망했다. 아무러하든, 내가 아침마다 그녀에게 줄 음식을 미리 준비하는 건 그 사건 이후부터다.

"어머나, 오늘은 고기반찬도 있네?"

음식이 반쯤 찬 깡통 안에 생선 한 토막이 비쭉 위로 올라와 있다. 가지고 간 음식을 그 위에 올려주었다. 돼지엄마가 표정을 풀고 누런 이를 드러내며 씩 웃는다. 그뿐이다. 화난 것도 웃는 것도 아닌 묘한 표정으로, 좀처럼 열리지 않을 것 같은 입을 그렇게 한번 연다. 이렇게 깡통에 음식이 담길 때만 씩 한번 웃는 게 그녀와의 유일한 소통이다.

새끼돼지가 사람처럼 앞발을 번쩍 들고 일어나 깡통을 향해 펄쩍펄쩍 뛴다. 그녀가 방금 내가 담아 준 소시지 한 덩이를 집어내 돼지의 주둥이에 넣어주고 돌아선다. 새끼돼지는 소시지를 우적우적 씹으며 그녀 뒤를 따라간다.

돼지엄마는 늘 그렇게 무표정이다. 무슨 생각을 품고 있는지, 그 속은 아무도 모른다. 어디서 왔는지, 나이가 얼마인지도 모른다. 옷차림이 워낙 남루하고 산발한 머리가 떡이 져서 사실 얼굴도 제대로 볼 수 없다. 온전한 정신인지 아닌지도 모른다. 한번도 정신 나간 행동하는 걸 본 적이 없다. 아침에 얌전하게 돌아다니며 밥 동냥하는 일 외에는 종일 새끼돼지와 함께 장터에 들붙어 있었다.

돼지엄마가 언제 읍내에 나타났는지 아는 사람이 없다. 그런 모습을 하고, 어느 날 윤기가 자르르 흐르는 까만 새끼돼지 한 마리를 끌고 읍내에 나타났다. 자신은 상거지 행색을 하고 다니면서도 새끼돼지는 매일 닦아주는지 흙먼지 하나 없이 윤기로 반짝거렸다. 콧잔등이 연분홍빛으로 발그레한 새끼돼지가 나타나면 동네 아이들이 난리가 난다. 그럴 때마다 돼지엄마는 사색이 되어 새끼돼지를 치마폭으로 덮고 아이들을 쫓느라 정신이 없다. 그 난리를 치면서도 돼지엄마는 "음- 으!" 하는 이상한 소리만 했다. 그것도 입을 꾹 다문 채 손짓으로 아이들을 쫓아내면서 소리만 낸다.

이 소동은 어른들이 나타나 아이들을 쫓고 나서야 끝난다. 그렇게 읍내에 나타난 돼지엄마는 5일장이 서는 읍내 장터 빈 상가 한쪽에 종이상자로 대충 벽을 만들어 새끼돼지와 함께 살고 있다. 밖으로 나오는 일은 아침 느지막해서 장터 근처에 있는 집, 그것도 한 번 갔던 집에만 가서 밥을 얻어오는 게 고작이다. 한 번도 목소리를 들어본 적 없어 사람들은 그녀가 농아인 줄 알지만, 늘 가는 집에만 들르는 것으로 보아 들을 소리 다 듣고 심지어 사람 마음도 읽는 듯했다. 유일하게 그녀가 목소리를 내는 건 새끼돼지를 지킬 때뿐이다. 가끔 어른들이 장난으로 빼앗아 가려고 하면 새끼돼지도 그녀도 괴성을 지르며 사생결단으로 저항한다. 무슨 소리인지 알아들을 수는 없지만, 그녀의 음성을 듣는 유일한 순간이다. 사람들은 그게 재미있어서 이젠 아이들까지 그렇게 한 번씩 장난을 치고는 했다. 희한하게도 새끼돼지도 그녀를 닮았는지, 보통 돼지들과는 달리 꿀꿀대지도 않고 졸졸 그녀 뒤를 따라다녔다. 사람들이 손을 댈 때만 그녀처럼 먹따는 소리를 냈으며, 평소에는 조용하다. 목줄을 하지 않았는데도 새끼돼지는 마치 제 어미로 아는 듯 그녀 뒤만 따라다닌다. 새끼돼지는 언제나 그녀의 행동반경에서 벗어나지 않는다. 마치 잘 길들인 애완동물 같다.

이때부터 사람들은 그녀를 '돼지엄마'라고 불렀다. 돼지엄마도 그런 일이 있은 뒤부터는 수시로 뒤돌아보면서 새끼돼지가 잘 따라오는지 확인한다. 새끼돼지가 조용히 따라다니는 터라 더 그렇게 신경을 쓰는 듯했다.

돼지엄마가 새끼돼지를 데리고 우리 집에 밥 얻으러 오던 날, 나는 처음으로 그녀와 새끼돼지를 보았다. 우리 아이는 기겁하고 도망갔으나, 나는 아이와 달리 이들에게 왠지 친근함을 느꼈다. 오래전에 본 미국 영화 한 편 때문이다. 「꼬마 돼지 베이브」, 딕 킹 스미스 원작 소설 『양치기 돼지』가 원작인 영화다. 하켓 농장의 양치기 새끼돼지 베이브는 전국 양몰이 대회에 우승까지 한 유명 돼지다. 그러다 하켓 농장이 위기에 몰린다. 농장이 은행에 압류당하는 걸 피해 에스미 하켓 할머니가 베이브를 데리고 여행을 떠난다. 여행 중에 마약 사건에 휘말려 어려움을 겪기도 하고, 낯선 도시에서 길을 잃고 헤매는 등 베이브와 에스미 하겟 할머니는 숱한 위기와 마주친다. 호텔에 묵을 때도 새끼돼지와 함께 들어가야 하니 어려움이 이만저만이 아니다.

새끼돼지와 함께 우리 집에 나타난 돼지엄마가 이 영화에서 본 베이브와 에스미 하겟 할머니 같았다. 순간이기는 했지만, 그 영화의 주인공 베이브와 에스미 하겟 할머니가 환생해서 나타난 줄 알았다. 돼지를 애완동물처럼 데리고 다니며 키우는 걸 영화에서 말고는 그때까지 한 번도 본 적이 없다. 나는 돼지엄마가 새끼돼지를 데리고 내 눈앞에 나타난 모습이 예사로 보이지가 않았다.

나는 겁내는 아이에게 인터넷을 뒤져 영화 「꼬마 돼지 베이브」를, 그것도 2탄까지 보여주었다. 영화를 볼 때는 깔깔거리며 재미있어했지만, 아이는 여전히 우리 집에 오는 돼지엄마에겐 적응하지 못하고 겁낸다.

그러던 어느 날, 나는 우연히 시장통을 지나다가 돼지엄마를 만났다. '만났다'라는 표현이 좀 어울리지는 않으나, 매일 아침 집으로 찾아오는 그녀에게 밥을 나눠 주는 사이라 나도 모르게 식구 같은 느낌이 들었다. 반가워

서 아는 체하려고 했다가 얼른 마음을 거두었다. 식사 중
이었는데, 얻어 온 깡통의 밥을 그녀는 넓적한 양푼에 부
어서 새끼돼지와 함께 먹고 있었다. 가까이 다가가려다
가 그 모습을 보고 얼른 걸음을 멈춘 것이다. 새끼돼지가
주둥이를 양푼에 처박고 게걸스럽게 먹어대는 음식을 그
녀는 아무렇지도 않은 듯 손으로 집어 함께 먹는다. 마침
지나가던 사람들이 그 광경을 보고는 모두 한입으로 "미
치긴 미쳤나 보네" 하고 혀를 찬다. 그녀는 사람들이 그
러거나 말거나 거들떠보지도 않고 돼지와 함께 밥을 먹
는다. 나는 속으로 '저러다 배탈이라도 나면 어쩌나' 하
고 걱정하면서 한참 동안 그 자리에 서 있었다.

그때 나는 놀라운 광경을 보았다. 양푼에 담긴 음식이
깨끗이 사라지자 새끼돼지가 난리를 쳤다. 배가 덜 찬 모
양인지, 양푼을 주둥이로 들어 올려 내동댕이치기도 한
다. 그러자 그녀가 자기 입으로 가져가던 음식을 새끼돼
지에게 먹이는 게 아닌가. 그러고 나서 치맛단으로 새끼
돼지의 주둥이와 얼굴을 정성껏 닦아 주었다. 아까 지나
가던 남자가 "미쳤긴 미쳤나 보네"라고 하던 말이 떠오른
다. 잠시 눈살을 찌푸렸던 난 왠지 가슴이 찡했다.

돌아오는 내내 돼지엄마가 하던 행동이 머리에서 떠

나질 않았다. 정상이 아닌 것도 같고, 정상인보다 더 낮다는 생각도 들어서 뭔지 모를 혼란이 계속 발걸음을 더디게 만들었다.

다음 날 아침, 돼지엄마는 멀쩡하게 우리 집에 찾아왔다. 그녀가 건강한 모습으로 나타난 것이 기뻤다. 혹시 배탈이라도 나면 어쩌나 하는 걱정을 했었다. 나는 평소보다 음식을 더 많이 내와 깡통에 담아주며 "그새 돼지가 더 컸네" 하고 반갑게 말을 걸었다가 낭패를 당했다. 기뻐할 줄 알았던 그녀가 지난번 플라스틱 통을 주었을 때처럼 갑자기 음식을 담아 준 깡통을 바닥에 내동댕이쳤다. 그러고는 나를 향해 고래고래 소리를 지르는 것이었다. 무슨 말인지 알아들을 수 없는, 괴성에 가까운 소리를 지르며 내게 달려들려고 했다. 나는 놀라서 뒤로 주춤물러나며 "왜 그래요? 이뻐서 한 소린데" 하고 그녀를 달랬다. 그러자 그녀는 언제 그랬느냐는 듯 얌전하게 바닥에 쏟아진 음식을 깡통에 주워 담는다. 흙과 티끌이 묻은 음식을 가리지 않고 모조리 함께 쓸어 담았다. 가슴이 두근거려 나는 말릴 엄두를 못 내고 그 광경을 지켜볼 수밖에 없었다. 밥알 한 톨 남기지 않고 깨끗하게 다 담고 나서 일어서더니, 언제 그랬냐는 듯이 돼지엄마는 나를 보고 씩 웃는 게 아닌가. 나는 그때까지 두근거리는 가슴이 진정되지 않아 '이게 뭐지?' 하고 그녀의 눈길을 피했다. 자칫 잘못 반응했다간 아까처럼 또 소리를 지를까 봐 그녀의 웃음이 이전처럼 살갑게 느껴지지 않았다. 그녀는 아무 일 없었다는 듯 조용히 돌아서서 새끼돼지와 함께 대문을 나갔다.

돼지엄마가 돌아간 뒤에도 두근거리는 가슴이 한참 동안 진정되지 않았다. 왜 그런 행동을 했을까. 그러다 문득 나는 한 생각을 떠올렸다. 사람들이 장난으로 새끼돼지를 뺏어가려고 할 때도 그녀는 그런 행동을 했다. "그새 돼지가 더 컸네"라고 한 내 말을, 새끼돼지를 뺏어가려는 걸로 오해한 듯하다.

어제 그녀가 자기 입으로 가져가던 음식을 새끼돼지에게 먹이고, 주둥이를 닦아주던 모습이 떠올랐다. 사람과 동물이 그렇게 정 나누며 살 수 있다는 게 참 신기하다는 생각이 든다. 자기가 낳은 자식을 내팽개쳐 죽게 하는 사람도 있는데 돼지와 그렇게 동고동락하다니, 보면 볼수록 신기하고 놀라웠다. 개와 고양이를 키우는 것과 다른 모습이다. 아무리 귀여워도 애완동물이 먹는 음식을 사람이 함께 먹지는 않는다. 애완동물은 학습으로 길들여 키우지만, 그녀는 새끼돼지를 학습으로 기르지 않고 방목한다. 그녀의 상태로 보아 돼지에게 온전하게 학습시킬 능력이 있어 보이지도 않는다. 그녀나 돼지나 구속하는 울타리 없이 탁 트인 세상에서 서로 자유롭게 산다. 유일하게 구속하는 게 있다면, 그녀가 돼지를 자식처럼 대한다는 것이다. 한 그릇에 밥을 먹고, 같이 자고, 같이 돌아다닌다. 동격으로 서로를 생명의 끈으로 삼고 놓치지 않으려고 한다.

문득 나는 엉뚱한 생각을 했다. 돼지엄마가 정말 말을 못 하는 건지, 아니면 말 못 하는 돼지와 함께 살려고 일부러 사람들과 말을 섞지 않는지 궁금했다. 확인할 방법은 없다.

잠시 놀라긴 했지만, 웃음이 나왔다. 그날, 나는 하루 내내 기분이 들떴다. 누구에게든 이 들뜬 기분을 알리고 싶은데, 그걸 표현할 말이 떠오르지 않는다. 입을 다물고 사는 돼지엄마처럼, 나도 생각만 그렇게 했지, 표현하고 싶은 말을 속으로 깊이 숨긴 채 밖으로 꺼내기 싫어했는지도 모른다. 그녀처럼 그렇게 혼자 씩 웃으며 지냈다. 혼자 있었으니 망정이지, 누가 그런 내 모습을 봤다면 아마 실성한 줄 알았을 것이다. 나도 그렇게 그녀를 닮아가는 것 같아 혼자 웃다가 얼른 멈추고는 했다.

돼지엄마의 정체가 밝혀졌다. 증거도 없이 바람처럼 떠돌다가 내 귀에까지 들어왔기에 사실인지 아닌지는 알 길이 없다. 그러나 나는 그 소문이 사실이라고 믿는다. 눈으로 보진 못했지만, 모든 정황이 아귀가 딱 맞아떨어진다. 무엇보다 이번에도 영화 「꼬마 돼지 베이브」가 내게 그 소문을 진실로 믿게 했다. 영화에서 새끼돼지 베이브는 세상에 태어나자마자 얼마 안 되어서 엄마를 잃는다. 엄마가 도살장으로 끌려간 것이다. 눈물을 흘리는 베이브에게 아무것도 모르는 다른 동물들이 "베이브 엄마가 천국에 갔다"라며 좋아한다. 돼지엄마의 소문이 이 영화와 너무 닮았다. 내가 처음 돼지엄마를 봤을 때 영화 속 베이브와 에스미 하겟 할머니가 환생해 온 듯한 느낌을 받았던 것처럼, 이번에도 그랬다.

그 소문은 이렇다. 5일장이 서던 날, 장 보러 온 어떤 할머니가 그녀를 보더니 아무개 아니냐며 아는 체했다는 것이다. 그러자 돼지엄마는 돼지를 꼭 껴안고는 그 할머니에게 침을 뱉으며 소리를 질렀다고 한다. 누군가 그 할머니에게 자초지종을 물었고, 그 할머니는 같은 마을에 살았다며 그녀 이야기를 들려주었다고 한다. 그렇게 장바닥에서 오간 말이라 말을 전한 할머니가 누군지도 모르고, 녹음해 놓은 것도 아니다. 그 할머니도 그렇게 하고서는 가버려서 어느 마을에 사는 분인지 확인도 안 한 상태로 이야기만 돌아다녔다.

떠도는 이야기는 이렇다. 돼지엄마는 두 아들과 함께 돼지 몇백 마리를 키우던 꽤 큰 양돈 농가 주인이었다. 돼지를 키우다 보니 마을에서 좀 떨어진 곳에 외따로 살았다. 그러다 아프리카 돼지 열병이 돌아 키우던 돼지를 모두 살처분했다. 군청에서 흰 방호복을 입은 사람들이 나와 살아있는 돼지를 모조리 땅에 묻은 것이다. 그 뒤 정부에서 보상금이 나오자 집과 땅을 팔고 마을을 떠나버렸다. 외따로 떨어진 곳에 살았고, 돼지 전염병 확산을 막기 위해 방호 선을 치는 바람에 마을 사람들은 그 전후 사정을 이장에게 대충 들었을 뿐 자세히 알지는 못했다.

그 할머니에게서 들은 이야기는 여기까지다. 왜 아들을 따라가지 않고 여기 남아서 돼지와 함께 노숙자 생활하고 있는지는 그 할머니도 모른다는 것이다. 그다음 이야기는 이 말이 옮겨 다니면서 사람들이 덧붙인 것이다. 이 덧붙은 이야기도 그 마을 할머니가 했다는 사람도 더러 있어서 혹시 사실인지도 모른다. 나는 이 덧붙여진 이야기도 사실이라 믿는다. 살처분될 위기에 놓인 새끼돼지를 몰래 데리고 나왔다는 말도 있어 믿지 않을 수 없다.

덧붙은 이야기는 이렇다. 돼지엄마가 손수 키우던 돼지들이 산채로 땅에 묻히는 걸 보고 실성을 했다. 관계자들이 와서 돼지를 살처분할 때 그녀는 막 태어난 새끼 한 마리를 방역 요원들 몰래 숨겨 두었다. 지금 데리고 다니는 그 돼지라는 것이다. 그래서 아무도 돼지를 못 건드리게 한다. 또 어떤 사람은 살처분한 돼지 보상금과 땅 판 돈을 두 형제가 나누면서 서로 의견이 맞지 않아 싸우다가 한 사람이 죽고, 한 사람은 교도소로 갔다고 했다. 그 충격으로 할머니가 실성하여 집을 나갔다는 것이다

사실 한마을에 살았다는 그 할머니와 돼지엄마가 장터에서 마주친 장면을 최초로 목격한 사람도 누군지 분명하지 않다. 그냥 '누가 봤는데, 그렇다더라'라고 한다. 내게 전해진 소문은 여기까지 보태진 이야기다. 이 이야기를 옆집 아주머니에게 듣고(그 집도 돼지엄마에게 밥을 준다) 나는 조금도 의심하지 않고, 사실일 거라 맞장구를 쳤다. 그러자 옆집 아주머니는 놀란 눈을 하면서 "성재 엄마가 그걸 어떻게 알아요? 돼지엄마 진작 알고

있었어요?"라고 물었다. 나는 순간 당황해서 "아뇨, 내가 알 턱이 없지요. 워낙 착해 보이니까요." 나는 대충 얼버무리며 얼굴을 붉혔다.

나는 그날 애완용품 가게에 가서 돼지 목에 걸 방울과 빨간 리본 하나를 샀다. 사람들이 돼지를 뺏어갈까 봐 불안해하는 돼지엄마를 안심시키기 위해 돼지 목에 방울을 달아주고 싶었다. 그리고 돼지를 자식처럼 예뻐하니 이왕이면 예쁜 리본도 하나 달아주면 좋겠다는 생각을 했다. 가게 주인이 "어머, 애들이 있나 봐요?"라며 놀란다. 내가 얼른 대답하지 않자, 주인은 "어떤 애예요?" 하고 또 물었다. 기어코 대답을 듣겠다는 태도다. 난 방울과 리본을 내려다보며 '뭐라고 하지?' 잘못한 일도 아닌데, 괜히 대답이 망설여져서 당황했다. 난 그냥 웃기만 했다. 누구네 집에 숟가락이 몇 개인 줄 아는 좁은 읍내라, 새로 강아지를 입양했다면 빨리 단골로 만들어야 하는 주인 입장은 다급하다. 그래서 얼른 둘러댔다.

"아니에요. 친구네 선물하려고요."

"아, 예."

그제야 주인은 편한 얼굴을 한다. 처음부터 친구네 선

물한다고 했으면 될 것을, 왜 그 말이 얼른 생각나지 않았는지 모른다. 선물을 들고 돌아오는 내내 또 한걱정했다. 지난번 "그새 돼지가 더 컸네"라고 했다가 곤욕을 치른 일이 떠올랐다. 돼지한테 관심을 보였다가 또 무슨 일을 당할지 모르는데, 괜한 일 했다는 후회도 든다. 목에 걸 방울과 빨간 리본은 이미 내 손에 들려있다. 그러고도 고민하는 내가 좀 우습다.

이튿날, 지난번처럼 돼지엄마와 마주칠까 봐 나는 서둘러 아이부터 등교시켰다. 혹시라도 소리를 지르는 상황이 벌어지면, 아예 앞으로는 대문을 닫아걸어야 하는 사태가 올지 몰라 우선 아이부터 내보내야 했다.

주방에서 음식물을 담던 나는 멈칫했다. 돼지가 소시지를 무척 좋아해서 매번 한 개씩 끼워 넣었는데, 소시지가 돼지고기로 만든다는 생각을 그때야 한 것이다. 왜 여태 이 생각을 못 했지? 그런데 왜 돼지가 돼지고기를 좋아할까. 또 괜한 걱정을 한다. 돼지가 돼지고기를 잘 먹는 걸 왜 내가 걱정하는가 싶었다. 그러면서도 얼른 그릇에 담지 않고 머뭇거린다. 이럴 땐 생각이 많은 게 오히려 더 힘들다. 아무렇지도 않게 돼지와 한 그릇에 담은 밥을 먹는 그녀가 더 현명한지도 모른다는 생각도 든다.

돼지가 잡식성이라는 걸 알 리 없는 나는 괜한 생각을 하다가, 결국엔 소시지를 음식에 함께 담았다.

대문 열리는 소리가 들렸다. 나는 얼른 음식과 어제 산 선물을 들고 밖으로 나갔다. 깡통에 음식을 붓자 소시지 냄새를 맡은 돼지가 또 소리 지르며 뛴다. 그녀가 소시지를 꺼내 돼지 입에 넣는 걸 보면서 나는 선물을 등 뒤에 감춘 채 머뭇거린다. 내 손으로 돼지 목에 방울을 걸고 리본도 달아주고 싶은데, 자신이 없다.

나는 돌아서는 돼지엄마 옷자락을 잡았다. 돌아보는 그녀에게 선물을 주었다. 불안하게 바라보는데, 선물을 받아든 그녀가 무표정으로 나를 바라본다. 나는 마음을 단단히 먹고 기어들어 가는 목소리로 말했다.

"선물."

좀 모호하게 말하고 얼른 그녀의 표정부터 살폈다. 돼지엄마는 별다른 행동을 하지 않았다. 그러고는 쓰다 달단 말도 없이 돌아섰다. 다행이다 싶으면서도 가슴에 구멍이 뻥 뚫린 기분이다. 선물을 받은 사람의 기분을 알 수 없어 참 묘하다. 준 사람이 기뻐야 하는데, 그런 기분이 아니다. 내가 지금 뭔 짓을 한 거야, 선물을 주고도 찜찜한 찌꺼기가 계속 맴돈다.

'아, 이런!'

난 속으로 가슴을 쳤다. 찜찜하게 찌꺼기가 남은 이유를 그제야 알았다. 선물 받을 주인공에게 직접 전하지 않았다. 선물을 주면서 누구 거라는 말도 하지 않았다. 돼지엄마 눈치 살피느라 미처 그 말을 하지 못했다. 혹시 돼지엄마가 자기 목에 방울을 걸고, 빨간 리본을 머리에 달고 나타나는 건 아닐까. 찜찜하던 기분이 확 달아나 버린다. 갑자기 웃음이 튀어나오려고 했다. 그녀가 아직 대문을 완전히 나가지 않았다. 나는 얼른 손으로 입을 가리며 돌아섰다.

감정이 정리되자, 돼지엄마가 그 방울과 리본을 어떻게 처리할지가 정말 궁금했다. 음식을 입에 넣어주는 것으로 봐서 분명히 돼지에게 달아줄 듯하다. 혹시 리본은 그녀 머리에 꽂고, 방울은 돼지 목에 걸고 나타날 수도 있다. 아니면 둘 다 자기가 걸치고 올지도 모른다. 어느 쪽일까. 나는 또 숙제 하나를 만들고 생 고민을 한다. 그녀가 자기 머리에 리본을 달면, 사람들 말처럼 정신이 온전치 않은 것이다. 돼지에게 달아주면 정신이 멀쩡한 사람이다. 이런 시나리오까지 만들었다. 그러다가 또 생각을 바꾸었다. 아무리 나이 들어도 여자인데, 리본을 머리에 꽂았다고 이상하게 생각하는 내가 정상이 아니다.

이리저리 생각을 굴리다가 나는 정신 차렸다. 돼지엄마가 리본을 자기 머리에 꽂고, 목에 방울까지 걸면 정신이 온전치 않다. 멀쩡한 정신이면 그렇게 하고 다닐 수 없다. 그러다가 또 생각이 엉킨다. 순서도 뒤죽박죽 엉켰다. 방울은 그녀 목에 걸고, 리본은 돼지머리에 달고 오면 뭔가? 그것도 이상할 거 없을 듯하다. 그녀는 그게 목걸이라고 생각할 수도 있지 않은가. 어릴 때 감꽃을 주워 목걸이를 만들어 목에 건 기억이 난다. 감꽃 목걸이도 하는데, 방울을 단 빨간 천 목걸이가 뭐가 어때서.

나는 조용히 고개를 저었다. 멋대로 올가미를 만들어 놓고 남의 마음을 진단하는 내가 이상하다. 왜 그녀와 돼지에게 이런 관심을 보이는지 모르겠다. 나 혼자 생각하고 행동한 게 그나마 다행스럽다는 생각을 했다. 남편은 아직 내가 돼지엄마와 돼지에게 이런 관심을 보이는 걸 모른다. 남편이 알면 뭐라고 할까? 내 행동을 이상하게 볼 수 있을 것 같다.

나는 여행을 앞둔 사람처럼 설렘과 기대로 하루를 보냈다. 가만히 생각해 보니 게임을 하는 기분이다. 이런 일을 만들어놓고 기다리는 걸 보면, 그동안 내가 너무 무료하게 지냈던 모양이다. 남편 출근하고, 아이 학교에 보내고 나면, 내가 할 일은 없다. 집안 정리도 매일매일 하는 것이 아니다. 내 무료한 일상에 그렇게 돼지엄마가 들어와 낯설게 만들었다.

이튿날 아침, 아무리 기다려도 돼지엄마는 나타나지 않았다. 잔뜩 기대하며 기다리던 나는 허탈감에 빠졌다. 기다림이 걱정으로 바뀌었다. 왜 안 올까. 내가 돼지를 좋아하는 것 같아서 불안해진 걸까. 아니면, 진짜 병이라도 난 걸까.

점심때가 다 되어도 돼지엄마가 나타나지 않았다. 나는 이대로 앉아서 기다릴 수 없어서 비닐봉지에 음식을 담아 들고 시장으로 갔다. 내가 생각해도 이러는 내 행동이 좀 이상하다. 이렇게까지 할 필요가 없는데, 나는 마치 무엇에 끌린 듯 시장으로 가고 있다. 이게 뭐지? 아무리 생각해 봐도 이러는 내 행동을 설명할 말이 떠오르지 않는다.

"?"

나는 내 눈을 의심했다. 그때 내 눈앞으로 돼지엄마가 지나가고 있었다. 깡통이 묵직해 보인다. 한 순배 돌며 밥을 얻어 집으로 가는 길인 듯했다. 내가 놀란 건 뒤따라 가고 있는 돼지머리에 빨간 리본이 걸려 있어서다. 목에서도 딸랑딸랑 방울 소리가 들리는 게 아닌가. 나는 얼른 핸드폰을 꺼냈다. 막 사진을 찍으려는데, 그녀가 나를 힐끗 돌아본다. 나는 깜짝 놀라 슬그머니 핸드폰을 뒤로 감추었다. 그뿐이었다. 그녀는 나와 한번 눈을 맞춘 뒤 아무렇지도 않게 돌아서서 갈 길을 간다. 나는 그녀가 안 볼 때 얼른 사진을 찍었다. 돼지가 예쁘게 찍혔다. 급히 찍느라 앞에 걸어가는 그녀는 허리 위가 잘려 버렸다. 다시 찍을까 하다가 말았다. 그녀가 돌아볼까 봐 겁나서가 아니다. 허리 위가 없는 이 사진이 오히려 더 멋있고 안정감이 있어 보인다. 무엇보다 그녀의 눈빛이 보이지 않아 좋다. 새끼돼지가 훨씬 더 평화로워 보였다.

빨간 리본이 그녀의 머리가 아닌 돼지머리에 꽂혀 있어서, 나는 마치 복권에라도 당첨이 된 듯 기뻤다. 돼지가 궁둥이를 한 번씩 실룩거릴 때마다 들려오는 딸랑딸랑하는 방울 소리가 감미로운 음악 소리로 들렸다.

그들이 모퉁이를 돌아가서 모습이 보이지 않는데도, 방울 소리는 여전히 계속 들린다. 나는 핸드폰에 찍힌 사진을 다시 들여다보았다. 실한 궁둥이를 실룩이며 가는 까만돼지 머리에 빨간 리본이 의기양양하게 올려져 있다. 내 눈에는 왕관처럼 보였다.

그제야 들고 있던 까만 비닐봉지가 눈에 들어온다. '어떻게 할까?' 나는 잠시 망설이다 그들을 뒤쫓아갔다. 마치 내가 방울 소리를 따라가는 듯한 기분이다. 방울 소리가 점점 더 크게 들린다. 돼지엄마, 돼지, 나. 그렇게 세 사람, 아침 일찍 그렇게 우리는 거리를 행진하고 있다.

장터에 도착하자 돼지엄마는 늘 그랬던 것처럼 얻어 온 깡통 속의 밥을 양푼에 쏟아붓는다. 그러고는 둘이서 맛있게 먹는다. 나는 멀찍이서 그 광경을 지켜보다가 양 푼의 밥이 거의 바닥을 드러낼 무렵 가까이 다가갔다. 돼 지엄마가 무심한 눈빛으로 나를 쳐다본다. 마치 훈련이 된 듯 돼지가 얼른 그녀 뒤로 몸을 숨긴다. 그녀는 돼지 를 붙잡아 자기 무릎 위에 앉히고 치마로 휘둘러 감는다. 그뿐이다. 돼지도 그녀도 소리는 지르지 않았다.

나는 용기를 내어 비닐봉지에 담아온 음식을 양푼에 부어주었다. 소시지 냄새를 맡은 돼지가 그녀의 치마에 서 빠져나오려고 발버둥이친다. 의외로 그녀가 돼지를 놓아주었다. 돼지는 양푼을 엎을 듯이 달려들어 음식을 우걱우걱 먹는다. 그녀가 웃었다. 나를 보는 게 아니라,

돼지를 보며 웃는다. 나도 따라 웃었다.

　다음 날에도 돼지엄마는 우리 집에 오지 않았다. 어제 행동으로 봐서는 경계하지 않은 듯했으나 집으로는 오지 않았다. 아무래도 내 행동이 다른 사람들과 다르다는 걸 눈치채고, 혹시라도 돼지에게 관심을 가지는 게 아닌가 하고 경계하는 듯하다.

　나는 어제처럼 음식을 비닐봉지에 담아 장터로 갔다. 이제 그녀가 밥을 얻으러 우리 집으로 오는 게 아니라, 내가 대접하러 그들을 찾아가고 있다.

틴티레토의 거울

겨우 막차를 탔다. 자칫했으면 오늘도 버스를 놓칠 뻔했다. 학원 기획실장의 뒷담화를 들어주느라 시간을 많이 뺏겼다. 그래도 꾹 참고 들어주는 바람에 끄트머리 시간 강의 하나를 얻었다. 세상일이 늘 순조롭기만 한 게 아니듯이, 이렇게 시간에 쫓기는 날엔 꼭 수강생들의 질문이 많거나 길어진다. 어쩔 수 없이 오늘은 한 사람의 질문을 못 받아줬다. 그 질문을 받으면 막차를 놓칠 것 같아 대신 그 학생에게 메모지에 e메일 주소를 적어줬다. 공부하는 사람에게는 간절한 문제이므로 e메일로라도 질문을 받아주어야 한다. 이럴 때 나는 인생이 외줄타기와 같다는 생각을 한다. 자로 잰 듯 오차 없이 움직여야 줄에서 떨어지지 않는다. 일을 마치고 버스를 타고 나서야 줄에서 내려온 긴장이 한꺼번에 몰려온다.

버스에는 승객 너더댓 명만 타고 있다. 보통은 일고여덟 명, 많을 때는 열 명까지는 만나는데, 오늘은 의외로 썰렁하다. 무슨 일이지? 나는 오늘 보고 들은 뉴스를 모두 떠올려본다. 마땅히 집히는 사건이 없다. 무슨 일이든 금방 해답을 찾지 못하면 일 초라도 빨리 포기하는 게 현명하다. 내가 터득한 경험 가운데 가장 잘한 일 중에 하나다. 빨리 모든 걸 잊어버리고 싶어, 나는 버스에 오르면 습관처럼 자리를 잡고 편안한 자세를 취한다.

화려한 불빛이 간간이 사라지면서 칠흑 같은 어둠이 길게 지나간다. 이제 버스는 도심을 벗어나 외곽을 달리고 있다. 자정을 앞둔 마지막 버스는 늘 이렇게 스산하다. 술에 잔뜩 취해 코를 고는 승객을 피해 나는 앞쪽으로 자리를 옮겼다. 시끄러워 자리를 옮긴 게 아니다. 잠이 쏟아지는 걸 억지로 참고 있는데, 마치 코 고는 소리에 중독되듯 나른하게 잠이 몰려왔다. 지난번에도 졸다가 종점까지 가는 바람에 그날 받은 강의료 절반을 아깝게 택시비로 날렸다.

무릎에 올려놓은 갈색 가죽가방을 내려다보았다. 너

덜너덜한 손잡이를 비롯하여 여기저기 표면이 많이 헤졌다. 결혼하기 직전에 아내가 생일 선물로 내게 사 준, 25년 넘게 분신처럼 나와 붙어 다닌 가방이다. 말하자면, 결혼하기 전의 젊은 내가 이 가방 속에 기념품처럼 담겨 있다. 아내가 궁상맞아 보인다며 몇 번이나 바꾸라고 했지만, 나는 가방을 바꾸지 않았다. 이 가방이 어쩌면 나보다 더 오래 견딜 거야. 가끔 그런 생각을 하고는 혼자씩 웃기도 한다.

몇 군데 지방 대학에서 시간 강사 노릇 하느라 반평생 가까이 땀 흘리며 서울과 지방을 오갔으나, 나는 끝내 전임강사 자리를 얻지 못하고 물러났다. 정년퇴직이 아니라 나이 초과로 대학에서 퇴출당한 뒤, 이제는 학원가를 돌아다닌다. 한번은 한 지방 대학에 자리를 얻을 뻔했다. 아내가 전세보증금을 절대 못 뺀다고 버티는 바람에 약속한 날 발전기부금을 내지 못해 포기했다. 전임강사가 되면 은행 대출을 받을 수 있다고 아무리 설득해도 아내는 막무가내였다. 잠깐만 월세로 옮기면 직장도 생기고 집도 마련할 수 있다며 무릎을 꿇다시피 사정했으나, 아내는 차라리 이혼한 뒤 방을 빼가라고 선언했다. 나는 아내냐 직장이냐를 두고 저울질하다가, 결국 계속 시간 강사로 떠돌기로 했다. 그 후유증으로 꽤 오랫동안 아내와 데면데면 지냈다. 그러던 중 그 대학이 경영난으로 문을 닫게 되자 상황이 역전되었다. 나는 아내의 얼굴을 쳐다보지 못할 정도로 고양이 앞에 쥐가 되었다. 남들은 정년퇴직하고 편히 쉴 나이에 매일 학원가를 기웃거리며 일당 강사 자리를 찾아다니는 것도 그 후유증으로 아내에게 한 충성맹세 때문이다.

학원가 땜방 강사는 허탕 치는 날이 많다. 입시학원의 인기 강좌는 대부분 보강으로 메우기에 일당 강사가 들어갈 틈이 없다. 나는 주로 취준학원이라 불리는 취업 준비 학원 쪽을 돌아다닌다. 그것도 운이 좋아야 한두 시간 얻지만, 종일 이곳 저곳 학원 사무실을 순회하며 공짜 믹스커피만 마시다 허탕 치고 돌아서는 날이 더 많다. 어떤 친구는 "핸드폰 뒀다 뭣 하냐"라며 핀잔했지만, 그렇게 안 해 본 게 아니다. 명함을 돌리고 아무리 기다려도 전화 한 통 없었다. 눈앞에 찾아와서 사정하는 사람도 골라서 쓸 수 있는데 집에 앉아 전화질하는 낯선 강사에게 기회를 주는 친절한 사람은 없었다. 허탕을 하더라도 얼굴을 맞대며 부탁해야 그나마 기회를 얻는다.

코 고는 소리가 안 들렸다. 뒤돌아보니 언제 내렸는지 그 자리가 비었다. 이제 승객은 세 명밖에 안 남았다. 아마 오늘도 분명히 내가 마지막 손님이 될 것이다.

"?"

또 '그 생각'이 떠오른다. 승객 수를 하나둘 세다 보면 어김없이 그 생각이 떠오른다. 오늘은 아내가 종일 뭘 했을까. 누굴 만났을까. 이 시간에 집으로 돌아가는 사람들은 대부분 고단한 삶을 사는 사람들이다. 간혹 술 마시다가 늦게 들어가는 사람도 있겠지만, 대부분 나처럼 피곤함에 지쳐 늘어져 있다. 의자에 반쯤 누운 듯 기대앉아 눈을 감고 있는 그들은 무슨 생각을 할까. 어쩌면 그들도 나와 같은 생각을 할지도 모른다. 날마다 이 버스에서 자주 마주치다 보니, 10명 미만 승객이 남으면 얼굴을 대충 기억한다. 어디서 내릴지도 알아맞힐 수 있다.

저 사람들 부인들은 집에서 뭘 할까? 찬물을 끼얹듯 나는 엉뚱한 생각을 하다 얼른 지운다. 아내는 나보다 열세 살 어리다. 서른아홉 살 때 2년 동안 사귀던 대학교 제자와 결혼했다. 30대를 넘기면 이 여자마저 놓칠 것 같아 전임강사 자리를 얻고 나서 결혼하겠다던 내 결심을 포기했다. 그렇게 결혼을 했지만, 지방 대학교를 돌아다니느라 달콤한 신혼 생활도 없이 세월이 지나갔다. 당일치기가 어려운 곳은 하룻밤 자고 오기도 한다. 그런 날은 지금처럼 불안했다. 그래서 시도 때도 없이 아내에게 문자를 했다.

　—뭐해?

　—뭐하긴, 자기 언제 오나 기다리는 것 말고 내가 하는 일이 뭐 있겠어.

짧은 질문에 긴 대답이 오는 날은 더 불안하다. 언제부터인가 아내는 무슨 일을 하는지 궁금해서 내가 묻는 게 아니라는 걸 눈치챘다. 대답에 짜증과 불만이 잔뜩 묻어 있다. 그러든 말든 나는 또 문자를 보냈다.

　—뭐해?

그렇게 몇 차례 문자를 보내면 아내는 마지막 쐐기를 박는다.

　—화상 통화할래?

이럴 땐 문자를 더 보내면 안 된다. 한번 그랬다가 되로 주고 말로 받았다.

　—진짜 나 연애해 봐?

이런 불안감도 나이가 들면서 점점 느슨해졌다. 강의

얻는 일이 점점 어려워지면서 불안감이 극도의 피로감으로 바뀌고, 거의 무기력 상태가 되는 날이 많아졌다. 어찌하다가 한 번씩 '오늘은 아내가 뭘 할까' 하며 핸드폰 폴더를 연다. 늘 그랬던 것처럼 문자를 보내기 전에 나는 사진 폴더부터 열어본다. 벌거벗은 비너스가 화려하게 달려 나오는 걸 보고 나는 얼른 폴더를 닫는다. 혹시 누가 본 건 아닐까 하고 주위를 살핀다. 알고 보면 명화지만, 모르고 보면 포르노다. 그러고 나면 문자 보낼 기분이 사라진다. 입에 풀칠하기도 바쁜 시간에 사치스럽게 장난하고 있다는 기분이 들었다.

얼마 전부터 오랫동안 잊고 있던 '그 생각'을 다시 떠올리기 시작했다. 경찰공무원 시험준비 학원에 간 게 문제였다. 대학 강의가 모두 끊겼을 때, 내가 처음으로 학원 강의를 시작했던 곳이다. 그 학원 원장이 시간 강사 시절 때 함께 지방 대학에 출강하면서 만난 동료였다. 학원 재벌 딸과 결혼하는 바람에 그는 대학에 자리 잡겠다던 꿈을 접고 장인이 경영하는 학원 원장으로 눌러앉았다. 내게도 기획실장 자리를 줄 테니 자기 학원으로 오라고 했다. 나는 며칠 고민하던 끝에 정중히 사양했다. 학원으로 가면 영원히 '강사'가 되지만, 시간 강사일망정 대학교에 있으면 '교수님' 소리를 들을 수 있다. 희망은 보이지 않았지만, 그때까지는 전임강사를 기다리는 희망이 내겐 무엇과도 바꿀 수 없는 삶의 에너지였다. 사양하는 나를 보고 그가 씩 웃었다. 그 웃음의 의미를 나는 나중에야 알았다.

시간 강사 자리가 모두 끊어진 뒤에야 나는 그 학원을 찾아갔다. 삶의 에너지였던 희망을 잃은 내 어깨가 자꾸 아래로 처져 내린다. 나는 순간순간 어깨에 힘을 주고 숨을 크게 들이마셨다. 원장실 문 앞에서 잠시 걸음을 멈추었다. 처음 찾아갔던 날 내게 씩 웃던 그의 모습이 떠올랐다. 나는 또 한 번 어깨에 힘을 주며 숨을 깊게 들이마셨다.

그날, 원장은 내게 고정 강의 자리를 마련해 주겠다고 약속했다. 내게도 솟아날 구멍은 있구나 하고 기뻐하며, 나는 그의 손을 덥석 잡았다. 그 약속은 몇 년째 지켜지지 않는다. 아직도 나는 계속 취준 학원가에서 떠돌이 대타 강사 노릇을 한다. 그것도 몇 번씩 찾아가야 겨우 한 번 기회를 얻었다. 생각 같아서는 욕이라도 퍼붓고 발걸음을 끊어 버리고 싶지만, 다른 학원에 비하면 이 정도는 양반이라 여전히 찾아간다. 이미 내 몸값은 예전의 그 시간 강사 때 것이 아니다.

지난달에는 노량진 쪽에 한두 시간짜리 강의가 계속 나오는 바람에 다른 곳에는 아예 돌아보질 않았다. 가끔 이런 때도 있다. 이럴 땐 기쁘기는커녕 불안하다. 이러다 마치 썰물처럼 일이 빠져나간다. 관리를 위해 여기저기 기웃거리며 미리 눈도장 많이 찍어 둬야 하는데, 한곳에 오래 발이 묶여 관리를 소홀히 하면 나중에 일 잡기가 힘들게 된다. 어차피 고정 강의가 아니라면 한곳에 너무 오래 일하는 것도 길게 보면 불리하다. 그러나 눈앞에 일이 있는데 돌아설 배짱이 내겐 없다.

한 달 만에 경찰시험 준비 학원에 찾아갔다. 그날은 종일 비가 추적추적 내렸다. 우산을 썼는데도 옷이 후줄근하게 젖었다. 뭔가 일이 잘 안 풀릴 것 같은 예감에 발걸음이 무겁다. 이런 생활을 오래 하면 감이라는 게 생긴다. 노량진의 호황이 악재였는지, 보름째 강의를 못 얻어 이곳을 찾아가는 중이다. 이 학원은 마지막으로 내 자존심을 버리고 찾는 곳이다.

아나나 다를까, 내 예감이 틀리지 않았다. 평소처럼 3

층 원장실로 간 나는 문 앞에서 얼음이 되었다. 분명히 3층 원장실이 맞는데, 명판이 '기획실'로 바뀌어 있었다. 본래 기획실은 1층에 있었다. 원장의 동기생이 기획실장이어서 한 번 만난 적 있다. 내가 그 방 주인이 될 뻔했기에 방 위치를 잘 안다. 건물이 거꾸로 선 게 아니라면 분명히 뭔가 변화가 생긴 게 틀림없다.

나는 심호흡을 한번 하고 문을 열고 들어갔다. 기획실장과 처음 보는 사이도 아니고, 가끔 기획실장에게 강의를 얻은 적도 있어서 별생각 없이 들어갔다가 나는 경천동지할 듯 놀랐다. 원장 책상에 기획실장이 떡하니 앉아 있었다. 기획실이니 기획실장이 방주인이어야 하는 건 맞다. 단순히 방을 바꾸었다면 놀랄 일도 없다. 원장실 집기가 그대로인 채 사람과 명패만 바뀌었다. 문밖에 붙은 명패를 잘못 본 건 아닐까. 엘리베이터를 타고 올라왔으니 1층이 아닌 건 분명하다. 나는 눈을 몇 번 껌벅인 뒤 다시 방을 둘러보며 살폈다. 전에 와봤던 그 원장실이 분명했다. 그런데 그 원장 책상 위에 '기획실장 오달춘'이라 쓴 자개 명패가 놓여 있다. 원장실이 확실하다고 믿는 건 책상 뒤쪽 벽에 틴티레토의 「불칸에 의해 발각된 비너스와 마르스의 불륜」 복제 유화가 걸려있기 때문이다.

워낙 유명한 그림이라 분명히 기억한다. 원장이 앉았던 그 자리에 기획실장 오달춘으로 사람만 바뀌었다.

그렇게 내가 뻘쭘하게 서 있자 오달춘이 웃으면서 손을 내민다.

"오랜만입니다. 왜 뜸했어요. 어디 자리 잡으셨나 봐요?"

"아, 아닙니다. 방이 바뀌었네요."

"네, 원장실을 없애고 기획실이 올라왔어요."

"그랬……어요."

나는 원장의 안부를 물으려다가 멈췄다. '……원장실을 없애고'라는 말이 내 뒷덜미를 움켜잡았다. 뭔지는 모르지만, 문제가 생겨도 크게 생긴 게 틀림없다. 자칫 잘못 질문했다가 역효과가 날지 몰라 나는 오동춘의 눈치를 살폈다. 원장을 만나러 이 방에 처음 들어왔을 때처럼 나는 벽에 걸린 그림에 자꾸 눈길이 갔다. 책상 주인과 마주 앉으면 그 그림이 정면에 있어서 보지 않으려 해도 저절로 쳐다보게 된다.

처음 내가 이 방에 들어왔던 날, 벽에 걸린 대형 그림이 제일 먼저 눈에 들어왔다. 침대에 누운 발가벗은 여인을 보고 춘화春畫를 떠올리며 뜨거운 기운을 꿀꺽 삼켰다. 민망해서 시선을 피하려고 하는데, 생각과 달리 자꾸 눈길이 그쪽으로 돌아갔다. 금빛으로 번쩍이는 고급 액자에 들어 있는 유화다. 미술에 대해 아는 게 별로 없어 누구의 어떤 작품인지 알지 못했지만, 속에서 올라오는 뜨거운 기운과는 달리 첫눈에 명화名畫 같다는 느낌을 받았다. 작품보다 화려한 액자를 보고 그런 생각을 한 것이다. 그래서 이런 속내를 들킬까 봐 나는 눈길을 어디에 두어야 할지 몰라 잠시 당황했다. 아무리 명화라 하더라도 사장 집무실에 이런 그림을 거는 경우는 드물다. 집무실이 아니라 음식점 같은 곳에서도 나는 이런 그림이 걸린 걸 본 적이 없다. 그것도 학원 원장실에 떡하니 춘화에 가까운 그림이 걸려있다. 나는 원장의 취향이 좀 별나다는 생각을 했다. 화가에게는 좀 죄송하지만, 내 눈에는 포르노로밖에 안 보였다.

불안한 시선으로 두리번거리는 내게 원장이 물었다.

"그림 어때요?"

"네? 아, 네. 저는 그림 잘 몰라요."

"이 그림 몰라요?"

"네. 제가……그림에 대해서 별로 아는 게 없습니다.

좋은 그림 같은데요?"

"틴티레토의 「불칸에 의해 발각된 비너스와 마르스의 불륜」입니다. 베네치아 화가지요. 본래 이름이 야코포 로부스티인데, 디자인 화가이며 속필로 유명해요. 이 그림에도 그런 그의 기법이 발휘되었지요. 마치 퀴즈를 만들 듯, 그림 속에 이야기를 숨겼어요. 저기 위쪽에 동그란 거울이 보이지요? 아내의 불륜을 의심하고 들이닥쳐서 벌거벗은 아내가 덮고 있던 시트를 걷어내는 남자의 뒷모습이 비치는."

나는 그림을 올려다보며 거울을 찾았다. 원장이 '남자의 뒷모습이 비치는'이라는 말을 하지 않았으면 그게 거울인 줄 몰랐을 것이다. 앞모습을 봤을 때는 몰랐는데, 거울에 비친 그 남자의 뒷모습이 불쌍해 보였다. 고달픈 일에 지쳤을 어깨가 축 늘어져 있다. 남자는 죽어라 돈 벌러 다니는데, 아내는 안방에서 외간남자와 그 짓을 하고 있다. 현장을 발견한 남자의 기분을 거울 속에 비친 뒷모습으로 그렸다. 본인은 그 거울을 보지 않는 한 자신의 뒷모습을 볼 수가 없다. 그래서 그 남자가 더 불쌍해 보인다.

"그 아래 다른 침대 밑에 숨어서 밖을 살피는 이 남자,

막 남의 여자와 그 짓을 하다가 황급히 몸을 숨긴 마르스입니다."

원장이 손가락으로 가리키는 곳에 투구 같은 것을 머리에 쓴 남자가 고개를 비죽 내밀고 밖을 살피고 있다.

"워낙 유명한 그림이라 인터넷에서 볼 수 있어요. 나중에 시간 나면 한번 살펴보세요. 어쩌면 김 교수도……집에 이 그림을 걸어놓아야 할지 몰라요, 허허허……."

"사진 한 장 찍어도 될까요?"

"그럼요. 김 교수도 필요할 걸……."

나는 핸드폰으로 그림을 사진 찍었다. 아까부터 원장이 하는 말이 자꾸 마음에 걸렸다. 아까는 "김 교수도…… 집에 이 그림을 걸어놓아야 할지 몰라요"라고 하더니, 이번에는 "김 교수도 필요할 걸……"한다. 무슨 뜻인가. 물어볼 수도 없어 계속 찜찜한 기분이었다.

나는 그날 인터넷을 뒤져 그림을 찾았다. 독일 뮌헨의 알테피나코테크(Alte Pinakothek) 미술관에 있는 틴티레토의 「불칸에 의해 발각된 비너스와 마르스의 불륜」이다. 원장실에서 본 그 그림과 똑같다. 미美의 여신 비너스가 남편인 대장장이 신 불칸 몰래 군신軍神 마르스와 안방 침대에서 불륜을 저지르고 있는 그림이다. 태양신으로부터 이 사실을 전해 듣고 불칸이 불시에 들이닥쳐서 아내의 불륜 현장을 살핀다. 신화의 한 장면이긴 하지만 좀 야한 묘사다. 비너스는 실오라기 하나 걸치지 않은 채 침대에 누워있고, 불칸이 시트를 걷어내며 불륜 흔적을 찾는다. 불륜남 마르스는 침대 밑에 몸을 숨겼고, 불륜을 부추긴 아기 천사가 곁에서 그 광경을 지켜본다.

원장이 내게 "김 교수도…… 집에 이 그림을 걸어놓아야 할지 몰라요" "김 교수도 필요할 걸……" 하던 말이 다시 떠올랐다. 왜 그런 말을 내게 했을까. 그때, 얼굴이 붉어질 정도로 분노가 머리끝까지 올라왔다. 그 말뜻을 나는 그제야 알았다. 나를 더 분노하게 한 건 그 생각 끝에 한 엉뚱한 상상이다. 오늘은 아내가 종일 뭘 했을까. 누굴 만났을까. 속을 끓이던 그 젊은 날이 그림 위에 겹쳐졌다. 까마득히 잊고 있던 '그 생각'을 다시 끄집어내게 한 데 대한 분노였다.

그림에 자꾸 눈길이 가자, 오달춘이 묻는다. 원장이 그랬던 것처럼, 그도 자구 하나 안 틀리고 똑같이 말했다. 그때 어디에서 그 모습을 지켜보고 있었던 사람 같다.

"그림 어때요?"

"예?"

생각지도 않은 질문에 나는 당황스러워했다. 같은 상황인데 당시 원장이 물었을 때와는 다르게 얼굴이 화끈거리고, 입이 바싹 말라 들었다. 그렇게 머뭇거리는데, 그가 대답을 기다리지 않고 또 묻는다.

"좀 야하지요?"

"아, 네. 좀……."

"원래 이곳이 원장실이었잖아요. 원장님이 걸어놓은 그림이라 떼지도 못하고 그냥 둔 겁니다. 부적이라서요."

"부적이라니요? 명화…… 같아 보이는데."

그가 '부적'이라고 하는 말에 나도 모르게 울컥 분노가 치받아 올랐다. 나에게 던지는 분노이기도 했다. 그래서 나는 원장에게 그 그림에 관해 이미 설명 들었다는 말을 하지 않았다.

"명화라…… 맞아요, 명화. 틴티레토의 「불칸에 의해 발각된 비너스와 마, 마……, 잠깐만."

그는 급히 서랍을 열고 메모를 들여다보고 나서야 말을 잇는다.

"맞네요. 「불칸에 의해 발각된 비너스와 마르스의 불

륜」이라는 명화입니다. 이름이 이렇게 긴 제목은 첨 봤습니다. 원장님께서 독일 뮌헨에 여행 가셨다가 알……뭐라나 하는 미술관에서 저 그림을 본 모양입니다. 도록을 사 와서는 국내 유명 화가에게 거금을 주고 복제했어요.”

“그런데 왜 저게 부적이지요?”

“원장님하고 친하시지요?”

“네, 일 때문에…… 몇 번 뵀습니다.”

“의처증이 있었어요.”

“네에?”

“심해요. 정신병 수준 정도.”

나는 빨리 일을 끝내고 싶었다. 내 감이 틀리지 않는다면 오늘 강의는 없다. 여기에서 이러고 있을 게 아니라, 얼른 다른 학원으로 가 자리를 알아봐야 한다. 여기서 이러다가 다른 사람에게 자리를 뺏길 수도 있다. 오달춘은 남의 속도 모르고 별 관심도 없는 이야기를 계속했다. 얼마나 더 길게 할지 몰라 나는 엉덩이를 한 번 들었다가 앉았다.

“세상일이 참 우스워요. 글쎄, 나하고 사모님이 쿵짝했다고 의심했어요. 설마 쿵짝이 뭔지 모르는 건 아니지

요? 연애 말입니다. 둘이 연애한 줄 의심했어요. 저 그림
을 부적으로 걸어놓을 정도로 심각했지요. 사모님과 나
를 같이 불러 세워놓고 저 그림 설명을 여러 차례 하기도
했으니까요. 참다못한 사모님이 이혼 소송을 하고, 이제
이 학원은 다시 사모님 소유가 되었습니다. 내가 여기,
이렇게 앉아 있고,"

"그런 일이 있었어요?"

"나도 이 그림이 찜찜해요, 모르잖아요. 그 망령에 휘
말려 나도 의처증이 생길지."

"설마요."

"그런데 이게 양날의 검입니다. 이 그림 때문에 내가
이 방 주인이 되었잖아요. 내겐 행운의 그림이라 못 떼는
거죠."

갑자기 내 감이 또 발동을 건다. 오동춘이 원장 부인
과 불륜을 저지른 게 맞을 거라는 생각이 들었다. 유들유
들하게 말하는 그의 표정에서 자신만만함이 묻어나왔다.
공짜로 그 자리에 앉은 게 아니라는 증거다. 그냥 승진한
거라면 당연히 집기를 바꿨을 것이다. 원장이 사용하던
집기를 그대로 둔 채 그 자리에 앉은 것은, 원장이 가졌
던 모든 걸, 그의 아내까지 가졌다는 과시다.

그날 장장 한 시간에 걸쳐 오달춘의 이야기를 들은 공로로 나는 두 시간짜리 강의 하나를 얻었다. 마지막 타임이긴 하지만, 그 그림이 내게도 행운을 준 부적이었던 셈이다.

이제 버스 승객은 나 혼자 남았다. 다음 정거장에서 나도 내린다. '그 생각'이 또 떠오른다. 오늘은 아내가 종일 뭘 했을까. 누굴 만났을까. 이제 50대 중반이 된 아내는 아직 나보다는 건강하다. 그러고 보니 아내와 잠자리를 함께 한 일이 언제였는지도 가물가물하다. 귀가해서 씻고 나면 자정을 훌쩍 넘긴다. 각방을 사용한 지도 오래되었다. 내 방은 서재다. 서재 바닥에 매트리스를 깔고 혼자 잔다. 늦은 시각에 귀가하면 안방에서 잠들어 있는 아내를 깨우지 않으려고 나는 소리를 죽여 조심스레 씻고 서재로 들어간다. 그러고는 아침 9시에 출근한다. 아침은 거의 거르기 때문에 출근하기 직전에야 알람이 나를 깨운다. 나는 붙박이 직장을 가져본 적이 없지만, 일을 찾으러 집 나서는 일을 꼭 출근이라고 말한다. 아내도 나를 부를 때는 꼬박꼬박 김 교수라고 한다. 적어도 우리 집에서만은 난 아직도 '교수'다. 그래봤자 아내와 얼굴

마주하고 대화할 수 있는 시간은 겨우 일요일 뿐이다. 한 달에 한두 번 정도 학원이 쉴 때다. 그것도 학원에서 보강이 있다고 부르면 득달같이 달려가야 한다. 요즘은 주말이나 일요일에도 강의하는 학원이 많아져서 아내 얼굴을 보는 시간이 점점 더 줄어들고 있다.

라일락 꽃향기에 취해 눈을 지그시 감고 서 있는 여인이 있다. 라일락은 아내와 처음 만났던 지방 대학교 도서관 현관 옆에 있다. 당시에는 꽃이 필 때가 아니어서 "꽃 피면 우리 여기서 기념사진 찍자"라면서 즐거워했던 기억이 떠오른다. 라일락과 여인의 모습이 마치 멋진 풍경 사진 같다고 생각하는 그때 여인이 고개를 돌렸다. 아내였다.

"아니, 저 사람이?"

서울 집에 있어야 할 아내가 여기 왜 왔을까? 한 번도 이런 일이 없었다. 내가 아내에게 '뭐 해'하고 문자를 보내는 일은 있어도 아내가 나를 의심해서 먼저 문자를 보내는 일은 한 번도 없었다. 그런데 이곳까지 아내가 내려왔다. 아무래도 어제 그 일 때문인 듯하다. 어제 아내에게 문자를 보냈다. 무슨 배짱에서인지 평소와 달리 갈 데까지 가버렸다.

　―뭐해?

　―뭣하긴, 자기 생각하지. 그것 말고 내가 하는 일 뭐 있어.

　그렇게 몇 차례 문자를 보내면 아내는 마지막 쐐기를 박는다.

　―화상 통화할래?

　이전 같으면 얼른 문자를 중지한다. 여기에서 더 나가면, '진짜 나 연애해 봐?' 하는 문자가 날아온다. 그런데 이날 나는 간이 부었던지, 아니면 아내와의 결혼생활을 끝낼 각오를 했는지 한 발 더 나갔다.

　―그래 하자.

　―진짜야?

　―응

　―참 웃기네. 진짜로 나 연애해 봐?

　―지금 누구랑 있는데?

　―미쳤구나.

　―화상 전화하자.

　내가 화상 전화로 전환하자마자 전화가 뚝 끊긴다. 문자를 보내도 답이 없다. 나는 다시 전화를 걸었다. '지금은 전화를 받을 수 없습니다.' 전자 안내음을 끝으로 뚜뚜뚜 하고 끊겨 버렸다. 나는 현기증이 핑 돌았다. 피가 거꾸로 솟는다는 게 이런 거구나 하면서 계속 통화를 시도했다. 아내는 계속 전화를 받지 않는다.

내 머릿속으로 들어온 학원 원장실에 걸려있는 틴티레토의 「불칸에 의해 발각된 비너스와 마르스의 불륜」이 뻥튀기하듯 점점 크게 부풀어 올랐다. 남편 대신 기획실장을 그 자리에 앉힌 원장 부인의 얼굴도 떠오른다. 두 사람이 정말 불륜을 저질렀다. 침대 위에서 알몸으로 뒹구는 두 사람의 그림도 떠오른다. 시간 강사 40년이면 반무당이 된다. 내가 보기엔 두 사람이 틀림없이 바람을 피웠다. 꼬리가 길면 밟힌다는 말처럼, 누군가가 원장에게 그 사실을 알렸다. 비너스와 마르스의 불륜을 태양신이 불칸에게 알려준 것처럼. 불륜 사실을 안 학원 원장의 심정이 어땠을까. 아마 심장은 터지기 일보 직전이었을 것이다. 아내의 불륜 현장을 잡기 위해 노력했겠지만, 군신 마르스처럼 기획실장의 머리가 더 좋아서 잡지 못했을 것이다. 얼마나 혼자 속을 끓였으면 틴티레토의 「불칸에 의해 발각된 비너스와 마르스의 불륜」을 부적처럼 걸어 놓고 두 사람을 불러 겁을 주었을까. 원장은 주술사처럼 두 사람을 향해 주문을 외었을 것이다. 태양의 뜨거운 불이 너희를 녹일 것이다. 그러나 신은 없었다. 그 주문에 오히려 자신이 녹아버렸다.

나는 다시 아내에게 전화를 걸었다. 이번에는 전원이 꺼져 있단다. 확실하다. 어떤 놈이 내가 없는 내 집에서 기획실장 오달춘처럼 아내와 누워있는 게 틀림없다.

그날 나는 마지막 강의 하나를 포기하고 서울행 버스를 탔다. 터미널에 도착해서도 시내버스로 느긋하게 갈 수가 없어 택시를 탔다. 허겁지겁 집에 도착하니 아내는 이웃 아주머니들과 같이 김장을 하고 있었다.

"어, 당신 왜 왔어? 오늘 오후 강의 있댔잖아?"

"응, 취소됐어."

나는 얼굴이 붉어지는 것을 감추려고 얼른 내 서재로 들어왔다. 강의도 날리고, 비싼 택시비도 아까웠다. 내가 지금 무슨 짓을 한 거야. 그때였다. 김장하던 아내가 서재로 달려와 양푼에 담긴 김장 양념을 내 머리에 쏟아붓는 게 아닌가. 뒤따라 동네 아주머니들도 한꺼번에 달려와 김장을 내게 던지는 것이었다.

"손님! 다 왔어요. 여기 종점입니다. 내리세요!"

눈을 떴다. 버스 운전기사가 나를 내려다보고 있다.
정신을 차리고 두리번거리며 살폈다. 내 서재가 아니다.
지난번처럼 버스가 종점에 도착해 있었다.

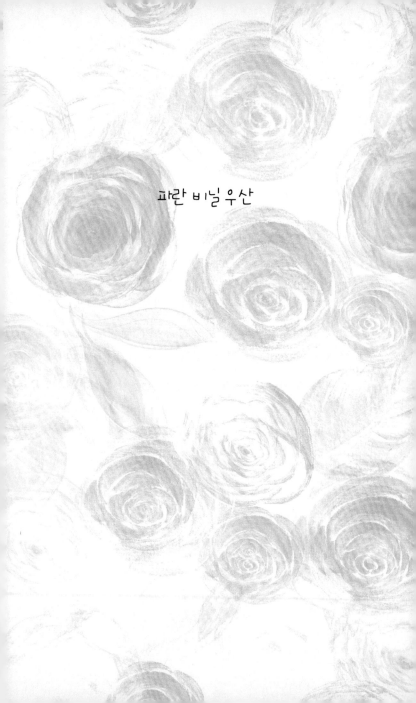

파란 비닐 우산

아침부터 날씨가 우중충하더니 비까지 추적추적 내린다. 이상하게도 기분이 좋지 않은 날엔 날씨도 한 몫을 보탠다. 올 여름은 유난히 더웠다. 폭염에 휘둘리느라 가을이 언제 지나갔는지도 모르는 사이에 지나갔고, 벌써 아침저녁으로는 초겨울 추위가 느껴진다. 이런 날씨에 비까지 내리니 마음이 더욱 스산하다.

가족들이 모두 나간 빈 집이 오늘 따라 유난히 넓고 썰렁해 보인다. 질척거리는 빗소리가 음산한 기운까지 몰고와 을씨년스럽기 그지없다. 이 집 식구로 들어와 산 지 30년이 넘었는데 오늘처럼 이렇게 낯설어 보인 적은 없었다. 마음 따라 몸이 반응하는 건가, 따뜻한 커피라도 마시면 기분이 좀 나아질까 싶어 커피를 내리다 말고 어깨가 시려 겨울에 입는 카디건을 꺼내 걸쳤다.

커피를 한 모금 마신다. 익숙한 커피 향으로도 기분이 별로 나아지지 않는다. 오히려 혼자 이렇게 식탁에 앉아 커피를 마시는 내 모습이 더 청승맞아 보인다. 나는 애써 내린 커피를 싱크대에 쏟아 버리고 외출 준비를 했다. 늘 그래 왔으면서 이런 우중충한 날씨에 집에서 혼자 커피를 마시는 내 모습이 오늘은 싫다.

평상복에 카디건을 걸친 채로 나섰다는 사실을 현관에 있는 거울 앞에서 발견하고 다시 들어가 코트를 찾아 입었다. 감색 코트 하나로 겉모습이 확연히 달라졌다. 여자 마음이 비오는 날씨처럼 변덕스럽다는 생각을 하며 혼자 씩 웃는다.

현관문을 나서다 말고 이번에는 신발장 옆에 세워둔 파란 비닐우산을 바라보았다. 마치 처음 보는 물건인 것처럼 낯설다.

'저게 언제부터 저기 있었지?'

그제야 생각난다. 지난여름이다. 저녁 찬거리를 준비하느라 마트에 나갔는데, 갑자기 소나기가 퍼부었다. 집에서 나올 때는 날씨가 멀쩡해서 우산을 챙기지 않았다.

여름에는 외출할 때 꼭 3단 우산을 하나 챙겨들고 나서는데 하필 우산을 챙기지 않은 날에 비가 내린다. 집 앞에 있는 마트라 웬만하면 집까지 뛰어가도 되지만 비가 워낙 세차게 내려 나설 엄두를 내지 못했다. 그냥 나갔다가는 고스란히 온몸을 적실 것 같아 장바구니를 들고 마트에서 비가 잦아들기를 기다렸다. 그런데 내리는 조짐을 보아 쉬 끝날 비 같지 않다. 조바심이 났다. 제때 식사를 차리지 않으면 시어머니에게 또 한 잔소리를 듣는다. 잠시 망설이다가 5천 원을 주고 마트에 있는 비닐우산을 하나 샀다. 5천 원이면 콩나물 3봉지를 살 수 있다. 한 번 쓰고 버릴 거라 생각하니 아깝긴 하지만 그래도 시어머니에게 잔소리 듣는 것에 비하면 아깝지 않다.

요즘 들어 시어머니로부터 부쩍 심하게 잔소리를 자주 듣는다. 집안일이며 가족끼리 의사소통에서 평소와 달라진 것도 없는데 왜 시어머니의 태도가 달라졌는지, 나는 아무리 생각해 봐도 그 이유를 알 수가 없다. 시집와서 30여 년 동안 홀시어머니 모시고 아이를 낳아 키우며 아무 문제없이 잘 지냈다. 시어머니도 이웃이나 친척들에게 '예쁜 며느리'라며 입이 닳게 자랑하고는 했었다.

그런 시어머니가 왜 갑자기 마음이 달라진 걸까. 혹시 치매기가 있는 건 아닌가? 시어머니는 아직 60대 중반이다. 요즘에는 60대는 노인 축에도 못 낀다는데, 너무 갑작스럽게 태도가 변해 그런 생각까지 다 했다. 시어머니 잔소리에 신경이 쓰여서 그런 생각을 했지만, 잔소리가 늘어난 것 외에는 시어머니의 행동이 바뀐 건 없다. 매일 오전이면 동네 주민센터로 가서 서예 수업하는 일도 빠뜨리지 않는다.

결혼할 때 친구들이 그랬다. 홀시어머니라 시집살이를 좀 드세게 해야 할 것 같다고. 시어머니는 20대 중반에 남편을 여의고 두 아들을 홀로 키웠다. 아무래도 아들에 대한 집착이 남다를 거라는 것이다. 더구나 맏며느리로 시집을 가니 나보다 주변에서 더 걱정을 했다. 당시 시댁에는 남편보다 미리 결혼한 동생내외가 함께 살고 있었다. 동서가 시어머니와 총각 시아주버니를 수발했던 것이다. 내가 결혼함과 동시에 시동생 가족은 분가를 했고, 그 자리에 내가 들어와 시어머니를 모시며 지금까지 살고 있다. 신혼기에 맞은 시집살이였지만 나는 크게 힘들다는 생각을 해보지 못했다. 결혼 전에 주변에서 워낙 겁을 많이 주어서 그런지 정작 들어와서 살아보니 시집

살이가 생각보다 그렇게 힘든 건 아니었다. 또한 친정아버지가 엄격하여서 오히려 친정집에 살 때보다 더 편하고 즐거웠다. 그렇게 편하게 대해 주던 시어머니의 태도가 왜 갑자기 바뀌었을까. 내가 뭘 잘못한 건가, 아무리 생각해 보아도 마땅히 그럴 만한 일이 떠오르지 않는다. 집안일이래야 다람쥐 쳇바퀴 돌 듯 늘 같은 일 반복이다. 무슨 변화가 있는 것도 아니다.

곰곰 생각하던 나는 아무래도 지난번에 동서가 다녀간 일이 마음에 걸렸다. 그 뒤로부터 시어머니의 잔소리가 부쩍 심해졌다. 지금 시동생 내외는 옮긴 직장을 따라 지방에서 살고 있다. 며칠 전에 동서가 방문했다.

그 날, 동서와 함께 거실에서 커피를 마시는데 방에서 나온 시어머니가 나를 향해 언성을 높이며 생뚱맞게 "넌 사람이 왜 그러냐?" 하고 다그쳤다. 손아래 동서 앞에서 야단맞는 터라 영문을 살피기 전에 창피한 기분이 앞섰다. 나는 동서와 시어머니를 번갈아 바라보며 잠시 당황스러워하다가 감정을 가라앉히고 조심스럽게 물었다.

"무슨 말씀이세요, 어머님?"

"오늘 아침에 시어미가 나가는데 넌 내다보지도 않았

잖아. 둘째는 주민센터까지 날 데려다주고 갔는데 넌 집 안에서 내다보지도 않더구나."

옆에 있던 동서가 민망했던지 한 마디 한다.

"일하던 중이라서 그랬겠죠. 형님 대신에 제가 모셔다 드리고 왔잖아요, 어머니."

신경이 예민해져서 그런지 나는 동서가 하는 그 말도 마음에 걸렸다. 시어머니가 "넌 사람이 왜 그러냐?" 하고 말하는 순간 나는 이미 신경이 꼬일 대로 꼬여 버렸다. 해서 두 사람이 하는 말이 정상적으로 정리되어 들리지 않고, 꽈배기처럼 꼬여서 신경 그물 선에 모조리 걸린다. 어쩌면 동서가 도착한 순간부터 이미 내 마음이 틀어졌 는지도 모른다.

지방에 살고 있는 동서네는 가족들이 함께 모이는 명 절 외에 일 년에 두어 차례 집에 온다. 두 내외가 함께 오 거나 시동생이 바쁘면 지금처럼 동서 혼자 오기도 한다. 그렇게 와서 하루 이틀 묵고 떠나는데, 그럴 때면 으레 선물 꾸러미를 들고 오고 시어머니에게 용돈도 두둑하게 내놓는다. 그래서인지 시어머니 역시 동서가 방문하면 큰손님 대하듯 반갑게 맞고, 묵고 있는 동안 살갑게 대해 준다. 이때는 같은 며느리이지만 평소 집안일을 하는 큰

며느리는 안중에도 없다. 동서도 시댁에 오면 마치 자기 친정에 온 것처럼 편하게 행동하며, 주방에는 여태 한 번 들어온 적이 없다. 마치 나와는 시누이올케 사이처럼 지내는 것이다. 나는 동서의 이런 태도가 마음에 들지 않았다. 하지만 시어머니가 지나칠 정도로 동서를 살갑게 대하는 터라 대놓고 뭐라고 하지 못했다. 언젠가 한 번 동서에게 주방 일을 도와달라고 했다가 시어머니에게 혼이 난 이후부터는 동서에게 그런 부탁조차 않는다. 모처럼 다니러 온 사람에게 일 시켰다고 핀잔을 받았다. 그래서 나는 시동생 내외가 방문하면 도착하는 순간부터 떠나는 날까지 마음이 편치 않았다.

그런 터에 오늘은 시어머니가 평소와 달리 나를 가정 도우미 대하듯 해서 몹시 신경이 쓰였다. 주방일이 잔뜩 밀려 정리하던 중에 주민센터로 가는 시어머니를 배웅하지 못했다. 평소 같으면 주방 일을 뒤로 미루고 시어머니를 버스 정류장까지 배웅하고 와서 설거지를 마저 했지만, 오늘은 동서에게 그 일을 맡기고 편하게 집안일을 처리했다. 겉으로는 주방 일 핑계를 댔지만 사실 조금은 의도적인 마음이 없었던 건 아니다. 시어머니가 이걸 눈치챘는지 그 일을 꼬집은 것이다. 그런데 '때리는 시어머니보다 말리는 시누이가 더 밉다'는 속담처럼, 곁에서 말을 거드는 동서가 더 얄밉다. 시어머니가 그런 말을 하면 "서로 일을 나누어하기로 했다"고 말하면 될 것을, 마치 처음 그런 일을 알았다는 듯이 "일하던 중이라서 그랬겠죠. 형님 대신에 제가 모셔다드리고 왔잖아요"라고 말할 게 뭔가. 내 행동이 잘못되었고 그걸 자기가 잘 처리했다고 하는 말과 뭐가 다른가. 마치 자기가 미리 알아서 일을 잘 처리한 것처럼 생색을 낸 것이다.

나는 곱지 않은 시선으로 동서를 한 번 쳐다보았다. 이런 기분을 아는지 모르는지 동서는 천연덕스럽게 씩 웃는다. 그 웃음, 무슨 뜻일까. 나는 동서의 그 웃음조차 곱게 보이지 않는다.

그래도 여기까지는 잘 참았다. 그날따라 남편조차 나의 신경을 날카롭게 만들었다. 퇴근한 남편에게 하소연했다. 이렇게라도 말해야 속에 맺힌 응어리가 좀 풀어질 것 같았다.

"도대체 난 이 집에서 뭐야?"

"그게 무슨 말이야?"

"내가 가정 도우미 수준밖에 안 돼? 차라리 그러면 월급이라도 내놓던가. 돈 모으는 재미로라도 즐겁게 일하게."

"당신 오늘 참 이상하네."

나는 낮에 있었던 일을 가감 없이 그대로 남편에게 말했다. 이야기를 다 듣고 난 남편의 태도가 내 신경을 더 엉망으로 꼬이게 했다.

"여태 잘 해오던 일을 왜 그렇게 삐딱하게 생각해. 제수씨는 손님이니 어머니가 그렇게 한 것이지. 당신이 미리 좀 내다보지 그랬어. 평소에는 안 그랬잖아."

"손님? 동서가 이 집 손님이야?"

"아니, 모처럼 다니러 왔으니 그렇다는 거지. 당신 왜 그렇게 예민하게 반응해."

"다 같은 며느리인데, 삼백육십오일 수발드는 며느리는 머슴이고, 어쩌다 한번 방문해서 용돈 주며 아양 떠는 며느리는 손님 대접한다? 당신 입에서 어떻게 그런 말이 나와?"

"당신답지 않게 왜 그렇게 예민하게 반응해. 시어머니에게 용돈 주며 살갑게 대하는 사람에게 아양 떤다니. 어떻게 그런 말이 다 나와?"

목소리를 높이는 남편의 그 말을 듣자 갑자기 속이 뒤집어졌다. 내 속에도 이런 성격이 똬리를 틀고 숨어 있는 줄 처음 알았다. 갑자기 토악질이 나서 화장실로 뛰어갔다. 한바탕 구역질을 하고 나니 현기증이 핑 돈다. 그제야 남편이 놀라서 화장실로 달려와 내 등을 두드리며 수선을 떨었다.

"이게 무슨 일이야. 병원에 가 보자."

남편은 등을 두드리며 아까와는 달리 걱정스런 표정으로 목소리를 낮추어 말했다. 나는 그런 남편을 매몰차게 밀치고 방으로 들어와 문을 잠가 버렸다.

"이 사람 왜 이래. 어서 문 열어."

남편이 문을 세차게 두드렸지만 나는 방 한쪽 구석에 웅크리고 앉아서 뒤집혀지는 속을 움켜잡고 있었다. 나도 모르게 눈물이 주르륵 흘러내린다. 갑자기 외톨이가 된 기분이다.

한바탕 그러고 나니 갑자기 마음이 또 바뀐다. 내가 왜 이러지 하는 생각에 그렇게 부산을 떤 내가 낯설어 보였다. 창피하기도 하고 밖에서 발을 구르고 있는 남편에게 미안하기도 하다. 조곤조곤 설명하며 이해를 구해도 될 일을 이렇게 서로 속을 뒤집어 놓았다. 남편 말대로 너무 예민하게 반응한 건 아닌가 하는 생각이 들기도 한다. 그런 생각을 하다가 말고 다시 가라앉던 속이 끓어오른다. 이렇게 상황을 만든 시어머니가 미웠고, 그런 시어머니와 동서를 두둔하는 남편이 다시 얄미워졌다. 나도 나를 다스릴 수 없을 만큼 신경이 오르락내리락 곤두박질친다. 그러다 또다시 남편 말처럼 요즘 내 신경이 예민해진 건 아닌가 하는 생각도 해본다. 흔히 말하는 그 갱년기가 온 건 아닌가. 그 생각을 하자 망가져 가는 내 자신이 더 서글퍼졌다.

자존심 상하게 내가 잠근 문을 내 손으로 열었다. 더 시끄러우면 시어머니가 알게 되고, 그러면 일이 더 나쁜 방향으로 흐르기 때문이다.

동생이 형보다 먼저 결혼했다. 동서가 먼저 이 집에 들어와서 내가 결혼하여 합류할 때까지 시어머니와 결혼하지 않은 시아주버니를 수발하며 살았다. 가장 대하기 어려운 상대가 '시아주버니'라고 말하는데, 동서는 시어머니 외에 그 시아주버니와 함께 산 기간이 2년 정도 된다. 그러다가 내가 결혼하여 들어오면서 시동생네는 분가를 했다. 동서가 손님처럼 시댁을 드나드는 건 그 때문인지도 모른다. 서열로는 손아래지만 결혼 군번으로 보면 나보다 먼저 이 가문에 들어왔고 시부모와 더 오래 알고 지냈다. 동서가 은근히 그걸 행동으로 보여주는 게 아닌가 싶기도 하다. 남편이 동서에게 관대한 것도 이 기간에 든 정 때문이 아닌가 싶다. 같은 여자라서 그런지, 그렇게 이해하다가도 문득문득 속이 뒤집어진다. 30여 년 동안 이런 분위기에 치이고 치인 게 오늘 그런 반응으로 나타난 건지도 모른다 싶어서 서글펐다. 매일같이 집안에서 수발하며 함께 사는 맏며느리는 하찮게 대하고 어쩌다 다니러 와서 하루 이틀 효도하는 둘째며느리는 살갑게 대하는 시어머니를 보며 "그럼 둘째며느리네 가서 한 번 살아보세요. 며칠을 견디나" 하는 말이 입 안에 맴돌았다.

나는 들고 있던 삼단 우산을 신발장 위에 올려놓고 파란 비닐우산으로 바꿔 들었다. 오늘 따라 이 파란 비닐우산이 참 예뻐 보인다. 오천 원짜리라고 그동안 천대한 게 미안하고 부끄러웠다. 그날 쏟아지는 빗속에 참 요긴하게 잘 쓰고 왔으면서 날이 개니 언제 그랬냐 싶게 신발장 한쪽에 팽개쳐두고 방 안에 고이 모셔둔 삼단 우산만 챙겼던 게 미안했다.

빗발이 그새 그치고 몇 방울 찔끔찔끔 흩뿌린다. 굳이 우산을 펴지 않아도 될 만큼 물방울 튕기듯 떨어져 내린다. 평소 같으면 그냥 나갔을 텐데 파란 비닐우산을 펼쳤다. 세상이 온통 파랗게 변했다. 그 파랑색 위로 눈물처럼 빗방울이 한 방울 두 방울 떨어져 구른다.

밖으로 나왔는데 막상 갈 만한 곳이 떠오르지 않는다. 마치 방향을 잃은 사람처럼 대문 밖에서 잠시 걸음을 멈추고 어디로 갈까 생각했다. 커피를 마시고 싶어 나왔으나 밖에서 커피를 마셔본 지 오래되어 마땅히 갈 만한 곳이 떠오르지 않는다. 잠시 고민하다가 남편과 결혼 전에 자주 갔던 커피숍이 생각나서 택시를 탔다. 커피 한 잔 마시러 택시를 타고 가다니. 나는 갑자기 무슨 혁명을 일으키는 투사 같은 기분이 들었다. 그래도 기분이 썩 나쁘지는 않다. 여태 내가 하고 싶은 대로 한 일이 뭐가 있을까 생각해 보니 딱히 떠오르는 게 없다. 모든 일상이 가족을 위하는 일로 연결되어 있다. 외출이래야 시장이나 마트를 오가는 일, 남편을 위한 일, 시어머니를 위한 일, 아이들을 위한 일이 고작이다. 그렇게 모두 타인을 위해 밖으로 나오거나 물건을 산 기억밖에 없다. 오늘은 내가 마실 커피를 위해 택시를 타고 간다. 좀 엉뚱하고 낯설어 보이는 행동이기는 하지만 기분은 그리 나쁘지 않다.

카페는 옛날 그 자리에 그대로 있었다. 내부 인테리어가 조금 바뀌었으나 구스타프 크림트의 '키스'가 그 자리에 그대로 걸려 있다. 복제품이지만 워낙 유명한 그림이라 촌스럽게 보이지는 않는다. 처음 그 그림을 봤을 때 '키스'라는 제목이 영 어색해 보였다. 제목이 그래서 키스인 줄 알지만 그림만 보면 그 화려한 색채에 키스가 묻혀 무슨 그림인지 얼른 다가오지 않는다. 당시에도 나는 그 그림을 보면서 남편에게 물었다.

"저게 키스 같아 보여?"

"키스는 은밀한 거야. 알 듯 모를 듯, 그렇게 사랑이 감추어져 있어야 좋은 거지."

그 말을 듣고 나는 이 남자와 결혼해도 되겠다는 마음을 먹었다. 그 말이 왠지 모르게 남편을 듬직한 남자로 만들어 주었다. 키스 하나를 그렇게 명료하게 정리할 줄 아는 남자라면 일생을 함께 해도 좋다는 생각을 한 것이다.

한강이 내려다보이는 창가 쪽, '키스'가 정면으로 보이는 그 자리가 비어 있다. 커피를 주문하기 전에 나는 얼른 그 자리를 차지하기 위해 잰 걸음으로 가서 앉기부터 했다. 이곳으로 오길 잘 했다는 생각을 했다. 마치 내가 올 줄 알고 있기라도 한 듯, 적지 않은 손님이 들어차 있는데 유독 그 자리가 비어 있는 걸 예사롭지 않게 해석하고 싶었다. 창밖으로 보이는 풍경도 그때 본 그대로의 모습을 하고 있다. 강 건너편 강남 쪽에 선상 레스토랑이 보이고, 그 뒤로 아파트가 성냥갑처럼 빼곡하게 들어서 있다. 재개발할 때가 된 듯 이젠 우중충한 시멘트 건물이 되었지만 그때 그 모습으로 남아 있다. 당시 남편과 커피를 마시며 속으로 '우리도 저곳에 둥지를 틀 날이 있을까?' 하는 생각을 했다. 그때나 지금이나 달라진 게 없는데 왜 이 풍경들이 나에겐 낯설어 보일까. 나는 백에서 손거울을 꺼내 들여다보았다. 뭐가 달라진 건가, 곰곰이 내 얼굴을 뜯어본다. 그제야 나는 쿡 웃는다. 거울 속에 비친 사람이 그때 그 사람이 아니다. 아이 둘 낳아 기른 중년 여인으로 변해 있다. 그리고 또 있다. 그때와 달리 이젠 강 건너 아파트를 바라보며 '우리도 저곳에 둥지를 틀 날이 있을까?' 하는 유치한 생각을 하지 않는다. 별안간 시간의 무게가 느껴진다.

파란 비닐우산을 문패처럼 테이블 옆에 세워두고 나는 주문대로 가서 커피를 주문했다. 이런 날은 카푸치노가 어울린다. 커피를 주문하는데 종업원이 묻는다.

"머그잔에 드릴까요?"

"아뇨."

머그잔이 싫어서 나는 테이크아웃 컵에 달라고 한다. 환경문제를 생각하면 머그잔에 받아와야 하나 왠지 이 사람 저 사람 입에 댄 머그잔이 싫다. 싫은 이유가 또 있다. 그렇다고 커피 값을 할인해 주는 것도 아닌데 머그잔에 받아들고 오면 뭔가 손해를 보는 것 같다.

갓 내린 카푸치노를 받아들고 자리로 돌아왔을 때 갑자기 요란한 소리를 내면서 유리창에 빗줄기가 들이친다. 강 건너편 풍경도 거센 빗줄기 속에 묻혀 버렸다. 나는 테이블에 얌전하게 서 있는 파란 비닐우산을 돌아보았다. 고급 커피숍에 싸구려 파란 비닐우산. 조합이 안 되는 것 같은데 오늘 따라 유독 그 파란 비닐우산이 멋져 보인다. 창밖에 쏟아지는 빗줄기가 이를 반기듯 마치 환호성을 지르는 것 같다.

카푸치노를 한 입 문다. 커피 향이 밴 우유 거품이 입 안에서 사르르 녹는다. 만난 지 일 년째 되던 날이었을 것이다. 남편을 만나던 그날이 문득 떠오른다. 바로 이 자리에서다. 입가에 묻은 카푸치노 거품을 남편이 손으로 닦아 주었다. 나는 그 생각을 하며 배어나오는 웃음을 닦아 내듯 휴지로 입가를 훔쳤다.

"?"

그때 나는 놀라 들고 있던 커피 잔을 엎지를 뻔했다.
왜 그 생각을 지금에야 떠올렸을까. 두어 달 전이다. 술
에 잔뜩 취한 채 자정이 넘어 들어와 푸념을 늘어놓던 남
편의 모습을 떠올린 것이다. 그날도 오늘처럼 비가 추적
추적 내렸다. 남편은 그날 날밤을 새우며 혼잣말처럼 계
속 푸념을 늘어놓았다. 그날 있은 회사 승진 발표에서 누
락이 되어 그렇게 술을 마시고 들어온 것이다.

"참 웃기는 세상이야. 내가 몇 년을 부장 손발 노릇을
다 했는데, 엉뚱한 놈을 승진시킨 거야! 인간적으로 어떻
게 그럴 수 있어?"

"자정이 넘었어. 어머님 깨시니까 내일 아침에 맑은
정신으로 말해."

"이걸 어떻게 맑은 정신으로 말해. 당신도 내가 우습
게 보이나 보지?"

"우습게 보고 안 보고 할 게재도 아니잖아. 내가 뭘 알
아야지. 지금 당신 말하는 거 처음 듣잖아. 아무튼 낼 이
야기해. 너무 늦었다."

"그럼 당신은 자세요. 난 속이 부글부글해서 잠이 안

와.”

결국 나도 그날 밤 뜬 눈으로 남편의 푸념을 들어야 했다. 눈에서 잠이 떨어지지 않아 짜증을 내느라 처음에는 무슨 말을 하는지 횡설수설하는 남편의 말을 제대로 알아듣지 못했다.

“그때 내가 부장의 가방을 들어줬으면 승진을 했을까?”

“?”

나는 그 말에 정신이 번쩍 들었다. 가방을 들어주다니, 도대체 그게 무슨 말인가.

“가방이 뭐야?”

“부서 회식 날이었는데, 3차로 노래방에 갔거든. 마치고 나와 택시를 잡는데 한 녀석이 부장의 가방을 들고 따라다니는 거야. 우린 그걸 보며 쓸개 빠진 놈이라며 수군댔어. 그때까지 한 번도 부장의 가방을 들어준다는 생각을 한 사람은 없었어. 그런데 욕하면서도 속으로 나는 뭔가 찜찜한 기분이 드는 거야. ‘난 왜 그 생각을 하지 못했을까?’ 이런 생각을 하면서 말이지. 만약에 다음에 그 녀석이 승진을 한다면 그날 그 가방 때문일지도 모른다는 생각까지 했거든. 그런데 말이야. 바로 그 녀석이 이번에

차장으로 승진을 했어. 참 웃기지 않아?"

"왜 그렇게 생각해. 부장 가방 들어줄 수도 있지. 술이 취해 가방을 놓고 나간다든지 하면 들어줄 수 있는 거 아냐? 설마 가방 들어준 거 때문에 승진했을라고."

"당신도 날 우습게 보는군."

"뭘 우습게 본다는 거야. 왜 예민하게 마음 써. 어차피 한 사람만 승진하는 건데, 편하게 생각해. 다음 기회가 또 있잖아."

"그 녀석이 나보다 군번이 늦다니까. 일도 내가 더 많이 하고, 부장 뒤치다꺼리도 내가 더 많이 했는데, 난데없이 왜 그 녀석이 승진하느냐고. 내 속이 꼬이는 건 그것 때문이야, 가방."

아, 이제야 상황이 정리된다. 그날 남편이 했던 말을 나는 이제야 제대로 정리를 한 것이다. 오래 뒤치다꺼리 하며 열심히 일한 직원을 나 몰라라 하고 곁에서 가방을 들어주며 입맛에 맞게 행동한 후순위 직원을 승진시켰다. "오늘 아침에 시어미가 나가는데 넌 내다보지도 않았잖아. 둘째는 주민센터까지 날 데려다주고 갔는데 넌 집 안에서 내다보지도 않더구나." 갑자기 시어머니가 한 이 말이 떠오른다. 삼백육십오일 수발해 주는 며느리의 노고보다 잠깐 다니러 와서 살갑게 구는 둘째며느리 행동에 마음을 빼앗긴 시어머니. 시어머니 가방을 들고 주민센터까지 다녀온 동서의 행동이 오버랩 된다. 남편의 그날 상황과 너무나 닮았다. 아니 똑 같은 상황이다. 그래서 남편은 나에게 "왜 예민하게 그러느냐"고 했고, 나도 그날 남편에게 "왜 예민하게 그러느냐"고 했다.

갑자기 커피 맛이 쓰다. 나는 반쯤 마신 커피 잔을 들고 자리에서 일어났다. 파란 비닐우산을 펼쳐들고 빗속을 걸었다. 걸어가면서 남편에게 전화를 했다.

"나야. 약속 없으면 오늘 점심 같이 할까?"

"왜? 무슨 일 있어?"

"아니, 당신 보고 싶어 그러지. 오늘 혼자 점심 먹기 싫어."

"이상한데? 왜 안 하던 짓을 하고 그러지. 무슨 일 있는 거지?"

"당신도 늙었다. 마누라가 밥 한 번 먹자는 걸 사건으로 여기니. 싫은가 보네."

"지금 어디야?"

"그쪽으로 가는 길."

"그럼 오면 되지 뭐 그렇게 복잡하게 말해."

"당신이 복잡하게 물었잖아. 김새게."

"알았어. 기다릴게."

파란 비닐우산 위로 빗방울이 계속 굴러 떨어진다. 세상이 온통 파랗다. 그 파란 세상 위로 떨어지는 빗방울이 보석같이 반짝인다.

봉숭아꽃물

친정엄마의 마음을 제대로 이해하게 된 건 달포 전이다. 첫아이를 초등학교에 입학시키고 나서야 친정엄마의 마음을 이해하게 되었으니, 불효도 이런 불효가 없다. 내가 '엄마'라고 하지 않고 '친정엄마'라고 부르는 것 또한 그간 엄마와 나와의 거리가 너무 아득하여 쉬 '엄마'라는 말이 입에 붙지 않아서다.

내가 친정엄마와 등을 돌리게 된 건 결혼을 준비하면서부터다. 친정엄마는 나의 결혼을 사생결단으로 반대했다. 이유는 딱 하나다. 사위가 될 사람이 천애고아이고 직업도 변변치 않는다는 거였다. 내가 이 결혼을 고집하는 통에 어머니는 평생 다니던 교회에도 발을 끊었다. 내가 교회에 다니면서 남편을 만났다는 그 이유 하나로 당신이 그토록 섬기던 신까지 버린 것이다. 그러니 자신의 딸자식과 사위를 어떻게 받아들일 수 있겠는가. 나는 친정엄마의 이런 반대를 무릅쓰고 기어이 내가 좋아하는 남자와 결혼했다.

그 해는 유난히 더웠다. 따사로운 봄 햇살을 즐겨야 할 4월 중순부터 섭씨 28도를 오르내렸으니 한여름 폭염은 이미 예고되어 있었다. 나는 평소 유난히 더위를 심하게 탔다. 그래서 여름이 되면 맥을 못 춘다. 나는 교회 봉사단원으로 매달 한 번씩 사회봉사 활동을 나가는데 한 번도 빠진 적이 없다. 그런데 이번에는 전날 회사에서 야근까지 한 터라 몸이 천근만근 늘어져 도저히 아침 일찍 일어날 수 없었다. 거기에다 그날은 최고로 무더울 거라며 폭염주의보까지 내려져 있었다. 눈은 떴지만 침대에 누운 채로 어떻게 할까 고민하며 몸을 뒤척이는데 교회 총무로부터 전화가 왔다.

"안녕하세요, 은희 씨."

"네, 총무님."

"어찌 목소리가 안 좋네. 어디 아파요?"

"아녜요. 막 일어나서 그래요. 오늘 봉사 나가는 날이죠?"

"네, 그래서 점검 중이에요. 나올 거죠?"

"그럼요. 나가야죠. 준비해서 나갈게요."

"그럼 이따 봐요."

마음과 달리 나는 딱 부러지게 못 간다고 말하지 못하고 기다리고 있었다는 듯이 봉사단 총무의 목소리를 듣자마자 끌리듯 간다고 말해 버렸다. 몸은 피곤했지만 나는 그렇게 누군가 나를 잡아주기를 간절히 기다리고 있었는지 모른다. 그즈음 나는 몸과 마음이 많이 다운되어 있었다. 나는 내성적인 성격 탓인지 학교 다닐 때부터 친구가 별로 많지 않았다. 그나마 몇 안 되는 친구들도 하나둘 결혼하고 나니 점점 외톨이가 된 듯한 기분이었다. 결혼 전에는 서로 친구가 제일이라고 말했던 사람들이 결혼하고 나자 언제 그랬었냐는 듯 제 가족이 첫 번째고 친구는 그다음이다. 그래서 자연히 친구들도 자주 만나지 않게 되었다. 한 살씩 늘어나는 나이 탓인지 하는 일이 달라진 것도 아닌데 회사 일도 해를 거듭할수록 점점 힘에 부대껴 쉬 지쳤다. 어머니와도 데면데면 지내는 터라 그렇게 피로에 절어 집에 들어와도 별로 위안받을 처지가 못 되었다.

    교회 봉사단원들은 용인에 있는 한 보육원으로 갔다. 그날 그곳에서 지금의 남편을 만났다. 봉사 활동을 하다가 잠시 쉬고 있을 때였다. 툇마루 한쪽에서 한 남자가 아이들의 손톱에 봉숭아꽃물을 들여 주고 있는 모습을 보았다. 여자들이 하는 일을 성인 남자가 하고 있어서 우선 낯설었고, 어릴 적에 봉숭아꽃물을 들였던 기억이 떠올라 가슴 설레기도 하여 한참 동안 훔쳐보고 있었다. 봉숭아꽃물 들이는 솜씨가 예사롭지 않았다. 중학교 다닐 때 한 번 들여 봤는데 보기보다 쉬운 일이 아니었다. 손톱 위에 정확하게 올려놓고 랩으로 감은 뒤 실로 다시 묶는데, 그걸 얌전하게 붙이지 못해서 몇 번이나 떨어뜨렸다. 그러느라 손톱뿐만 아니라 손가락 전체가 지저분하게 물들어 며칠 동안은 미운 모습으로 있어야 했다. 그런데 남자는 으깬 봉숭아 꽃잎을 아이들의 작은 손톱에 딱 알맞게 올려놓고 비닐로 감싸고 실로 묶는 행동이 마치 무슨 기계 같다. 한 치 실수도 없이 척척 해내고 있었다. 보육원 아이들이 줄지어 기다리는데도 금세 뚝딱 해치우는 것이다. 또 놀라운 것은 내가 봉숭아꽃물 들일 때는 문방구에서 가루를 사와 간단히 하는 거였지만, 남자는 진짜 봉숭아꽃과 잎을 으깨어 만든 것이었다. 그렇게 하면 어떤 색깔이 나올까 궁금해서 나는 남자에게 다가 갔다.

나는 남자를 방해하기 싫어 조용히 옆으로 다가가 지켜보았다. 봉숭아꽃물을 들여 봐서 알지만, 자칫 흐트러지면 망치기 때문에 초집중해야 한다. 나는 인기척을 감추느라 숨소리까지 죽이며 내려다보는데 남자가 먼저 알아차리고 돌아봤다.

"어머, 죄송해요. 방해해서……."

"천사님이 오셨네요."

"감사해요, 그 칭찬. 봉숭아꽃물 들이는 솜씨가 훌륭하세요. 신기하네요."

"허튼일도 몇 번 하다 보니 늘더군요."

"아이들이 기다리네요. 마저 하세요. 방해하지 않을게요."

"네, 이제 세 꼬마 천사님들만 하면 돼요."

말은 그렇게 했지만 한두 번 해 본 솜씨가 아니다. 그리고 아이들에게까지 '꼬마 천사님'이라고 말하는 그의 넉넉한 마음도 전해져 그의 손놀림이 예사롭지 않게 느껴졌다.

"?"

그의 왼손 새끼손가락에 주홍빛 봉숭아꽃물이 들여져 있었다. 남자가 손톱에 봉숭아꽃물을 들였다는 게 신기하고 생소해 보였는데, 보면 볼수록 귀엽고 앙증맞아 나도 모르게 입가에 웃음이 배어 나왔다. 도대체 무슨 일을 하는 남자일까. 나는 이 남자에 대해 갑자기 궁금해졌다. 봉사 활동은 대개 단체로 오게 된다. 혼자 있는 것으로 보아 아마도 이곳에서 일하는 분일지도 모른다는 생각을 했다. 아이들도 낯설어하지 않고 무람없이 대하고 있었다.

마지막 아이까지 봉숭아꽃물을 들여 주고 나서 그는 내 쪽으로 돌아앉았다. 남자는 돌아앉자마자 내게 물었다.

"지난겨울에 한 번 오셨죠?"

"네에? 제가요?"

"저도 떡국 한 그릇 얻어먹었는걸요."

"아, 네. 맞아요. 그때도 여기 계셨어요?"

나는 그제야 지난겨울에 이곳에 봉사활동 나온 걸 기억했다. 매달 이곳저곳을 다니다 보니 이곳에 두 번 왔다는 사실조차 잊어버렸다. 그런데 그가 어떻게 나를 기억하고 있었을까. 교회에서 보통 20여 명 정도가 함께 봉사 나오는데 특별히 나를 기억하고 있다는 게 신기했다. 그러고 있는데 그가 나의 기억을 일깨워 주었다.

"손은 괜찮죠?"

"손? 아, 맞아요. 그때 그분이군요. 정말 감사했어요. 손 이렇게 말짱해요."

아이들에게 떡국 그릇을 들고 가다가 식탁 모서리에 발이 걸려 넘어지는 바람에 뜨거운 떡국을 손에 쏟아 가벼운 화상을 입었다. 그때 한 남자가 재빨리 양동이에 물을 담아와 내손을 잡고 차가운 물에 푹 담가 주었다. 그렇게 하면 덧나지 않는다고 말했는데, 그 남자가 이 사람이었다. 당시에는 놀라기도 했고, 사람들이 우 달려와 야단법석을 하는 바람에 미처 그의 얼굴을 기억하지 못했다. 창피하여 얼른 그 상황에서 벗어나고 싶어서 고맙다는 말도 미처 전하지 못했다. 똑같은 상황인데도 그는 나를 기억하고 있다.

나는 손을 내밀어 보여주며 "덕분에 이렇게 상처 하나 없이 말짱해요. 지금 생각하니 그때 고맙다는 말씀도 드리지 못했네요. 정말 고마웠어요" 하고 그를 기억하지 못한 미안한 마음을 전했다.

"내가 천사님을 어떻게 기억하고 있는지 모르죠?"

나는 내가 또 무슨 실수를 저질렀을까 얼른 생각해 보았다. 도무지 기억이 나지 않는다. 남자가 또 내 기억 하나를 건져 올려 주었다.

"손에 화상을 입고도 상처 걱정은 안 하고 쏟아진 떡국 걱정부터 했어요. 네 명이 먹을 떡국을 버렸다고 걱정하는 걸 보고 정말 천사님이구나 하는 생각을 했어요."

나는 그런 말 한 기억이 전혀 없었다.

"내가 그런 말을 했어요?"

"무의식중에 한 말이라 기억 못 하겠죠. 그래서 천사님이에요. 천사님들은 늘 착한 일만 하기에 착한 일을 하는 줄도 모르잖아요."

"그럼 세상 사람들 모두 천사네요."

" 가끔은 도장 받으러 오는 천사님들도 계셔요."

"도장 받으러 와요?"

"네. 학생들은 숙제하러 오고, 죄를 지은 분들은 법원에 낼 서류를 만들기 위해 오기도 해요."

"그래요? 첨 알았어요. 그런 제도도 있군요."

"그렇게라도 꼬마 천사들을 위해 오시니 고맙죠."

"참, 저기…… 새끼손가락에 봉숭아꽃물 들였네요?"

"이거요?"

그는 봉숭아꽃물이 든 새끼손가락을 들어 보였다.

"직접 한 거예요?"

"네, 내가 먼저 해보고 아이들에게 해줘요. 뭐 안 해도 잘 하는데, 처음에는 아이들이 안 하려고 그래요. 그러다가 이걸 보여주면 너도나도 해달라고 그러죠. 말하자면 미끼?"

"아, 그래서 물들였군요."

"사실 꼭 그런 의미만 아니고…… 울 엄마 생각해서 물들여요."

그는 어릴 때 엄마가 늘 새끼손가락에 봉숭아꽃물을 들여 주었다고 한다. 사내아이라 처음에는 싫다고 도망 다녔는데 자는 사이에 그의 엄마가 몰래 물을 들여놓고는 했다. 창피해서 비누로 아무리 박박 씻어도 지워지지 않아 그는 물든 손톱이 다 자라 봉숭아꽃물이 사라질 때까지 새끼손가락을 구부려 감추고 다녔다고 했다. 그래도 무심결에 손가락을 펼치는 바람에 아이들에게 들켜 놀림을 받고는 했는데, 그럴 때마다 어머니를 미워하고는 했다. 그래서 봉숭아꽃이 피는 여름에는 어머니보다 미리 자지 않으려고 졸린 눈을 부릅뜨고 책을 읽고는 했다. 그 바람에 학교 성적이 늘 일등이었다고 한다. 말하자면 봉숭아꽃물 들이는 걸 피하려다 공부를 열심히 한 결과가 되었다는 것이다. 그래도 늘 어머니에게 져 어느 날 자고 일어나면 새끼손가락이 발갛게 물들어 있곤 했다.

"여름이 되면 내 새끼손가락은 늘 봉숭아꽃물이 들어 있었어요. 어머니는 나보다 늦게 잤기 때문에 내가 이겨낼 자신이 없어, 중학교에 다닐 무렵부터는 아예 미리 어머니에게 물들여 달라고 했어요. 잠이라도 좀 편히 자려는 생각에서였는데, 그 무렵부터는 무슨 이유에선지 그게 싫지 않더군요."

"참 좋은 엄마시네요."

"중학교 2학년 여름이 마지막이었어요."

"엄마가 다 컸다고 안 해주셨어요?"

"아뇨. 어머니가 돌아가셨어요."

"……?"

나는 잠시 말문을 닫았다. 이야기하다 보니 그의 아픈 상처를 건드리고 말았다.

"어머니는 새벽에 나가 폐휴지를 주웠고, 저녁에는 봉

투 붙이는 일을 했어요. 그날 새벽에 손수레를 끌고 나갔다가 교통사고를 당했어요. 전날 저녁 늦게까지 봉투를 붙이고 새벽같이 또 일 나갔는데…… 아마도 잠이 모자라 사고를 당했을 거예요."

그는 잠시 멍하니 허공을 바라보았다. 만감이 교차하는 듯했다.

어머니와 함께 살다 오갈 데 없던 그는 그 뒤 이 보육원에 와서 고등학교를 마칠 때까지 있었다. 규정상 더 머물 수 없어 지금은 보육원에서 나가 공장에서 일한다. 매주 주말이 되면 그는 보육원을 찾아와 아이들과 놀기도 하고, 공부를 가르쳐 주기도 하고, 이렇게 봉숭아꽃물을 들여 주기도 한다. 그에겐 이 보육원이 고향이요 집이고, 보육원 아이들이 형제들인 셈이다.

"어머니가 생각나서 봉숭아꽃물을 들이는 거군요."

"속죄하는 거지요."

"속죄라뇨?"

"어머니는 졸린 잠을 쫓기 위해 내 새끼손가락에 봉숭아꽃물을 들였다는 걸 뒤늦게 알았어요. 저녁 늦게 일하다가 잠이 오려고 하면 자는 내 손가락에 봉숭아꽃물을 들여 주었어요. 내가 그렇게 싫다고 하는데도 사내아이 손가락에 기어이 봉숭아꽃물을 들인 건, 말하자면 어머니에겐 받아온 일을 마무리하기 위한 방책이었던 겁니다."

나는 가슴이 울컥했다. 예쁘고 앙증맞다고만 생각했는데, 그 아름다움 속에 그런 슬픔 사연이 숨어 있을 줄은 몰랐다. 나는 무슨 말을 해야 좋을지 몰라 어색하게 앉아 있다가 불쑥 말했다.

"제 손가락에도 물들여 주세요."

나는 그에게 손을 내밀었다. 내민 손이 가볍게 떨린다. 나는 주먹을 한 번 쥐었다가 다시 폈다. 그래도 여전히 손이 떨렸다. 난생처음 낯선 남자에게 손을 내밀어 본다.

"손이 예쁘네요. 봉숭아꽃물을 들이면 더 예뻐질 거예요."

그는 내 손을 조심스럽게 잡고는 으깬 봉숭아꽃을 손톱 위에 올려놓았다. 남자의 손도 떨리고 있었다. 아까 아이들에게 해줄 때는 마치 기계처럼 정확하게 했는데, 지금은 두 번 세 번 손길이 갔다. 그러다 하나 떨어뜨리기까지 했다. 핀셋으로 주워 다시 조심스럽게 손톱 위에 올려놓으며 그가 말했다.

"어른 손에 물들이는 건 첨이라…… 좀 서투네요."

"여자에게는, 내가 첨이란 뜻이죠?"

남자는 머쓱한 표정으로 웃었다. 속을 들킨 사람처럼 목소리도 떨려 나왔다.

"예쁜 손에 밉게 물들이지 않으려고 조심하니 실수를 하네요."

그럼 모습을 보며 나도 웃었다. '참 착한 사람이다'라는 생각을 했다.

"이게 뭔지 아세요?"

"봉숭아 꽃잎을 으깬 거 아네요?"

"틀렸어요."

나는 여태 봉숭아 꽃잎을 으깨 손톱을 물들이는 줄 알았는데 그가 아니라고 한다.

"꽃이 아니고, 봉숭아꽃 이파리를 으깬 겁니다."

"그래요? 꽃으로 물들이지 않나요?"

"꽃으로 물들이기도 하지만, 잎으로 하면 더 예쁜 색이 나와요. 신기하죠?"

난 처음 알았다. 꽃나무 이파리로도 물들일 수 있다는 게 신기하기까지 했다. 초록색 이파리를 으깨 물들이면 초록색이 되는 건가? 나는 그게 궁금했다.

"그럼 이파리로 물들이면 초록색이 되나요?"

"아뇨. 예쁜 주황색이 됩니다. 꽃으로 물들이면 붉은 빛이 더 도는데, 이파리로 하면 부드러운 주황색을 띠게 돼요."

"정말 신기하네요. 초록 잎에서 그런 색이 나온다니. 그걸 어떻게 아셨죠?"

"우연히 알게 되었어요. 으깬 꽃잎을 다 썼는데 한 아이가 남아 있었어요. 그래서 혹시나 하고 이파리를 으깨 얹어 주었더니 더 고운 색이 나오는 게 아니겠어요. 그때부터 꽃보다 이파리를 으깨 물들여 줘요."

그는 새끼손가락과 약손가락에만 물들였다. 남자는 전체 손가락을 물들이는 것보다 그게 더 예뻐 보인다고 했다.

그러고 보니 나는 어머니에 대한 특별한 추억이 별로 없다. 여느 어머니와 마찬가지로 내겐 그저 평범한 어머니로만 기억될 뿐이다. 사실 나는 어머니와 그리 살가운 사이는 아니다. 우연히 어머니가 친구들과 하는 얘기를 엿들었는데, 나는 이 세상에 태어날 수 없는 운명이었다고 했다. 어머니가 2대 독자인 아버지에게 시집와서 딸을 내리 둘을 낳자 할머니가 어머니를 미워하기 시작했다고 한다. 이런 문제로 아버지와 어머니가 다투는 일이 잦아지고, 그때마다 아버지는 할머니 편에 서서 어머니를 나무라고는 했다. 그러면서부터 아버지의 귀가 시간이 늦어지고 술취해 들어오는 날이 많아졌다. 그러던 중 어머니는 나를 임신했고, 산부인과에서 딸이라는 얘기를 들은 어머니는 며칠을 고민하던 끝에 임신중절수술 하기로 마음먹었다. 병원에 가서 진료신청을 하고 대기실에서 기다리던 중 어머니는 그대로 병원을 나와 버렸다. 옆에 함께 앉아 진료 순서를 기다리던 한 아주머니와 대화를 나누던 중 갑자기 마음이 바뀐 것이다. 그분은 결혼한지 6년이 넘었는데 임신이 안 되어서 실험관아기 시술 상담받으러 온 분이었다. 나는 그렇게 찰나의 순간에 사라질 운명에서 이 세상에 태어나는 행운을 붙잡았다.

그 이야기를 듣고 나는 충격을 받았다. 어떻게 자기 아이를 없앨 생각을 했을까 하는 분노가 솟구쳤다. 어머니가 그 낯선 아주머니를 만나지 않았다면 나는 이 세상에 태어나지 못했을 게 아닌가. 그것도 자기 어머니의 손에 의해 사라질 뻔했다. 말하자면 나는 그렇게 불청객으로 이 세상에 태어났다.

그 이후부터 난 무엇이든 어머니의 말이라면 꼭 반대

하곤 했다. 어머니가 하는 일은 무조건 마음에 들지 않았다. 내가 유난히 좋아하던 소시지 반찬도 어머니가 만들었다는 이유로 젓가락을 대지 않았다. 어머니가 이상하다는 듯 "왜 그 좋아하는 소시지를 안 먹니?" 하고 물었을 때 "그냥……" 하고 시큰둥하게 대답했다. 어머니는 내가 왜 그러는지 그 이유를 알 턱이 없다.

우여곡절 끝에 나는 그와 결혼을 했다. 힘들게 대학까지 시켰더니 그런 남자와 결혼한다며 어머니는 아예 나를 보지도 않으려 했고, 교회에서 가족들만 참석하여 조촐하게 올린 결혼식에도 불참했다. 부모가 모두 참석하지 않으면 어떻게 하느냐며 아버지 혼자서 참석을 했는데 그 바람에 어머니는 아버지와도 한동안 불편하게 지냈다.

당시 남편은 문래동에 있는 조그마한 철공소에서 일하고 있었는데, 그는 그때까지 공장 한쪽에 딸린 직원들 숙직실에서 기거했다. 그러니 부모님 도움 없이 신혼집을 장만하는 일은 처음부터 불가능한 일이었다. 하는 수 없이 내가 회사 상조회와 은행에 대출 신청을 하여 겨우 변두리에 사글셋방 하나를 얻었다. 올해 아이를 초등학교에 입학시키면서 겨우 사글셋방 신세를 면하고 전셋집을 얻었다.

며칠 전이다. 내 이름으로 등기우편물이 하나 우송되었다. 우편물을 받아들고 발신인을 확인하다가 나는 화들짝 놀랐다. 친정엄마가 보낸 것이었다. 나도 연락한 적이 없지만, 지금까지 전화 한 통 없던 친정엄마가 갑자기 왜 우편물을 보냈을까. 그것도 등기로. 나는 손이 떨려서 봉투를 열어볼 엄두를 내지 못했다. 뭣이 들었을까? 갑자기 불길한 생각이 들었다. 가끔 결혼한 언니로부터 친정집 소식은 간간이 듣고 있었다. 얼마 전부터 친정엄마의 건강이 좋지 않다고 했다. 자세한 병명을 물으면 내가 더 괴로울 것 같아서 묻지 않았는데, 혹시 엄마에게 불길한 일이 생긴 건 아닐까 하는 생각에 가슴이 뛰었다. 잠시 숨을 고른 뒤 조심스럽게 봉투를 열었다.

"?"

내 이름으로 된 은행 통장과 내 이름을 새긴 도장이 하나, 그리고 짧게 쓴 편지가 함께 들어 있었다. 통장에는 꽤 큰돈이 예금되어 있었다.

아마도 이게 너에게 쓰는 첫 편지일 것이다. 어쩌면 마지막 편지일지도 모르고…….

어제 너희네 사는 집 앞까지 몇 번 가 보았으나 들어가지 못하고 돌아서 왔다. 며칠 전에는 네가 붕어빵을 굽고 있는 모습을 봤다.

이제 와 네 선택이 옳고 그름을 지금 따지고 싶지 않다. 많은 세월이 흘러서인지 내가 낳고 길렀지만 네 인생은 네가 책임지는 게 옳다는 생각을 이제야 한다. 이런 생각을 좀 더 일찍 했더라면 하는 후회도 했다. 엄마도 너만큼 철이 덜 든 모양이다.

이 돈은 네 결혼식 때 쓰려고 오래 전부터 엄마가 모아 오던 것이다. 어차피 네 몫이니 전해 준다. 잘 살고 못 사는 건 행복의 기준이 아니다는 건 네가 잘 알 것이다. 그래서 네가 선택한 길 아니니. 그래서 나는 네가 행복하게 잘 살 수 있을 거라 믿는다.

추운 날 밖에서 그러지 말고 이걸로 작은 가게라도 하나 얻어라.

엄마는 네가 미워서 그랬던 건 아니다.

읽고 있는 편지지에 눈물 몇 방울이 뚜두둑 하고 떨어

졌다. 결혼한 이후 친정과 담을 쌓고 지내다가 아이를 낳으면서 처음으로 친정엄마 생각을 했다. 두렵고 외로웠다. 갑자기 미운 친정엄마가 미치도록 보고 싶었다. 시가 쪽 식구들도 없어서 출산을 돌봐줄 사람이 없었기에 더욱 친정어머니 생각이 났던 모양이다. 어쩔 수 없이 만삭의 몸을 이끌고 몇 군데 산후조리원을 알아본 뒤 비교적 저렴한 한 곳을 선택하여 출산했다. 위로 두 언니는 모두 친정어머니가 출산을 돌봐주었고, 직장에 다니는 터라 아이까지 친정엄마가 돌봐주었다. 나 혼자서 아이를 출산하면서 울기도 많이 울었다. 아이를 키우느라 다니던 직장까지도 그만두어야 했다. 이런저런 사정이 떠오를 때마다 친정어머니를 미워했는데, 그게 다 내가 만든 굴레였다는 걸 비로소 깨달았다.

나는 다시 은행 통장을 넘기며 찬찬히 들여다보다가 또 한 번 놀랐다. 마지막 입금한 날짜가 일주일 전이었다. 그동안 친정어머니는 나를 위해 계속 돈을 넣고 있었다.

그런데 '추운 날 밖에서 그러지 말고 작은 가게라도 하나 얻어라', 이건 무슨 말인가. 편지를 살피던 나는 '며칠 전에는 네가 붕어빵을 굽고 있는 모습을 봤다'라는 글을 읽고서야 자초지종을 알아차리고 하마터면 방바닥에 주저앉을 뻔했다. 그 와중에 웃음까지 터져 나왔다. 슬픈 감성이 한껏 부풀어 오르다가 그대로 뻥 터져버린 기분이었다. 슬픈 감정만으로도 웃음을 터뜨릴 수 있다는 사실이 내겐 너무 낯설었다. 한동안 그렇게 감정을 추스르지 못하고 조울증에 걸린 사람처럼 웃다가 울다가 하면서 안절부절못했다.

며칠 전 아이를 학교에 데려다주고 돌아오던 길이었다. 이웃집 아는 아주머니가 시장 입구에서 붕어빵 장사를 하고 있었다. 시장에 나갔던 길에 붕어빵을 사러 들렀는데, 마침 화장실에 가야 한다면서 잠깐 맡아달라고 부탁을 했다. 그래서 대신 붕어빵 기계 앞에 앉아 있었다. 그 사이에 손님 두엇이 다녀가서 붕어빵을 대신 팔기도 했다. 친정어머니가 그 모습을 어디에선가 지켜보았던 모양이다.

나는 갑자기 소리 내어 펑펑 울었다. 엄마에게 몹쓸 딸이었다는 걸 그제야 깨달았다. 내 생각만 했다. 남편을 만나 결혼하는 일도 내 일이라고만 생각했다. 이제야 엄마의 몫이 함께 하고 있었다는 사실을 깨달은 것이다. 내가 좋아하고, 결혼까지 하겠다고 하는 남자를 싫어하는 엄마가 밉기만 했는데, 그 싫어하는 엄마는 나를 사랑하고 있었다.

나는 남편에게 바로 전화를 걸었다.

"우리 이번 주말에 친정에 가요."

"응? 무슨 일 있어?"

남편은 깜짝 놀란 목소리로 물었다. 그동안 남편이 내게 수없이 했던 말이었다. "아이들에게 외가라도 있어야지. 나처럼 외톨이로 키울 수는 없잖아." 그 말을 들을 때마다 나는 남편에게 바락바락 소리를 질렀다. "내 앞에서 친정 이야기 꺼내지도 마." 그런 내가 갑자기 친정에 가자고 했으니 남편이 놀라는 건 당연하다.

"엄마가 좀 아프대."

"알았어. 그럼 주말까지 갈 거 뭐 있어. 내일 당장 가자. 낼 휴가 낼게. 그렇게 알고 준비해."

나는 이미 통화가 끊어진 휴대폰을 쥐고 계속 귀에 대고 있었다. 들떠 있던 남편의 목소리가 계속 들려오는 듯해서였다. 그러면서 봉숭아꽃물을 들인 왼손 새끼손가락을 바라보았다. 남편이 물들여 준 건데 이제 초승달처럼 손톱 끝에 걸려 있었다. 남편이 그토록 보고 싶어 하던 어머니를 이렇게 하여 내 어머니를 불러준 모양이었다.

엽편소설

거미와 개미

파란 하늘, 하얀 구름. 하늘이 정말 거울같이 맑다. 이 나이 되도록 서울 하늘이 이토록 맑은 건 처음 본다. 황사와 미세먼지가 연일 서로 앞다투어 하늘을 뒤덮던 서울에서 이런 날씨를 보는 건 보통 귀한 일이 아니다. 몇십 년 만에 스카이라인을 본다며 신문과 방송에서도 떠들썩하게 보도하고 있다. 기업이나 빌딩 소유주들이 스카이라인이 나오는 멋진 건물 사진을 촬영하려는 통에 난데없이 사진작가들이 고기 물 만난 듯 호황을 누린다.

좋은 날씨로 세상이 온통 야단법석이지만, 우리 거미에게는 이게 독약이다. 날씨가 우중충하고, 주위가 좀 지저분해야 똥파리, 집파리, 날파리가 몰려들어 먹을 게 생긴다. 내가 사는 이 건물도 사진 촬영한다며 대청소를 하는 바람에 애써 지은 우리 집이 박살났을 뿐만 아니라, 하마터면 비명횡사할 뻔했다. 그러느라 며칠째 굶어 쓰러지기 일보 직전이다. 온종일 구멍 속에 숨어 눈먼 개미라도 기어올까 하고 눈 빠지게 기다리고 있으나, 걸려드는 녀석이 없다. 오늘도 쫄쫄 굶게 생겼다. 나 혼자 굶는 거야 이제 이력이 나서 괜찮지만, 재개발로 집이 날아갔다며 자식놈이 하필이면 이 난리 통에 가족을 끌고 오는 바람에 안 할 걱정거리까지 생겼다.

도시가 살기 좋다는 것도 이젠 옛말이다. 시골에 살때는 처마나 심지어 부엌 안까지도 떡하니 집을 지었으며, 인심 좋은 집 만나면 '거미 보면 재수 좋다'는 말까지 듣는다. 한 가지 흠이라면 날마다 거친 음식만 먹어야 하는 거다. 시골 생활을 지겨워할 무렵 "도시에 가면 맛있는 음식에 좋은 옷 입고 멋지게 살 수 있다"라고 하는 어느 얼빠진 놈 말만 듣고 똥 바람이 들어 KTX에 무단 승차하여 서울로 왔다. 그 바람에 늘그막에 생고생을 사서 한다.

서울 거미가 되려면 목숨을 걸어야 한다는 걸, 서울에 와서야 알았다. 우선 집 지을 곳이 없다. 겨우 집을 마련해 놓으면 얼마 안 가 부지런한 청소용역회사 직원들이 매몰차게 박살을 내버린다. 재수 없을 때는 깔끔함을 떠는 주인아주머니가 찾아다니며 우리 집을 때려 부수는 바람에 죽을 고비를 넘긴 일도 한두 번이 아니다. 살 곳 찾아 돌아다니다가 교통사고로 저승 갈 뻔한 일이 부지기수고, 사람들의 발에 밟혀 비명횡사할 뻔한 일도 여러 차례다.

이러구러 하여 이 무서운 도시에서 살아남아 여기까지 왔는데, 그놈의 스카이라인 사진 때문에 또 집이 박살나버렸다. 그래도 여기에선 빌붙어서라도 살 수 있으니 그나마 천만다행이다. 보통 이런 경우에 하늘이 도왔다고 하는데, 난 절대 하늘을 안 믿는다. 하늘이 보우하신다면 이렇게 사사건건 고난만을 골라서 줄 리가 없다. 목숨을 부지하며 이 도시에서 살아남은 건, 순전히 목숨 걸고 터득한 나의 경력 때문이다. 먹을 게 많은 줄 알고 번지르르하게 잘 사는 집 좋아하다가는 황천 가는 열차 탄다. 좀 허름하게 사는 집이 차라리 먹을 게 더 많다는 사실을 알지만, 서울에서 이런 집 찾기는 모래밭에서 바늘 찾기만큼이나 어렵다.

어찌했거나 천재일우千載一遇로 겨우 빌붙어 사는 우

리 집(박살 나기 며칠 전 상황이다)은 변두리의 허름한 5층 빌딩 옥탑방이다. 여기가 명당이라는 걸 안 건 이사를 온 뒤 3개월쯤 뒤다. 빌딩 주인의 조카라는 중년 남자가 여기에 관리사무소를 차리고 숙식까지 해결한다. 아마 그도 나처럼 늘그막에 오갈 데 없어서 이곳까지 온 게 아닌가 싶다. 뭔 인간이 먹는 거라고는 하루 세 끼 라면이다. 라면을 끓여 먹고 청소를 제대로 하지 않아 늘 똥파리와 온갖 벌레가 들끓는다. 따지고 보면 내가 험구할 일이 아니다. 그 덕에 우리 식구가 배곯지 않고 잘 산다.

여기에다 심심찮게 구경거리도 제공해 준다. "도둑놈한테 문 열어준다"라는 말처럼 이 친구 지금 건물을 통째 삼키려 공작 중이다. 오래 병석에 누운 건물주가 오늘내일하는 모양이다. 부자도 소용없다. 들은 바에 의하면 건물주는 자식이 없다. 그래서 가까운 친척들이 서로 이 건물을 차지하려고 음모를 꾸미는데, 하필이면 이 옥상에서 모의한다. '낮말은 새가 듣고, 밤 말은 쥐가 듣는다'고 해서 '거미'는 귀가 먼 줄 아는데, 내가 속속들이 다 듣고 있다. 어제는 한다는 소리가 유언장을 위조해서 공증을 마쳤다는 게 아닌가. 나도 몇 번 경험해 봤지만, 큰 거 이거 잘못 먹으면 진짜 큰일 난다.

그나저나 오늘은 뭐라도 꼭 잡아먹어야 하는데, 걱정이다. 이러다 정말 굶어죽을 것 같다. 허기져 가물거리는 눈을 부릅뜨고 살피는데, 이게 웬 횡재인가. 큰 개미 세 마리가 눈앞으로 기어온다. 이 녀석들도 여기에 라면 찌꺼기가 있다는 소문을 들은 모양이다. 한 마리는 잽싸게 잡을 수 있겠는데, 나머지를 놓치는 게 너무 아깝다. 내 집만 온전했으면 한꺼번에 다 잡을 수 있을 텐데, 갑자기 욕심이 난다. 옆 구멍에 사는 아들 녀석에게 신호를 보내는데 자빠져 자는지 도통 반응이 없다. 더 큰소리를 내다간 개미들이 눈치 챌 터라 우선 급한 김에 제일 큰놈을 덥석 물었다. 오늘이 복권에 당첨될 운이 트인 날인가. 큰놈을 물기 위해 반사적으로 내뻗은 앞다리에 한 녀석이 저절로 걸려들었다. 입에 물린 놈은 대가 약한지 바로 기절해 버렸고, 다리에 눌린 녀석은 죽을상이 되어 두 손을 맞잡고 빈다.

"거미님, 제발 살려주세요. 우리 아버지는 이미 늙어 죽을 때가 되었지만, 나는 아직 남은 가족을 먹여 살려야 합니다. 눈만 뜨면 허리가 휘도록 일하는데, 이렇게 억울하게 죽을 수야 없지 않겠습니까. 거미님은 가만히 앉아 그물에 걸리는 먹이를 줍지만, 우리 개미는 허리가 부러지도록 죽어라 일해야 먹고 삽니다. 이런 공을 봐서라도 저는 살려주십시오."

어디서 많이 듣던 말이다. "……거미님은 가만히 앉아 그물에 걸리는 먹이를 줍지만……" 어디서 들었는지 생각을 더듬던 나는 쿡 튀어나오는 웃음 때문에 하마터면 물고 있던 개미를 뱉을 뻔했다. 건물을 삼키려고 옥상에서 모의하던 관리인이 이 말을 했다. 오늘내일하며 다 죽어가는 그 노인네가 그물 쳐놓고 먹이를 줍는 거미처럼 돈을 긁어모았다며 흉봤다. '거미'라는 말에 처음엔 나를 두고 하는 말인 줄 알고 지레 놀랐다.

참 고약한 녀석이다. 제 아버지를 제물로 내던지는 불효막심한 태도로 봐서는 잡아먹어야 할 듯싶은데, 한편 생각하니 살려줘야 할 놈 같기도 하다. 가족을 위해 평생 허리가 부러지도록 일한다지 않는가. 문득 옆 구멍에 있는 내 아들 녀석이 떠오른다. 이놈도 여차하면 날 잡아먹을지 모른다. 나는 입에 물고 있던 개미를 슬며시 놓아주었다. 그런데 깨어나지를 않는다, 아까 너무 세게 깨문 모양이다. 제 아비를 놓아주자 발에 눌린 개미 녀석이 사색이 되어 부들부들 떤다. 나는 녀석을 조심스레 끌어당겨 아비 대신 덥석 물었다. 그러자 죽은 듯이 누워있던 개미가 죽을힘을 다해 고개를 쳐들고 울면서 사정한다.

"거미님, 난 이제 살기가 틀렸습니다. 부디 내 아들을 놓아주고, 대신 나를 먹으세요."

헤르타 뮐러의 손수건

하늘이 참 맑고 높다. 어려서 그랬는지 나는 궁금한 게 참 많았다.

"엄마, 하늘이 왜 파래?

가을하늘이 왜 까마득히 높은지 궁금해서 어머니에게 물었다. 마당에 펴놓았던 멍석을 말던 어머니는 잠시 멈추고 생각하다가 이내 다시 멍석을 말면서 말했다.

"밤이슬이 밤새 하늘을 닦아 놓아서 그렇지."

이때쯤 되면 여름내 마당에 펴 둔 채 식사도 하고 모깃불을 피우고 잠자기도 하던 멍석을 어머니는 저녁상 물린 뒤 꼭 말아서 거둔다. 밤이슬에 멍석이 젖기 때문이다. 그걸 보며 나는 밤이슬이 가을하늘을 깨끗하게 닦는다는 어머니의 말을 믿었다. 빛의 산란 작용으로 가을하늘이 높아 보인다는 걸 알고 나서도 나는 어머니가 한 그 말을 여전히 믿는다. 대기가 맑아 빛의 산란이 적어서 하늘이 파래 보이는 원리를 알았을 턱이 없는 어머니는 수많은 가을을 보내며 느낀 감정을 그렇게 표현했다. 생각해 보면, 그냥 툭 던지는 것 같은 어머니의 말은 이처럼 언제나 옳았다.

어른이 되어 내 자식을 키우면서 나는 비로소 어머니의 그 마음을 읽었다. 당신이 아는 만큼만, 자라는 자식의 생각을 넘어가지 않으려는, 속 깊은 어머니의 마음이다. 나는 그렇게 어머니의 넉넉한 가슴에서 컸다.

그 어머니가 이제 내 곁에 없다. 생각이 풀리지 않을 때 속 시원하게 해결해 주는 기둥이 없어졌다. 똑똑해져서 나 혼자서도 잘 살아갈 수 있을 줄 알았는데, 나이 들수록 모르는 일이 하나둘이 아니다. 그래서 가을이 되면 깊고 넓은 어머니의 가슴이 더 그립다. 그래서인지 이젠 가을하늘이 내겐 그렇게 아름다워 보이지 않는다. 너무 맑고 파래서 가슴이 시리도록 싸하다. 젊을 때는 이런 날이면 어디론가 달려가고 싶었는데, 언제부터인가 마음이 심드렁해졌다. 이런 변화는 어머님이 돌아가신 뒤부터인

듯싶다. 즐거운 건지 싫은 건지 딱히 구별할 수 없을 정
도로 그저 무덤덤하게 가을을 맞는다.

어릴 때부터 어머니는 매일 사과 한 개씩을 내게 먹였
다. 아무리 시골에 살아도 과수원집이 아닌 이상 매일 사
과 한 개씩 먹는 건 쉬운 일이 아니다. 어머니는 그렇게
쌀처럼 더 귀하게 여기며 집안에 사과를 꼭 준비해 두었
다. 달리 영양가 있는 음식을 먹을 수 없을 때여서 튼튼
하게 나를 키우려는 어머니의 열망이 아니었을까 싶다.
어머니의 그런 마음은 결혼하여 내 가족이 생긴 뒤에
도 식지 않았다. 늘 사과 상자를 택배로 보내주셨다. 바
쁘다는 핑계로 안부 전화가 늦을 즈음이면 어머니가 먼
저 전화를 한다. 첫 마디는 언제나 "사과 있느냐?"였다.
몇 번 그러고 난 뒤, 나는 나도 모르게 근무 중에 전화한
다고 짜증부터 냈다. 그 뒤로 "사과…… 있느냐?"로 바뀌
었다. 길지도 않은 그 말을 어머니는 한 번에 하지 않고
꼭 두 음절로 나누어 '사과……'한 뒤 잠시 뜸을 들인 뒤
에 '있느냐?'라고 한다. 그제야 '사과 있느냐?'는 질문을
하기 위해서가 아니라 자식 목소리를 듣고 싶어서 전화
했다는 걸 알아차리고는 몹시 미안하고 죄송했다. 나는

늘 그렇게 어머니보다 한발 늦게 세상을 알았다.

지금도 아침 밥상에는 늘 아내가 사과 한 알을 올려놓는다. 어머니가 "내 사는 동안은 사과를 보내줄 테니, 반찬은 빼먹더라도 사과는 꼭 올려놓아야 한다"라고 당부했다는 것이다. 시장 보러 가면 아내는 언제나 사과부터 챙겨 산다.

이제야 어머니의 그 마음을 읽었다. 어머니는 사과 한 알을 '산삼'처럼 생각한 게 아니라, 자식에게 '관심關心'의 끈을 놓고 싶지 않았다. 그 사과 한 알에 당신의 마음을 모두 담았다.

오늘 루마니아 출신 독일 소설가 헤르타 뮐러의 장편소설 『숨그네』를 다시 읽었다. 오래전에 한 번 읽은 소설인데, 갑자기 2009년 그녀가 노벨문학상을 받을 때 발표한 수상소감이 떠올라서였다. 그녀는 수상소감에서 자신의 어머니 이야기를 했다. 외할머니는 그녀 어머니가 어릴 적부터 집 나설 때는 늘 "손수건 있니?"라고 물었다고 한다. 어떨 때는 이 말이 듣고 싶어서 그녀 어머니는 일부러 손수건을 가지고 나오지 않았다. 대문을 나서다 말고 "손수건 있니?"라는 말을 듣고 나서 방으로 뛰어가 손수건을 가지고 나오기도 했다. 그 손수건은 '어머니의 마음'이었다. 혼란기 때 경찰서로 붙잡혀간 그녀의 어머니는 대문을 나서다가 말고 환청처럼 "손수건 있니?"라는 어머니의 말을 듣고 부랴부랴 방으로 가서 손수건을 가지고 간다. 구치소에서 눈물을 닦던 그 손수건으로 구치소 책상이며 바닥을 닦기도 한다. 그녀가 어머니에게 왜 그랬느냐고 물었을 때 어머니는 "시간을 보낼 일거리가 필요했다"라고 말했다. 손수건은 바로 '어머니의 관심'이었다. 이것이 그 힘든 시기를 잘 견디어내게 했다.

그 '손수건'이 헤르타 밀러에게도 전해졌다. 그녀는 자신의 소설 『숨그네』에 이 손수건을 담았다. 주인공 소년이 우크라이나에 있는 소련 수용소로 끌려갈 때, 소년을 향해 할머니가 "너는 돌아올 거야"라고 말했다. 마치 그녀 어머니에게 외할머니가 "손수건 있니?"라고 물은 것과 같은 말이다. 소년은 손수건을 가지고 있지 않았지만, 할머니의 그 말이 손수건이 되어 그 혹독한 수용소 생활을 견뎌냈다.

나는 지금 한 손에 사과를 든 채 헤르타 밀러의 『숨그네』를 읽는다. 멀리서 내 어머니의 목소리가 들린다.

　"사과…… 있느냐?"

해설

한 시대를 해석하고 증언하는 첨예한 서사적 도록圖錄
−김호운의 단편 미학

유성호(문학평론가, 한양대학교 국문과 교수)

1. 거대한 시대적 풍경첩

김호운의 소설집 『사라예보의 장미』는 다양한 인물과 사건이 종횡으로 직조되면서 우리 앞에 드리워진 거대한 시대적 풍경첩이라고 말할 수 있다. 개개의 작품 속에서 인물들이 벌여나가는 서사는 다채로운 인간의 삶을 여실하게 보여주면서 새로운 인간 이해의 구체적이고도 다성적인 차원으로 등극한다. 그것은 우리 시대의 다양한 삶의 모습을 재현하는 동시에 인간과 역사와 공동체에 대한 작가 고유의 해석 과정을 자연스럽게 포괄하고 있다. 독자들은 이 작품들을 읽어가는 과정에서 객관적 사실(fact)과 함께 감동적인 문학적 진실(truth)을 만나게 될 것이다. 그만큼 김호운의 사유와 언어는 따뜻하고 융융하고 심층적이다.

두루 알려져 있듯이, 김호운은 6·25전쟁이 일어난

1950년에 경북 의성에서 태어났다. 1978년『월간문학』신인상에 단편「유리벽 저편」이 당선한 후로 얼추 반세기 가깝게 외로된 소설가의 길을 걸어왔다. 그는 자신이 써가는 작품이 한 그루 나무와 같다고 고백한 적이 있는데, 나무가 없으면 지구가 사막이 되어버리듯이 문학이 사라지면 우리 사회는 사막처럼 삭막해진다는 뜻일 것이다. 우리가 보기에 그 오래고도 든든한 나무의 군집群集이 말하자면 이번 소설집인 셈이다. 한 시대를 해석하고 증언하는 첨예한 서사적 도록圖錄 안으로 이제 천천히 한 걸음씩 들어가 보도록 하자.

2. 역사적 경험을 통한, 균열된 공동체의 증언

표제작「사라예보의 장미」는, 최근 우리 소설계가 거둔 빛나는 성과로 기록될 만한 미려한 수작秀作이다. 이 작품은 '나'의 유럽 배낭여행 막바지에 이루어진 사라예보 방문 경험을 토대로 하고 있다. 오랜 내전으로 황폐화된 사라예보의 스산하고 음울한 시공간을 경험적으로 재현한 1인칭 소설이다. '코로나 19' 팬데믹이 있기 전까지만 해도 해외여행을 훌쩍 떠나곤 했던 작가로서는 이러한 경험이 몸과 마음에 많이 축적되어 있을 것이다. 그래서 우리는 이 소설이 '작가 김호운'이 직접 겪은 내용을 기반으로 하고 있다고 유추하게 된다. 작가는 오랫동안 어디론가 떠나 여행을 함으로써 스스로를 발견하고 성찰해왔는데 바로 그 최전선에 사라예보 경험이 들어 있었을 것이다.

작가 자신의 분신으로 보이는 '나'는 어둑한 아침에 사라예보의 한 광장에 있는 여행자 안내소에서 민박집을 소개 받는다. 직원을 따라가다가 건물 외벽 여기저기에 나 있는 총탄 자국들을 바라보게 되는데, 이 흔적들은 사라예보의 역사를 상징적으로 드러내 보여주는 은유적 장치가 되어준다. 특별히 직원은 빨간 페인트로 메꾸어 놓은 총탄 자국을 이곳 사람들이 '사라예보의 장미'라고 부른다고 말을 건넨다. '사라예보의 장미'라니? 그 순간 '나'는 언젠가 보았던, 내전으로 고립된 사라예보의 한 어린이가 그린, 탱크 포구에 장미 한 송이 꽂아놓은 그림을 떠올린다. 그렇게 사라예보는 탄흔과 꽃송이가 교차하는 역사의 한복판으로서 다가온다.

민박집 여주인은 언제나 광장에 나가 '영혼 없는 동공'으로 어딘가를 쳐다보기만 한다. 그날 저녁 '나'는 막내딸 샤샤로부터 여인이 그럴 수밖에 없게 된 가족사를 전해 듣는다. 두 아들과 남편은 내전으로 목숨을 잃었고, 큰딸은 세르비아계의 이슬람계 인종청소 때 수용소로 끌려가 성폭행에 시달리다가 스스로 목숨을 끊었다. 그때 여인도 머리에 총상을 입었는데 그 후로 실어증과 정신장애로 고통 받고 있고 이제는 막내딸이 가장 역할을 하고 있다는 것이다. 매일 광장에 나가 돌아오지 않을 남편과 자녀들을 하염없이 기다리는 여인의 모습은 그 자체로 전쟁과 폭력의 비극성을 비유적으로 보여주는 셈이다. 열린 현관문을 보며 펼쳐가는 '나'의 생각에는 그러한 상황에 대한 작가의 철학이 그대로 반영되어 있다.

이들에게는 집 안과 집 밖의 경계가 허물어졌다. 내전으로 희생된 가족들이 아직 바깥에 머물고 있기에 이들에게는 집 안도 집 바깥도 모두 집이다. 현관문을 잠그지 않는 것도 잠그는 걸 잊어버렸다기보다 아직 돌아오지 않은 가족이 언제든지 들어올 수 있도록 한 게 아닐까 싶다. 나는 집 현관문에 달려있던, 샤샤의 어머니가 가끔 열어놓기도 한다는 그 자물쇠를 다시 떠올렸다. 그 자물쇠는 현관문이 아니라, 이 집 가족의 마음을 열고 잠그기 위해 달아놓은 것으로 보인다.

집의 안과 밖 경계가 무너진, 내전으로 희생된 가족의

참혹한 이별과 비극적 기다림의 세월은 "이 집 가족의 마음"이 열리고 잠가져온 시간을 말하는 것일 터이다. 그날 저녁, 여인은 남편이 입던 잠옷을 '나'에게 권한다. 여인의 청을 받아들인 '나'는 이튿날 잠에서 깨어 여인이 자신과 한 방에서 자고 있는 것에 놀란다. 샤샤가 오해했을 것 같아 해명을 했지만 샤샤는 어머니가 처음 보여준 웃음과 행동을 떠올리며 눈물 어린 미소를 짓는다. 그때 '나'의 마음속에 떠오르는 것은 이 가파른 역사로부터 떠나는 것이었다.

아무래도 난 오늘 이 집을 떠나야 할 것 같다. 이 가족을 돕기 위해 계속 머물고 싶었으나, 나는 내 가슴에 장미를 키울 용기가 없었다. 샤샤를 바라보았다. 시선이 마주치자 마치 기타 줄이 튕기듯 "팅!"하고 머릿속을 울린다. 젖어 있는 샤샤의 눈동자에 '사라예보의 장미' 한 송이가 피어 있었다. 어제 본 '사라예보의 장미'보다 더 붉고 진하다. 나는 조용히 돌아서서 샤샤의 방을 나왔다.

탄흔을 메꾼 빨간 '사라예보의 장미'보다 더 붉고 진하고 아름다운 샤샤의 눈물 어린 미소는, 가여운 어머니를 향한, 이곳 사라예보를 향한, 역설적 희망을 잔잔하게 담고 있었을 것이다. 작가가 체험한 이국異國에서의 이러한 이산離散 경험의 극점에서 이 작품은 아름다운 빛을 발한다. 결국 이 작품은 사라예보라는 구체적 지명을 통해 인간 역사의 비극성에 개입하고 그것을 불가피한 존재조건으로 수용해간 가편佳篇이다. 역사를 과거와 현재의 끊임없는 대화라고 말한 카(E. H. Carr)의 전언에는, 인류가 겪은 잔인한 폭력성과 그것을 넘어서는 희망을 경험해가는데 지나간 역사가 유력한 참조항이 된다는 뜻이 포함되어 있다. 그만큼 역사는 이미 있었던 것들이 '반복 속의 차이'를 통해 생성되고 재현되는 구체적 현장일 것이다. 김호운은 「사라예보의 장미」를 통해 지나간 역사를 배음背音으로 삼으면서 인간 이해의 심층을 더욱 예각적으로 보여준 것이다.

다음은 「더닝 크루거 효과」다. 이 작품 역시 인간과 사회가 복잡한 관계망으로 엮여 있음을 환하게 보여준다. 알면 알수록 혼란스럽고 진실에 대한 관심은 크지만 그것을 정작 알려고 하는 사람은 줄어드는 시대를 우리는 살아가고 있다. 그것을 일러 작가는 더닝 크루거 효과(Dunning Kruger effect)가 지배하는 시대라고 명명한다. 번역 일을 하는 '나(정화수)'는 이 세상에 속이 흰 맑고 아름다운 사람이 반드시 존재할 것이라는 희망을 가지고 살아가는 평범한 시민이다. 그러나 삶의 고비마다 흰색이 되어서는 안 되는 사람이 흰색으로 위장하면 더 무서운 세상이 된다는 것을 목격하기도 했는데, 그 결정적 사례가 바로 얼마 전 길에서 우연히 만난 중학 동창 추현국이라는 존재였다. 그와의 재회가 그러한 세상의 원리를 확연하게 알게 해주었기 때문이다.

'무식하면 용감하다'라고 이해하는 사람들도 있으나, '설 알면 용감하다'라고 하는 게 더 정확하다. 아무것도 모르거나 모두 다 알아서 잘 숙성된 사람은 용감하지 않다. 흰색이거나 흰색에 가깝다. 다 그런 건 아니지만, 세상을 지배하려는 사람은 대개 설 알아서 용감한 사람이다. 완벽하지 않을 때, 사람들은 모자라는 부분을 덧칠하여 내보이고 싶어 한다. 위장한 그 색깔이 오히려 더 큰 힘을 발휘하는 것이다. 아무것도 모르거나 모두 다 잘 아는 사람은 행동력이 약하다. 완벽해야 움직이기 때문이다. 설 아는 사람들은 물불을 안 가리고 빈칸을 행동으로 채운다. 그 힘이 세상을 지배하고 있다. 책을 딱 한 권만 읽어야 색칠할 공간이 넓다.

설익게 알고 있으면서, 그것을 세상의 보편적 이치라도 되는 듯이 생각하는 속물 앞에서 '나'는 절망한다. 경험도 좁고 책도 안 읽는데 단호한 행동만 있는 부류 말이다. 잘 나가는 사업가가 되어 국회의원 출마를 앞둔 옛

친구 추현국을 통해 '나'는 그러한 느낌을 새삼 강렬하게 가지게 된다. 추현국은 '나'에게 자신의 사무실 안쪽에 따로 설계한 모형도시를 보여주는데, 그곳에는 마을이 있고 물이 흐르고 흰쥐들이 주민으로 살아가고 있다. 인간과 흰쥐의 유전자가 거의 동일하다는 전제 아래 추현국은 거기서 인간을 이해하기 위한 실험을 진행한 것이다. '나'는 추현국이 단순하고 편향적인 관찰을 통해 세상을 설명하는 이 장면에서 더닝 크루거 효과를 떠올린다. 세상은 그렇게 부조리한 역학力學으로 무장한 채 천천히 흘러가고 있었다.

이성중심주의(logo-centrism)에 기반을 둔 근대 사회는 과학기술의 합리성을 바탕으로 세상을 인식하고 설명하여 대중들에게 계몽의 빛을 선사해주었다. 인류가 무지, 질병, 기아, 신분제로부터 어느 정도 해방되어 안전한 삶과 물질적 풍요를 누리게 된 것도 이러한 이성의 역할 덕분이었다. 그러나 '주술의 정원'으로부터 해방된 근대는 바로 그 이성의 이름으로 인간 스스로에 대한 폭력의 정점을 구가해갔다. 정치적, 경제적 목표를 이루기 위해 타자의 생명을 억압하고, 최소의 에너지와 비용을 들여 가장 빠른 시간에 목적을 이루기 위해 배제와 혐오를 수반하면서 근대 사회는 공동체의 질서를 파괴하면서 차별과 편향의 일반화라는 부조리의 극치를 더 큰 스케일과 디테일로 장착해가게 된 것이다. 그러한 공동체의 균열을 김호운은 사라예보의 내전 사례와 이곳 서울의 비합리적 축도縮圖를 통해 묘사함으로써 작가의 몫이 한 시대의 준열한 증언에 있다는 점을 시사해준다.

3. 고단하고도 유연하게 지펴져가는 공감의 확장성

우리 삶은 우연한 계기의 연속으로 구성되어간다. 물론 예측 가능한 과정에 대처하는 일도 중요한 속성을 이루지만, 삶은 그러한 이성적 판단을 무색케 하는 예외적 사례들로 가득하다. 이처럼 실제의 삶에서 이성과 탈脫이성의 힘은 늘 어긋나고 비껴가면서 삶의 어둑한 양면을 형성한다. 우리가 합리적 예측으로 현실을 논하기도 하지만 비합리적인 욕망에 대해서도 관심의 끈을 놓지 않는 까닭이 바로 여기에 있을 것이다. 어디 그뿐인가? 아폴론적 질서와 디오니소스적 혼돈의 상호 얽힘은 삶을 신비롭고 불가해하게 만드는 중요한 속성이 아닐 수 없다. 김호운은 이러한 인간 존재의 양면성에 대해 질문하고 응답하는 작가로 우뚝하다.

「틴티레토의 거울」은 강의를 마치고 막차로 귀가하는 노경老境의 학원 강사를 그렸다. "무릎에 올려놓은 갈색 가죽가방"처럼 지치고 늙은 '나'는 대학 전임의 기회를 놓치고 학원 강의로 세월을 이어왔다. 나이가 열세 살 어린 아내를 두고 강의를 나올 때마다 드는 불안이 작품의 한 축을 구성하는데, 그러다가 오랜만에 찾아간 옛 학원에서 '나'는 학원 주인이 바뀐 것을 알게 된다. 그의 방에서 만난 그림이 바로 틴티레토의 복제 유화였다. 금빛 고급 액자에 담긴 그 그림은 아내의 불륜 현장에 들이닥쳐 아내가 덮고 있던 시트를 걷어내는 남자의 뒷모습이 거울 속에 비쳐 있다. 작가는 '나' 역시 그러한 불안을 내면에 숨기고 살아가는 것을 보여줌으로써, 노동과 휴식, 이성과 감성, 사랑과 불안 사이의 갈등을 가지고 살아가는 한 소시민의 상황을 서양화와의 상호텍스트성으로 풀어낸 것이다. 인간의 이성과 욕망은 언제나 충돌하면서 이렇게 공존해간다.

「그림자의 그림자」는 여성화자로 설정된 '나'가 만난 두 남자에 관한 이야기를 담았다. '나'의 전 남편은 사업에 열중하다가 여비서 성폭행 사건에 휘말려 옥중에 있고, 옛 남자친구는 지리산에 30년째 신비롭게 은거하고 있다. 그렇게 두 사람은 존재론적으로 극과 극을 이룬다. 지리산에 들어 눈 내리는 소리를 들으며 '나'는 가와바타 야스나리의 『설국』을 소환한다. 남편과 별거를 선언하고 그를 내보내던 날 실행한 돌발여행이 바로 『설국』의 무대인 니카타 행이었기 때문이다. '나'는 남편은 물론 남편을 성공의 방편으로 이용한 여비서 또한 용서할 수 없다는 마음을 토로한다.

　　이 게임에서 나는 졌다. 괴물로 커버린 거대한 그림자와의 싸움에서 졌다. 난 그 그림자의 그림자가 되어 마지막 자존심까지 탈탈 털리고 껍데기로 남을 자신이 없었다. 살아갈 마지막 자존심 하나는 남겨두어야겠기에 난 이 싸움을 포기했다. 괴물로 변한 거대한 그림자와의 싸움을 포기했다.

　결국 주인공이 맞서 싸운 것은 존재 자체도 아니고 존재의 그림자도 아니고 그림자의 그림자였다. 최근 우리 사회를 강타한 의제(agenda)가 바로 위계에 의한 성폭력 흐름이다. 이 작품은 그러한 사건의 한 양상을 다루면서 그 안에 담긴 복잡한 역학을 제기하고 있는 문제적 단편이다. 선명한 해답 제시를 유보하면서 작가는 우리 사회의 '폭력 너머의 폭력', '폭력 이면의 폭력'에 대한 성찰을 주문하는 것이다.

「바람이 된 섬」은 정답게 살던 단독주택들이 모두 재건축을 하는데도 사람 사는 '집'을 고집하면서 그야말로 '섬'으로 남아버린 어느 집 이야기다. "이런 집에서 난 종일 살아요"와 "절대로 안 무너져요. 질기거든요"는 재건축을 원했던 아내가 섬을 자초한 남편에게 던지는 항의성 발언이다. 재건축으로 인한 소음 때문에 이명을 느끼곤 하던 '나'는 출판사에 도둑이 들었다는 것을 알게 되는데 이 사건은 그곳 또한 어김없는 '섬'임을 임시해준다. 난장판이 된 사무실에서 그는 신문기자 시절을 회상한다. 사르트르의 소설 『구토』의 주인공 로캉탱을 불러오면서 '나'는 진실을 기록할 때 구토를 멈추곤 하던 자신을 떠올린다. 실존적 퇴로가 없는 '섬'에서 살아온 고단한 중년 사내가 거기 있고, 집은 바람이 되어가고, 질긴 섬을 감싸고 있던 희망은 도둑을 맞았다. 우리는 스스로 섬이 되어버린 한 사내의 모습을 통해 한 시대의 주변과 심층을 동시에 이해하게 된다.

우연찮게도 이 세 편 소설에는 회화와 문학의 고전들이 상호텍스트성을 형성하면서 서사를 이끌어가는 매개 역할을 하고 있다. 작가는 이러한 자신의 예술적 경험을 통해 합리성을 계승하되 비합리적 삶의 공감도 확장해가는 인간 이해의 서사를 펼쳐간다. 여기서 '공감(empathy)'이란 한 개인이 타자와 연관을 맺고 서로 영향을 미치면서 서로를 만들어가는 상호 생성자(inter-becoming)의 관계망 속에서 형성되는 감정적 역량을 함의한다. 나와 타자가 서로 작용하고 의지하는 존재임을 깨닫고 타자의 고통에 함께 아파하거나 그의 의견이나 주장이나 감정에 자신도 그렇다고 느끼는 기분을 뜻하는 것이다. 김호운의 소설에서 이러한 공감의 의지는 학원 강사나 이혼여성이나 영세한 출판사를 운영하는 전직 기자의 삶에서 고단하고도 유연하게 지펴져간다. 아폴론적 질서와 디오니소스적 혼돈의 상호 얽힘이 우리의 삶을 신비롭고 불가해하게 만드는 중요한 속성임을 알려주는 것이다. 이 모든 것이 작가 김호운의 복합적 시선과 역량과 비전이 거둔 성취일 것이다.

4. 실존과 생명과 부활의 언어

단편소설은 집중된 사건이나 관념을 중심으로 사람살이의 날카로운 단면을 재현해 보여주는 양식이다. 그것은 장편이 추구하는 전체성이나 서정시가 중시하는 내포성 사이에 존재하면서 양자의 성격을 동시에 충족하게 마련이다. 따라서 독자들은 빼어난 단편을 통해 공동체의 역사 같은 거대담론의 정수精髓를 느끼기도 하고, 지나치기 쉬운 소소한 일상 국면들을 경험하게 되기도 한다. 우수한 단편소설은 인생의 단면을 통해 이러한 '내포적 전체성'에 이르는 경험을 부여해준다. 김호운의 단편은 한결같이 구체적 인생의 국면을 날카롭게 포착하여 그것을 가장 따스한 눈길로 감싸안는 작가의 안목과 성정性情에 의해 구현된다. 그 안에는 장편이 추구하는 인간 이해의 전체성과 서정시가 추구하는 따뜻한 긍정의 마음이 함께 녹아 있다 할 것이다.

가령 「파란 비닐우산」을 읽어보자. 초겨울 추위가 느껴지는 어느 비 내리는 날, 여성화자인 '나'는 가족들이 모두 나간 빈 집에서 자신을 닮은 듯한 "신발장 옆에 세워둔 파란 비닐우산"을 바라본다. 지난여름 마트에 나갔다가 갑자기 소나기가 내려 불가피하게 산 우산이었다. 요즘 들어 시어머니가 잔소리가 심해졌는데 아마도 그것은 손아래 동서가 다녀간 뒤로부터 그런 것 같았다. '나'의 부부보다 먼저 결혼하여 한동안 시어머니를 모시다

분가한 동서에게는 한없이 살가운 시어머니가 자신에게는 냉랭하게 대하자 '나'는 남편에게 그러한 사정 이야기를 한다. 그러나 그것을 이해 못하는 남편에게 얄미운 감정만 들 뿐이었다. 그때 문득 '나'는 파란 비닐우산을 찾는다.

나는 들고 있던 삼단 우산을 신발장 위에 올려놓고 파란 비닐우산으로 바꿔 들었다. 오늘 따라 이 파란 비닐우산이 참 예뻐 보인다. 오천 원짜리라고 그동안 천대한 게 미안하고 부끄러웠다. 그날 쏟아지는 빗속에 참 요긴하게 잘 쓰고 왔으면서 날이 개니 언제 그랬냐 싶게 신발장 한쪽에 팽개쳐 두고 방 안에 고이 모셔둔 삼단 우산만 챙겼던 게 미안했다.

'나'는 우산을 들고 결혼 전에 남편과 자주 갔던 커피숍으로 향한다. 거기서 '나'는 두어 달 전에 술에 취해 자정 넘어 들어와 푸념을 늘어놓던 남편 모습을 떠올린다. 남편은 직장에서 가장 열심히 일한 자신보다 곁에서 가방이나 들어주며 입맛에 맞게 행동한 후순위 직원이 승진한 것에 한스러운 감정을 노출한다. 그때 비로소 '나=남편', '동서=후배 직원'이라는 등식이 형성되면서 '나'는 오랜만에 남편과의 실존적 동일성을 느끼게 된다.

삼백육십오일 수발해주는 며느리의 노고보다 잠깐 다니러 와서 살갑게 구는 둘째며느리 행동에 마음을 빼앗긴 시어머니. 시어머니 가방을 들고 주민센터까지 다녀온 동서의 행동이 오버랩된다. 남편의 그날 상황과 너무나 닮았다. 아니 똑 같은 상황이다.

'나'는 마침내 파란 비닐우산 위로 굴러 떨어지는 빗방울이 보석같이 반짝이는 것을 안아 들인다. 그렇게 주변에 놓여 있다 보석처럼 빛나는 파란 비닐우산의 서정적 순간은 '나'의 물리적, 심리적 배경이 되어준다. 그때 아름다운 빗속 풍경과 비닐우산 그리고 부부가 만나 이루어갈 공감의 시공간이 눈부시게 다가온다. 아름다운 공감의 순간이 빗줄기처럼 번져간다.

「우상을 위하여」는 어린 새끼돼지와 함께 읍내 장터에서 노숙하며 살아가는 한 여인에 대한 관찰기이다. 그로테스크한 그녀 모습에 사람들이 거부감을 가질 법도 하지만 '나'는 "식구 같은 느낌"으로 오히려 그녀와 새끼돼지에게 근접해간다. 소설은 영화 「꼬마 돼지 베이브」와 일정하게 상호텍스트성을 형성하면서 이 기괴한 돼지엄마의 외관과 내질을 친화적으로 따라간다. '나'는 자유로운 방목을 통해 새끼돼지를 키우는 이 여인의 소문을 세세하게 듣게 되는데, 그 골자는 양돈 농가를 하던 여인이 열병으로 돼지들이 살처분을 당하자 새끼돼지를 숨기고 있다가 몰래 데리고 나왔다는 것이다. 이러한 새끼돼지를 위해 방울과 빨간 리본을 사는 '나'는 마침내 스스로 그네들에게 음식을 나누어주러 직접 찾아가는 모습으로 한 발 더 나아간다. 몸과 마음과 시간과 정성을 다하는 생명 지향의 언어가 은은하게 다가오는 순간이 아닐수 없다.

「미켈란젤로의 돌」은 이혼한 아내와 재결합을 꿈꾸면서 고민 끝에 그녀와 해외여행을 함께 하는 화자의 이야기가 담겨 있다. '나'도 아내도 이혼한 뒤 한 번씩 재혼한 경험이 있다. 그러던 중 아내는 재혼한 남편과 사별했고 '나'는 두 번째 아내와 또 이혼했다. 여행지로 피렌체를 택한 것은 이탈리아 건축가이자 미술사가 바사리가 한 말 때문이었다. 바사리는 회고록에 친구이기도 한 미켈란젤로를 일러 "천지를 창조하신 조물주는 이 땅이 그다지 가치 없게 되었다는 것을 알고 자신이 실수한 걸 만회하기 위해 모든 재주를 가진 예술가를 내려 보내주었다"라고 기술하였다. 어쩌면 '나'도 자신이 실수한 것을 만회하려고 이 예술과 철학의 땅에 오기로 한 것인지도 모른다.

레오나르도 다빈치와 미켈란젤로가 이곳에서 예술혼을 불태웠고, 보티첼리의 「비너스의 탄생」을 비롯한 많은 명작이 이곳에서 태어났으며, 단테가 베아트리체를 만난 곳 역시 피렌체다. 그뿐만 아니다. 도스토예프스키가 『백치』를 이곳에서 집필했고, 엘리엇은 소설 『로몰라』의 배경으로 삼기도 했다. 스탕달은 이 도시의 아름다움에 취해 현기증을 일으킨 나머지 스탕달 신드롬'이 생기기도 했다. 르네상스가 그냥 생긴 게 아니다. 나도 이 도시의 향기에 빠져 그렇게 나의 남은 인생을 부활시켜 보고 싶었다.

르네상스(Renaissance)라는 말처럼 '나'도 이 도시의 향기에 빠져 남은 인생을 부활시켜 보고 싶었던 것이다. 거기서 '나'는 그 유명한 다비드 상을 만난다. 물론 그 상像은 아름다운 예술로 탄생하기 전에는 골목 한쪽에 팽개쳐 있던 커다란 돌덩이에 불과했을 것이다. 미켈란젤로가 태어나기도 전부터 굴러다니던 그 돌은 어떤 조각가가 대성당의 예언자 상을 만들려고 가져왔다가 실패하고 버려둔 것이었고, 그 뒤 여러 조각가들의 손에서도 버려지고 심지어 다빈치도 포기했던 것이었다. 그렇게 무시당하던 돌에서 아름다운 다비드 상이 탄생한 것이다. 이처럼 관점만 달리 하면 '나' 역시 새로운 부활에 이르지 않겠는가? '나'는 "관점, 다비드가 내게 알려준 대로 나는 오늘 그녀를 제대로 한번 이해해 볼 생각이다. 다비드의 눈에서 이글거리는 저 눈빛처럼, 내게도 르네상스의 기운이 서서히 달아오른다"라고 되뇐다. 아름다운 부활의 순간을 예감하면서 말이다. 그런가 하면 단편 「봉숭아꽃물」은 봉숭아꽃물을 들이는 남자를 통해 살아 있는 생명의 순수함과 천사와도 같은 사랑의 마음을 탐색하고 있다. 조건이 좋지 못한 남자와 결혼한 딸을 못마땅하게 생각하던 친정엄마가 딸에게 건넨 정성의 순간이 화해와 치유의 순간을 선사하고 있다. 초승달처럼 손톱 끝에 걸린 봉숭아꽃물은 삶의 은총과 지극한 모성을 찾아가는 주인공의 깨달음을 은유하고 있다 할 것이다.

김호운은 합리적이고 점진적인 이해력보다는 심미적 도취나 순간성에서 자기 본령을 획득하는 예술의 경우를 통해 인간의 실존과 생명과 부활의 순간을 우리에게 건네고 있다. 인간의 심미적 이성과 그것으로는 포착하기 어려운 욕망을 동시에 사유하고 표현함으로써, 예술이 지향하는 가장 빛나는 생명의 증언과 화해의 서사를 품어낸 것이다. 이러한 주제들을 충실하고 풍부하게 보여주는 김호운 소설은 건강하고 아름답다. 이 모든 것이 김호운 소설이 감당해가는 실존적 조건이자 지향이 아닐 것인가.

5. 불가적 사유와 존재론적 깨달음

마지막으로 김호운 소설의 권역 가운데 우리가 매우 중요하게 발견하는 것은, 불가적 사유와 존재론적 깨달음 그리고 그것의 정신적 가치판단 과정에 있다. 사실 그것은 김호운 글쓰기가 가지는 최종적이고 형이상학적인 차원일 것이다. 아닌 게 아니라 김호운의 불가적 인식과 표현은 인간 욕망이 닿지 않은 순수 원형의 마음이나 세속적 굴레를 벗어나 있는 절대 자유를 큰 틀에서 내포한다. 훼손되기 이전의 원형과 오래된 본령을 함께 찾아가는 도반道伴들이 이러한 서사의 주인공들이다.

그들이 도달하는 곳은 산간벽지 사찰이거나, 보통사람들이 가닿기 어려운 정신의 극한이거나, 고단한 삶을 이어가는 이들이 모인 저잣거리이거나, 상상 속에서나 갈 수 있는 격절隔絶의 공간이기도 할 것이다. 그렇게 김호운의 소설쓰기는 진리 탐구의 도정과 고스란히 겹친다. 특별히 「일곱 살」은 동화와도 같은 따뜻함을 담고 있는 불가적 사유의 작품이다. 그것은 다음과 같은 인상적 묘사로 시작된다.

4월에 눈이 내린다. 하늘 높이 솟은 전나무들, 이 고적한 숲길에 적막을 깨는 듯 눈송이가 난분분하다. 이곳까지 오는 내내 따라오던 그림자를 떨구고 나는 꽃잎처럼 흩날리는 눈을 바라보았다. 현란하다. 허공에 잠시 머물다 흔적 없이 사라지는 찰나의 불꽃 같다. 눈가에 떨어진 꽃잎 몇 개가 이내 차가운 물방울 되어 볼을 타고 흐른다. 손등으로 물기를 훔치며 먼 산을 바라보았다. 아득하게 담묵화(淡墨畵) 한 폭이 펼쳐졌다.

서정적 내포성 안에 숲과 나무와 눈송이가 시원始原의 빛을 발한다. 찰나의 불꽃처럼 허공에 머물다 사라져가는 눈송이들은 그 자체로 아득한 담묵화처럼 인생을 은유하는 예술적 실루엣이 되어준다. 옛 소꿉친구 선미가 출가해 있는 암자들을 오랫동안 들르면서 '나'는 그녀가 입적하자 평생의 시봉을 다짐한다. 하지만 이 소설은 그러한 내러티브보다는 '나'와 '선미(석만 스님)'의 오랜 세월이 교차하면서 구성해내는 마음의 풍경이 훨씬 더 중요한 미학적 차원을 획득한다. 어릴 적 친구를 다시 만나 우정을 나누어간 두 사람의 마음의 문양이 깊게 다가오기 때문이다.

이 소설에서 작가는 우리가 본래 자리로 가기 위해서

는 시간을 되돌려 다시 그 시점으로 돌아가야 한다고 말한다. '내가 누구인가'를 알아가면 살아갈 길도 함께 나타나기 때문이다. "생각하는 대로 갈등 없이 그 생각을 실천하는" 것이야말로 참모습이라고 고조곤히 말해주는 것이다. 아름다운 깨달음의 순간이 그 과정에서 친밀하게 다가온다. 물론 불가에서는 언어를 통해 진리를 계시하는 것은 불가능하다고 역설한다. 이는 현묘한 진리의 세계에 대한 신뢰를 표현하는 역설의 사유 방법일 것이다. 그러나 『유마경』의 불이법문不二法門처럼, 언어는 침묵 너머의 침묵이기도 하지 않은가. 그래서 작가는 이론으로 따져들거나 논리로 입증하거나 답을 제시하는 것이 아니라, "곧 바로 마음을 가리켜[直指人心] 자기 안의 불성을 보아 부처가 되는 길[見性成佛]"을 보여주는 것이다. '나'가 궁극적으로 가닿은 정신적 차원이 바로 그러할 것이다.

「나비바늘꽃」은 이번 소설집에서 만날 수 있는 유일한 3인칭 소설이다. 순천 송광사에서 '소설가 김진우'는 세 번이나 승찬 스님을 인터뷰하는 인연을 가진다. 소설은 작년에 입적한 스님의 추모 법회에 참석한 김진우가 바라보는 송광사 풍경으로 시작된다. 순천 송광사를 찾는 사람들은 극락교와 능허교를 건너게 되는데 극락교에는 청량각, 능허교에는 우화각이 있다. 마음을 맑게 씻고 일주문을 들어가면 한 마리 나비가 되어 자유로이 허공을 날아오른다는 이치가 그 안에 담겨 있다. 김진우는 능허교에서 철사줄에 매달린 엽전 세 닢을 바라보면서 "줄을 놓으면 길이 보인다"라고 말한 스님 생각을 한다. 지상의 인연을 끊어야 허공을 건너는 한 마리 나비가 된다는 말이 새삼 떠오른 것이다.

첫 번째 인터뷰 때 김진우는 번아웃 증후군을 앓고 있었다. 세속의 분주함과 사랑의 상처는 그를 소진시켰다. 삼일암에서 스님을 처음 만난 그는 그곳에서 "나무 한 그루 풀 한 포기에도 예사롭지 않은 가르침을 담아서 가람 전체에 불법을 깨치는 서사"를 만난다. 그것을 집약하는 표현이 '목우가풍牧牛家風'이었는데, 송광사를 움직이는 눈에 보이지 않는 힘이 바로 그 안에 있었다. 이때 그는 평생 자신을 옥죄던 질긴 끈이 심안心眼에 들어오는 경험을 한다. 두 번째 인터뷰 때는 돈오돈수와 돈오점수가 결국 하나라는 전언과 함께 스님으로부터 "들고 있는 무거운 돌을 자유자재로 내려놓을 수 있는 그 힘"을 발견한다. 세 번째 인터뷰 때는 이야기를 마치고 '나비바늘꽃'

을 바라보는 장면이 펼쳐지는데, 나비들의 군무群舞인 줄 알았던 것이 다시 보니 '꽃'이지 않은가. '나비바늘꽃' 말이다.

그 순간, 김진우는 청량각과 우화각이 이 나비 앞으로 옮겨오는 기현상을 체험했다. 그는 얼른 눈을 한번 문지른 뒤 다시 바라보았다. 누각(樓閣)은 보이지 않고 나비들만 날아다녔다. 환상이었나? 분명히 그는 방금 두 누각을 눈앞에서 보았다. 혹시나 하며 다시 살펴봤지만, 대웅보전이 앞을 가로막고 있어 이곳에서는 누각들이 보이지 않는다.

눈을 한번 문지르고 다시 바라보았지만 누각은 사라지고 나비들만 보였다. 승찬 스님의 추모 법회에서 김진우는 "그때, 하얀 나비 한 마리가 허공을 날아가고" 있는 것을, 환각처럼, 깨달음처럼 바라본다. 불가적 사유와 존재론적 깨달음의 세계가 거기 충일하게 날아가고 있었다. 모든 사물은 각솔기성各率其性에 따라 저마다 존재하지만 작가는 새로운 이치를 발견하는 '이물관물以物觀物'의 방법을 통해 존재론적 깨달음의 순간으로 나아간 것이다. 즉 사물은 하늘로부터 받은 본성에 따라 살아가지만 그 이면에 새로운 본성들을 감추고 있다는 점을 투시하고 있는 것이다

주지하듯, 불가의 원리는 지상으로부터의 일방적 몰입이나 초월에 그 목표를 두지 않는다. 오히려 그것은 세속과 탈속脫俗의 불가분리성을 온몸으로 증언하면서 어쩌면 실재와 상상이, 감각과 사유가 궁극적으로 한 몸으로 통합되는 것임을 표상한다. 우리는 김호운의 소설이 이러한 불교적 명제를 단순하게 문학적으로 번안하는 데 머무르지 않고, 성聖과 속俗의 경계에서 삶의 이치를 궁구해가는 비승비속非僧非俗의 경지를 추구하고 있음을 알게 된다. 단편으로는 담아내기 어려운 미학적 성취가 거기 단단하게 여며져 있다.

6. 미학적 거장이 들려주는 정점의 언어

이번 소설집은 한 편 한 편이 각자의 음색으로 훌륭한 연주를 하고 그것이 한데 모여 거대한 오케스트라를 이루는 형태를 취하고 있다. 열 편의 작품은 물론, 권말에 실린 엽편葉篇소설 두 편까지 그 교향악에서 빠지지 않는다. 「개미와 거미」는 서울 변두리 허름한 빌딩 옥탑방에 들어선 거미가 개미 부자와의 만남을 통해 가족 간의 사랑과 연민을 알아가는 알레고리 작품이다. 「헤르타 뮐러의 손수건」은 언제나 넉넉한 가슴과 관심을 보여주셨던 어머니가 곁에 없음을 확인하고 이제야 어머니의 마음을 발견하는 수필 같은 작품이다. 이 작품들은 본격 서사가 되기에는 소품적 속성을 견지하고 있지만 '작가 김호운'의 성정을 보여주는 데는 부족함이 전혀 없다.

우리 사회의 대중들이 활자를 떠나 영상 혹은 스마트폰 같은 비非활자 문화에 편입된 지는 이미 오래되었다. 문화예술 향유에 대한 평등권을 신장시켰던 근대 초기의 대중과 자본주의의 전지구적 승리에 따른 소비사회의 대중을 같은 의미로 파악할 수 없는 까닭이 여기에 있다. 이제 문화예술에서 대중은 창조적 소수의 향유자로 그 의미를 바꾸어가는 듯한데, 그 점에서 최근 우리 소설이 처해 있는 조건은 이중의 변방이라고 할 수 있다. 하나는 여타 대중예술 장르로부터도 경원당하고 있다는 것이고, 또 하나는 인문학의 위기라는 담론 안에서도 홀대를 받고 있다는 것이다. 영화를 비롯한 자본주의 영상미학의 총아들에 의해 현저하게 위세가 꺾인 소설은 이제 인문학으로의 담론 확장을 요구받고 있는 실정에 있는 셈이다.

여기서 우리는 김호운의 소설을 발견하게 된다. 근대

사회의 병폐가 인간을 사물화하는 데 있다는 점을 치열하게 비판하면서 그는 우리를 둘러싼 사물이나 관념의 자명성에 회의를 던지는 중후하고도 첨예한 확장적 소설을 써가기 때문이다. 그 점에서 김호운은 경계의 탐색을 통해 삶의 복합성을 증언하는 장대한 소설을 꿈꾸는 작가이다. 그러한 경계에서 작가는 아름답고 따뜻하고 쓸쓸한 필치로 삶과 현실을 암시하는 정점의 언어를 아름답게 들려주고 있다. 이번 소설집은 그러한 도정의 첨예한 증좌가 되어주면서, 그로 하여금 우리 시대의 미학적 거장匠으로 한 걸음 더 나아가게끔 해줄 것이다.

경북 의성 출생

1977년 국립철도대학 졸업

2017년 숭실사이버대학교 중국언어문화학과 졸업

경력

1969년~1978년 철도청 근무.

북평역(지금의 동해역), 우보역, 신녕역, 석포역, 하양 역, 동대구역 근무,

1978년~1982년 월간 백조, 경미문화사, 소설문학사, 국민서관 근무.

1982년~1997년 계몽사, 단행본사업본부장 역임.

1990년 롯데백화점 문화센터(잠실) 소설창작반 교수

1991년 한국소설가협회 사무차장.

1997년 도서출판 책읽는사람들 대표, 월간 『책읽는사람들』 발 행인

2003년 학교법인 동방학원 이사

2011년 한국문인협회 이사

2013년 국제펜클럽 한국본부 심의위원

2015년 『한국창작문학』 편집위원(현)

2016년 한국소설가협회 상임이사 겸 편집주간

2016년 한국문학진흥및국립한국문학관건립 공동준비위원회 위원

2017년 문화체육관광부 문학진흥정책위원회 위원

2017년 MBC롯데문화센터 소설창작 교수(현)

2017년 통일부 산하 한반도평화네트워크 통일위원(현)

2019년 국립문학관 자문위원(현)

　　　한국문인협회 부이사장(현)

　　　6·15 민족문학인 남측협회 공동회장(현)

2020년 한국소설가협회 이사장(현)

　　　한국문예학술저작권협회 부이사장(현)

　　　국립한국문학관 자문위원(현)

수상

1978년 월간문학 신인상

2016년 문화체육관광부 장관 표창

2016년 한국소설문학상 수상(단편소설 「아버지의 녹슨 철모」)

2017년 한국문학백년상 수상(소설집 『그림 속에서 튀어나온 청소부』)

2017년 세종도서 문학나눔에 선정(소설집 『그림 속에서 튀어나온 청소부』)

2017년 제6회 녹색문학상 수상(소설집 『스웨덴 숲속에서 온 달라헤스트』)

2018년 한국출판문화진흥원 우수출판콘텐츠 장편소설 『표해록』 선정

2018년 시선·올해 최고 작품상(소설 부문) 수상–단편소설 「미켈란젤로의 돌」

2020년 둔촌이집문학상 수상(장편소설 『표해록』)

2021년 국제PEN문학상(장편소설 『바이칼, 단군의 태양을 품다』)

2021년 대한민국 예술문화대상 수상

2021년 리더스에세이문학상 대상 수상

문학활동 및 저서

1978년 『월간문학』 제25회 신인상에 단편소설 「유리벽 저편」
  이 당선되어 등단함.

1986년 5월 11일, 『현대문학』에 발표한 단편소설 「혼돈의 늪」
  이 '부처님 오신 날' 특집
  MBC베스트셀러극장 〈다시 나는 새〉로 방영

1988년 소설집 『겨울 선부리』(청림출판사) 출간

1988년 장편소설 『빗속의 연가』(청림출판사) 출간

1989년 장편소설 『불배』(도서출판 심지) 출간

1989년 장편소설 『풀잎 사랑』(도서출판 작가정신) 출간

1989년 연작 콩트집 『한살박이 부부 신혼 방정식』 전2권(도서
  출판 글사랑) 출간

1991년 소설집 『무지개가 아름다웠기 때문이다』(동아출판사)
  출간

1991년 장편소설 『바람꽃』(도서출판 강천) 출간

1991년 콩트집 『바람잡힌 남편』(도서출판 작가정신) 출간

1991년 단편소설 「호랑나비의 꿈」이 KBS 미니시리즈 〈위기
  의 남자〉로 방영.

1991년 공저, 남성문제소설집 『위기의 남자』(동광출판사, 단

편소설「호랑나비의 꿈」수록)

1991년 공저, 원로스님 대담모음집 『한바탕 멋진 꿈이로구나』
(불교신문사) 출간

1992년 연작 콩트집 『한살박이 부부 신혼 방정식』을 『궁합이
맞습니다』로 개제 출간.

1992년 콩트집 『궁합이 맞습니다』, SBS 수목 드라마 52부작으
로 방영.

1992년 장편소설 『황토荒土』 전2권(동아출판사) 출간

1992년 콩트집 『재미없는 세상 재미있는 사람들』(도서출판
두로) 출간

1993년 장편소설 『님의 침묵』 전3권(도서출판 청마) 출간

1995년 장편소설 『크레타의 물고기』(도서출판 강천) 출간

1998년 장편소설 『님의 침묵』('개작') 전3권(도서출판 밀알)
출간

2001년 장편소설 『아내』 전2권 (예문당) 출간

2016년 소설집 『그림 속에서 튀어나온 청소부』(인간과문학사)
출간

2017년 에세이집 『연꽃, 미소』(도서출판 도화) 출간

2017년 소설집 『스웨덴 숲속에서 온 달라헤스트』(도서출판 도화)

2018년 장편소설 『표해록漂海錄』(도서출판 도화) 출간

2019년 장편소설 『바이칼, 단군의 태양을 품다』(도서출판 시
선) 출간

2020년 인문학서 『소설학림』-김호운의 소설창작 트레이닝(도
서출판 도화) 출간

2021년 장편소설 『장자의 비밀정원』(도서출판 도화) 출간

2022년 소설집 『사라예보의 장미』(도서출판 도화) 출간